時來孕轉當正妻 1

景丘 著

文創風 970

目錄

序文

景丘

出宅門入市井，小人物大視野，這是一個做到侯府最高職位的大丫鬟出宅門之後的故事。

三年前的平安夜，我心血來潮開始動筆寫這個故事，那時候沒有宋衍，沒有如心，沒有南城發生的很多故事，我只是單純地想寫一個不一樣的大丫鬟。

她厭倦了宅門，一心嚮往新生。

她不想終生困於深宅大院，並在愛情上執著地尋找那個可以和她平等對視的人。

她豁達，明理，善良，樂觀。

知世故，而不世故。

她出宅門之後去了哪裡？遇見誰？和誰在一起？歡笑或者流淚？她的人生價值何在？

於是顧沉歡這個大丫鬟角色模模糊糊成型了，接著是男主角昌海侯府的活死人世子宋衍，以及重要配角如心、侯夫人崔氏等角色。

我刷刷刷開始寫，開始十萬字寫得很順利，可惜中間創作的過程中因為工作繁忙等原因一度停滯，到第二年夏天尾巴了，我還是沒有完成，這個故事開始進行得很艱難。

我有點想放棄，朋友看了初稿，忍不住哀號。「別這樣啊！這樣的話，宋衍豈不是一輩子都是活死人躺床上了？他都還沒站起來過，真的好可憐。」

是的，她或許是隨口說了「可憐」這個詞，但是這個詞真的打動了我。

我意識到，原來筆下的人物，你回望他的一生，也會如此鮮活具體。

宋衍這個角色，不應該如文中前半段描述那樣，躺在冰涼的玉席上，等待著未知的命運。

他是天子驕子，新科探花，肱骨能臣，外放幹吏，是沉歡人生中最濃墨重彩的那一筆，也是天下棋盤上執子的那個人。

他的追求，他的抱負，他人生的起伏，都應該在我筆下慢慢呈現，與主角沉歡的命運互相交織，彼此成就。

我開始繼續創作這個故事，豐富了崔氏、如心、喜柱兒這樣的角色，並最終成稿。中間寫到幾個情節的時候是很動容的，比如南城終於下雨了，比如如心要離開沉歡獨自生活了。

每個角色都有他們的歸宿，好像都活著一般。

故事的結尾，定格在宋家進爵這一刻，主角們開啟了新的人生道路，猶如現實中努力生活的我們。

感謝出版社及編輯選中此書，將這個故事帶到大家面前，讓更多人能與主角沉歡同歡樂，共奮進，體味人生的酸甜苦辣，正如文中所描述那樣——

行走世間，尋一個自我。

萬水千山，道一聲安寧。

宅門不會是沉歡的圍城，而是她需要重建的家園。
人生之路，瀟灑前行。

第一章 歸家事變

大律王朝，奉德二零七年，風調雨順，國泰民安。

忠順伯府二姑娘房裡的大丫鬟顧沉歡，向當家主母——手握伯府中饋大權的伯夫人陳氏——提出調崗申請，從二姑娘身旁大丫鬟的位置，降調到京郊余縣伯府一處莊子。

沉歡籌劃調崗之事一年有餘，面對伯夫人的疑惑，她應答如流，重點羅列了三大調崗原因，簡單總結起來就六個字：出閣、陪嫁、孝道。

「二姑娘明年就要出閣了，奴婢這模樣身段，怕過去惹人笑話。想是太太仁慈，顧念著奴婢和姑娘的舊情，讓奴婢沾了點福氣，伯府養人，奴婢這才養得這圓滾滾、滿是福氣的樣子。」這聲音超越常人的嬌，聽著像在發嗲。

伯夫人眉頭微不可察地一皺。

沉歡暗暗叫糟，更加努力穩定聲線。她天生嗲音，正常說話都讓人覺得在撒嬌，努力調整壓下聲線之後也不過略有好轉。

沉歡繼續用極盡沈穩的聲音繼續說：「奴婢知道，這京城誰不說我們太太是活菩薩，就是丫鬟、婆子也沒有虧待過一個，真真是仙人般的心腸。」

伯夫人聽得心裡美滋滋，頗是受用，她執掌伯府中饋十幾年，終於在京城博得個好名聲。這丫頭十歲時救了落水的二小姐一命，年齡雖小卻伶俐，後來索性把這丫頭調到二姑娘身邊服侍。

沉歡聲淚俱下，把伯夫人捧成救世的活菩薩，又自貶其貌不揚、癡肥不堪，這幾年母親又纏綿病榻竟有起不來身的跡象。

二姑娘院中有兩個大丫鬟，除了特會討人歡心的沉歡，首席大丫鬟是伯夫人陪房張成家的家生子，張成家這幾年頗得伯夫人重用，她女兒自然也是謀得好差事。

二姑娘從小性格沈悶，除了閨閣刺繡、習字女紅，其餘一概不喜。有時候伯夫人也為女兒的木訥甚是心焦，好在早年就定下一門親事，眼瞅著明年就要出閣了。

伯夫人的眼光落在沉歡身上，沉歡立刻跪得端端正正，一副好奴才的乖巧樣。

這丫頭太肥了，臉都肥平了。

陪嫁過去的丫鬟得首選貌美之人，以後幫忙籠絡姑爺，才能成為女兒房中的助力，她心中早已經思量好了，到時候要讓陪房張家的丫頭跟過去。

至於這沉歡，原本就是被剔除在名單以外。聽聞她母親病重，想是一片孝心，余縣自是比伯府離家更近，這個時候賜個恩典，也是做足順水人情。

「瞅瞅這張嘴。」伯夫人笑起來，轉頭面向站在旁邊身形婀娜的大丫鬟。「蓮蕊，妳說怎麼辦吧？倒像我不允她，是我不盡人情的樣子。」

蓮蕊抿嘴一笑，和沉歡的眼光在空中微微一錯，迅速不著痕跡地移開，笑著接過伯夫人喝完的茶盞，輕聲回道：「奴婢怎敢替主子拿主意。奴婢嘴笨，言語難以描述主子的仁善，奴婢只知道主子的主意那是斷沒有錯的，就連太夫人也滿意呢。」

蓮蕊聲音溫柔可親，讓人聽著不由得產生信任之感。

伯夫人素喜這大丫鬟蓮蕊，說話做事最得她心意，替她掌管著後院眾多財帛，最是得力。一席話聽完，她頓了一頓，揮揮手。「罷了罷了，之前不是允了三日假期歸家嗎？回來我自有定奪。」

沉歡知道事情已經成了大半，歡天喜地磕了頭，謝了夫人恩典，這才規規矩矩退出去。

蓮蕊服侍伯夫人又喝了一盞消食的茶，看伯夫人下午微微有些乏，一邊給伯夫人捏腿，一邊招呼其餘丫鬟過來鋪好床鋪，這才緩緩勸道：「主子歇歇吧，三爺還有兩個時辰才回來，主子剛好瞇下眼，待會兒才有精神。」

伯夫人說了一會兒話，也頗覺疲憊，她畢竟四十有餘不比年輕時候，在蓮蕊的服侍下和衣躺下。

蓮蕊服侍伯夫人睡下，瞅著伯夫人呼吸漸漸綿長，這才掀開簾子往外面走。

門口的小丫鬟探頭探腦，看見蓮蕊出來，立馬跑過來悄聲遞話。「蓮姊姊，妳總算是出來了，沉歡姊姊在外屋的走廊上等妳半天呢。」

沉歡遠遠就看見蓮蕊那道婀娜的身影，她吸口氣，邁開步子，猶如一個圓球，一顛一顛地滾了過去。

呵，脂肪太多，沒跑幾步就有點喘。

在以女子細腰為美的時代，肥成這樣，沉歡是一朵嬌小的奇葩，卻也是一坨用心良苦的肉球。

她八歲被賣入侯府，剛入府的那夜就生了一場大病，高燒不退，賣她進來的牙婆嚇得半死，怕被伯府怪罪說她膽大包天，居然敢選個病秧子進府，連夜竟是銀子都不要就要跑路。好在燒到第二天，高燒自己退了，沉歡猶如大夢初醒，前塵往事悉數湧進腦海。

前世，她就是因忠順伯府而死的。

她被伯夫人指給三少爺沈笙，做了沈笙的通房。沈笙性好玩樂，喜新厭舊，正妻出自世家大族，端莊持重，不得他歡心，遂房裡妾室眾多，通房也不只她一個。

在正妻入門不久，沉歡驚悚地發現自己懷有身孕。按伯府的規矩，在嫡子出生之前，庶子是萬萬不能降生。

她苦不堪言，內心又驚又懼，沒想到成日遮掩躲藏，還是被伯夫人發現端倪。

這避子湯次次事後均有服用，她也不知道怎麼會有了孩子。

伯夫人大怒，這避子湯誰敢斷，必是她這賤婢動了不該有的心思。當場發賣了掌管湯藥的婆子，一碗落胎藥強灌了下來。

伯夫人出手，藥性勢必剛猛，沉歡嚇個半死，跪求沈笙救命。

沈笙懼其母，也不敢多言。她當時懷胎約五個月有餘，小產下來以致血崩，可那時沈笙和屋裡另外一個通房丫鬟月茹正濃情密意、成日顛鸞倒鳳很是快活，哪管她的死活。沉歡疼得死去活來，落胎後為免死在府裡晦氣，又被拉到莊子上，煎熬了幾天，還是年紀輕輕就這麼沒了。

混得太差，閻王都不收，眼睛一閉再一睜，人生就給重來了。

沉歡痛定思痛，總結了一下：沈笙好美人，凡有姿色者都喜歡納入後院，而且仔細觀察還發現沈家三少爺就好弱柳扶風這一味。

所以沉歡把廚房大娘子捧得特好，又加上十歲那年救了二姑娘，這吃食上沒有虧待，她就像吹氣球一樣肥成現在這個樣子。

用心良苦，天地可鑒。

「怎麼？樂傻了？」蓮蕊走到跟前，用細長的手指戳了戳她的額頭。「剛剛在夫人跟前嘴巴跟抹了油似的，這會兒怎麼變啞巴了？」

沉歡這才回過神來，熱絡地挽著蓮蕊的手，眨巴眨巴眼睛，掏心掏肺地說：「我的蓮姊姊，今兒多虧了妳，這事要是成了，妳就是我親姊姊。但凡有需要差遣妹妹，姊姊直說無妨。」

這走廊位置略偏，沉歡眼珠子在四周掃了一下，發現奴僕、婆子都在其他地方忙碌，一邊說著感謝的話，一邊將一個包得扎實的香囊袋子塞到蓮蕊手心。

她動作自然，表情誠懇，塞進去又嫻熟地退回來，顯然不是第一次幹這事。

「沉歡對姊姊感激不盡，針線功夫雖不如姊姊漂亮，卻是妹妹一片心意，還望姊姊勿要嫌棄。」說場面話，這幾年沉歡練得溜順，這伯府上下，要說會看人臉色、揣人心意，她排第二還真沒人敢排第一。

伯夫人院子裡的蓮蕊，那是首席大丫鬟，除了太夫人院子裡的冬雪姊姊，其餘丫鬟見了蓮蕊，都得討好地喊聲姊姊。

沉歡這兩年硬是下足了工夫，姊姊長、姊姊短的哄得蓮蕊開心，否則也不會以十四歲之齡，就八面玲瓏地做到二姑娘院裡大丫鬟的頭把交椅。

蓮蕊用手指摸了摸那香囊的厚度，又掂了掂重量，這才滿意地刮了一下沉歡那胖乎乎臉上的小鼻子。「得了，不是明兒就要歸家探母嗎？夫人這邊這事我開口了，那是必成的，等明兒尋得機會，我還會再開口。也不知道妳怎麼想的，好好的富貴日子不過，竟要去那清苦的莊子上。」

為奴為婢，非沉歡所願，她盈盈一笑，卻不和蓮蕊再做解釋。她怕說出心中的想法要把蓮蕊嚇個半死。

蓮蕊看她一眼，心中滿意，她素不喜美貌又伶俐的丫鬟，而沉歡雖伶俐卻構不成威脅。她討好伯夫人多年，對伯夫人的心思頗瞭解，知道夫人看著仁慈，卻最是偽善，而且甚好面子，每年施粥救貧從不落下，為的就是在京城博得好名聲，為兒女尋著一門好親事。

一場無聲無息的交易，伴著各自婉轉的心思悄悄畫下句號。

總結一下。

顧沉歡，年十四，忠順伯府二姑娘下面大丫鬟之一，目標，恢復良民身分。

第一步，及笄之前調離原崗，暫避主宅。保留月錢的同時，避開浪蕩的三少爺；第二步，等待時機，挾恩以報，以母親病重為由，再求恩典。

於是沉歡先打通二姑娘的環節，接著用自己五個月的月錢重金賄賂伯夫人手下領頭的大丫鬟蓮蕊，獲得她的鼎力遊說支持，接著再把炮火對準伯夫人，演一場好戲。

今日伯夫人其實已經點頭，話已經到嘴邊，只是還得壓壓她。沉歡料定陪房張成家的還會替她女兒拔除自己這顆眼中釘，獨攬二姑娘院子大權，少不得推波助瀾一番。

壓在心中的大石鬆動了幾分，沉歡吁了口氣，抬步往二姑娘院子裡走去。

蓮蕊出馬，果然搞定。

沉歡心裡激動，先是向伺候幾年的二姑娘恭恭敬敬地磕頭。

二姑娘年方十四，平日裡不太愛說話，這時也禁不住不捨地嘆口氣。

「磕這麼大的頭做什麼？好似明兒妳就不來我院子似的，就算要去也是翻春以後，橫豎還有三個月時間呢！」

伯府二姑娘是個記恩的人，沉歡雖是丫鬟，卻待她極好。前世，這二姑娘被人推下水池，才十歲就沒了，沉歡救了她，卻不知道二姑娘以後的命運如何。

心裡泛起不捨，沉歡膝行過來，抓著二姑娘的裙邊，撒嬌道：「姑娘，沉歡祝姑娘這輩子平安喜樂，多子多福，沉歡雖是奴婢，也盼著姑娘好。」說完，擠眉弄眼賊賊地笑了。

那模樣逗得二姑娘也笑了起來。

這邊答謝完二姑娘，沉歡又去向伯夫人謝恩，進了院子，照例規規矩矩、感恩戴德地磕了三個頭。抬頭一看蓮蕊，只見蓮蕊向她遞了一個眼神，又微微搖了下頭，沈默地站在伯夫人跟前。

沉歡會意。這是要她少說話的意思。

伯夫人正被丫鬟伺候著淨手，淨手完畢，一邊接過擦拭的帕子，一邊慢慢回覆。「這事我允了，那莊子管事姓馬，回頭妳跟著馬管事先去莊子上看看，莊子清苦，可不比府裡。」

其實今日她心情略不佳，最近她正在和承意伯府走動，想給三兒子謀一門親事，本想著回來和老爺商議一下，哪知道老爺一回來，就去了妾室的房裡，現在都還沒出來。

她無心和下人說話，語氣冷淡。「得了，妳服侍小姐一場，難得有個歸家假，早點去吧！」

沉歡心中狂跳，壓住心中快要蹦出來的喜悅，又默默磕了一個頭。

這事，成了。

出了院子，她再也控制不住表情，一邊想仰天長笑，一邊又要穩住表情不被人發現，真是憋得辛苦。不過人逢喜事精神爽，沉歡一路上見誰都笑意盈盈，就這樣一路笑著回了二姑娘所在的細梅苑。

剛走到門口，就見外院的小丫鬟慌慌張張地端著茶水往裡面送，這時一個聲調略尖細的斥罵女聲從裡面傳出來。「冒冒失失仔細打翻了茶盞，看我不揭了妳的皮！」

那小丫鬟嚇得手一抖，茶盞「啪」地就往外一翻，眼看就要落地。

沉歡眼疾手快，快步上前接過茶盞，一邊往裡面走，一邊安慰道：「怎地如此冒失，又惹妳文香姊姊生氣了？」

文香就是二姑娘院裡的首席大丫鬟，剛差了小丫鬟去沏茶，又見小丫鬟笨手笨腳的樣子，看見就來氣，剛呵斥了一聲就差點摔了茶盞，簡直成事不足，敗事有餘。

沉歡今日心情好，見誰都不生氣，拍了拍那嚇得要哭出來的小丫鬟，端著茶盞邊走邊笑。「文香姊姊莫氣，茶盞好好的呢，我這就送進來。」

腳步剛一踏進院子，她就愣住了。

沈家三少爺，不是跟著老師在書院唸書嗎？怎麼今天會在這裡？

她僵硬地看著手裡這盞茶，怕就是端給三少爺沈笙的。

沈笙今日在街上尋見個草編的蚱蜢，覺得甚是有趣，出錢買了一個打算送給二妹妹圖個樂子，哪知道二妹妹剛好跟手帕交應邀出府了。

他撲了個空，玩樂的心情也去了大半。

大丫鬟文香原本想招呼三少爺吃盞茶歇一歇，剛吩咐下去就見小丫鬟冒冒失失的樣子，這才出門呵斥幾句，免得三少爺看見了說她監管不力，這院子失了體統。

三少爺沈笙自被父親拘在學堂之後，玩樂的項目少了大半。前幾日和京城梁平侯府的世子約去眠花宿柳的地方討個新鮮。

他少年心性，背著父母去煙花之地感受後頗覺刺激，最近在女人身上甚是得趣。

沉歡斂去臉上的笑，如今她是一個矮大胖，說是膀大腰圓、五大三粗也不過分，再添二十斤就可以長成一個正方形，也不怕沈家這少爺覬覦。

這是多重的口味才能下得了手。

她落落大方地將茶盞遞到沈笙手上，臉上掛著極有技巧、既不熱絡也不疏遠、屬於專業奴婢對主子的笑容。

「三少爺請用茶。」

這聲音……

沈笙心不在焉地在院子等人，心裡還在回味昨晚曼妙的身形、熱情的喘息，冷不丁聽見一個嬌滴滴的聲音喊他用茶。

沈笙抬眸一看，以為會看見個美貌丫鬟，卻看見面前圓滾滾的身子，腿粗、腰粗、手臂粗，幾乎沒有腰。

這麼癡肥，浪費一把好嗓子。

再瞥一眼，也就一身皮膚又細又白，此時陽光甚好，不見一絲毛孔，細膩如同羊脂白玉。端茶的手指比一般丫鬟略豐腴，不夠纖長，甚是白膩。

確實有點膩，沈笙想到前兒祖母賜下的八珍烤小乳豬肉，但是豐乳翹臀，有種說不出的感覺。

沈笙最近頗喜歡品評美人，葷素不忌，給了沉歡一個下品上級的評價，一邊心裡覺得膩，一邊接過那盞茶。

因為沈笙的目光在沉歡身上停留時間超過三秒，沉歡頓覺毛骨悚然。

雖然膩，但是沈笙沒控制住，又看了一眼。指甲圓潤，還泛著淡淡的紅。

鬼使神差地，沈笙接過茶的手偏了一下，摸了一下那白膩的小手。

很滑，溫熱。

沉歡心臟直接嚇停，內心掀起滔天巨浪，這是什麼意思？這是什麼意思！

沈家三少爺口味如此清奇？

沈笙自己也覺得尷尬，看了一眼沉歡。太胖了，五官都平了，實在談不上美人，於是對自己甚是唾棄，喝了一口茶意思一下就匆匆走了。

沉歡心臟還沒恢復，頭上竟出了薄薄一層冷汗。

難道她救了二姑娘，冥冥中改變了什麼？不然沈三少爺剛剛這是幹麼？

明年她就要及笄，不能再耽擱了。

她撫著嚇停的心臟，快步進了自己的房間開始收拾行李。夜長夢多，二姑娘原本就允她今天走，她需要立馬就歸家。

那一摸，不僅嚇停了沉歡的心臟，也嚇壞了門外陪房張成家的媳婦，她瞅著夫人沒吩咐，這才得空過來瞅瞅女兒，順便教導幾句，在門口還沒打招呼就看見沈三少爺狀似無意那一摸。

這可不得了！這肥丫頭好大的造化！

沉歡歸家，距離沈笙那驚悚的一摸，又過了兩日。

又來了。

這種心神不寧到極致的感覺，令沉歡皺起眉頭。距離上一次出現這樣的感覺，是她八歲被賣出去的時候。

「綿綿？綿綿？」

顧沉歡，乳字綿綿，此刻被顧母一嗓子叫回魂，勉強擠出個笑。「娘，我在聽呢。」

顧母絮絮叨叨半天，看女兒心不在焉的樣子就著急，忍不住把臉湊過來嚴肅地叮囑道：「那事……妳沒跟別人說起吧？」

顧沉歡愣了一下，隨即意會到母親所謂的「那事」指的是什麼，模模糊糊地回答。

「府裡夫人、小姐沒有問過，我也沒特意說過，賣我的牙婆子已經跑了，那生辰八字也就掌管丫鬟、婆子戶籍和身契的管事知道，一般沒大事，誰會去關注啊！」沉歡對母親提的這個話題根本不在意，每次都是應付。

「隔壁村裡的錢大仙說過了，這全陰八字，不易嫁娶，妳那狠心的祖母就是為著這個賣了妳，娘是替妳操心。」

顧母把聲音壓得很低，環顧四周無人，這才繼續說：「我已經找了當年接生的穩婆，把妳的八字改了一個字，那一個字一動，就不是全陰的了。若主子日後問起，妳就說當時母親記錯了，懂嗎？」

對於母親的迷信，沉歡挖耳朵，覺得很煩。

顧母看她油鹽不進的樣子，心中急得好似在油鍋裡。

女兒懂事得早，偏又天生一副嗲音，眼看明年就要及笄了，雖說在伯府簽的是死契，婚喪嫁娶都得看主子心意，但暗中籌劃總是對的。

伯府裡尊貴主子眾多，她自是希望女兒能攀上高枝，生個一男半女，不要像她，在這窮鄉僻壤裡掙扎求生，命途多舛。

可是這四柱純陰的八字，一旦傳出去，哪家敢要？偏就女兒完全不當回事，急煞人也。

沉歡心裡其實有自己的打算，在大律大多是十五訂親，十六出嫁，隨後生子的比比皆是，這樣風險極大。

這種身體生孩子，她上輩子經歷過了。她比較想晚一點，主要是年歲大一點，身體亦會強健一點，降低生育風險。她想好好地活下去，至少先熬過在通房這件事上的劫數。

為著八字，母女倆正在說體己話，院子外面傳來氣喘吁吁的呼喚聲。「沉歡姊姊！沉歡姊姊！」

沉歡從炕上起身，掀門簾出去，時值初冬，雖沒下雪，外面卻已經寒意森森。再定睛一看來人，沉歡就心頭狂跳，來喊門的人是伯府負責園裡花木澆灌的林家小丫頭。這小丫頭的娘和蓮蕊很是交好，此刻飛奔而來，顯然是來傳話的。

她這趟跑得很急，又叫了一嗓子，此刻被冷空氣灌進喉嚨，嗆得直咳嗽。

沉歡胖乎乎的，冬天也不怎麼怕冷，立刻拉過那林家小丫頭的手幫她捂著。「跑這麼急，可是出了什麼急事？」

小丫頭拉著沉歡的手，只覺得怎這麼舒服，比她娘弄的火爐子還熱，又軟又細。

她穩了下嗓子，立刻道：「姊姊快跟我回府吧！蓮蕊姊姊喚我來跟妳傳個話，說大夫人改變主意，三少爺院裡的珍珠姊姊嫁人走了，要補個缺，想將妳補進去。二姑娘不同意，兩人正在夫人面前置氣呢！」

沉歡當場覺得頭上劈了一道閃電，頭暈目眩，一時間心臟狂跳，只是片刻間，手心、胸背都是冷汗。

夫人親口允諾的事，這都還能改變？

沉歡再也顧不得母親在八字上的種種絮叨，轉身回屋收拾貼身物件，就隨那林家小丫頭疾步往馬車上走去。

就這樣馬不停蹄地趕回去，也是申時左右了。這丫頭來尋她，估計是天未亮就出發了，沉歡掏出前幾日二姑娘賞她的一個蝴蝶紋鑲彩線香囊，遞給這小丫頭，溫和微笑。「姊姊謝謝妳來傳話。」

小丫頭歡歡喜喜地接了。

滿府上下大多下人對沉歡印象都好。如果不看人，只聽聲音說話的話，會以為是個拿喬的主兒，但是一看到人就覺得暖洋洋的又大方，讓人生出親近之意。

蓮蕊姊姊說是幫她傳話，且很重要，小丫頭估摸著有賞賜，立刻就尋著機會出來了。遞了牌子，從角門進去，行走片刻就是二門，二門門口早有蓮蕊安排的一個丫鬟小珠兒在門口接應她。那人顯然是等得有些時候了，正在那裡跺腳，看見沉歡快步上來，拉過她的手。

「沉歡姊姊，快跟我走吧！還好蓮蕊姊姊提前喚了妳回來，才不到一刻鐘，夫人就氣得立刻要派人叫妳回府。蓮蕊姊姊說了，讓姊姊當個悶葫蘆，說什麼就應著，莫要惹夫人生氣。」

還是蓮蕊會揣摩伯夫人的心思，這提前一刻鐘的時差，已經足夠她鎮靜下來了。

「好珠兒……」沉歡柔聲喚著，繼續問：「夫人是為何生氣？」

小珠兒搖搖頭。「奴婢也不知，晌午夫人吃了羹，忽地就砸了碗，隨後又喚了二姑娘，二姑娘抹著眼淚走了。」

壓下心頭狂跳，沉歡整理了個七七八八，莫非三少爺沈笙說了些不討伯夫人喜歡的話，牽扯到自己？

走到門口，已有服侍的丫鬟、僕婦掀開簾子，外面冰天雪地，這裡腳一踏進去就感覺到一股暖意。只是一抬頭，就看見伯夫人一臉青黑地坐在雕花黑檀木的椅子上。

沉歡眼尖地發現，伯夫人蔥綠花紗纏枝芍藥花裙上有幾摺細微的褶縐，想是氣得狠了，一起一坐頻率過高導致。

摔掉的羹碗早已被清走，滿室奴婢屏息斂目，就連蓮蕊也眼觀鼻、鼻觀心，沒有遞給她一個眼神。

沉歡不敢看沈笙，斂了斂嗓子，恭敬地向伯夫人行完禮，喚道：「夫人，奴婢沉歡歸來略遲，望夫人恕罪。」

「跪下！」伯夫人聲色俱厲。

沉歡不敢忤逆，立刻跪下。

伯夫人先拿眼睛掃了一下坐於左側的兒子，看他並無癡戀之態，心下稍安，回頭又掃了一下地上跪著的沉歡，實在想不透這丫鬟癡肥不堪有何姿色，兒子竟要這丫鬟去房裡。

原本要個丫鬟來補之前大丫鬟的缺也不是什麼奇怪的事。偏巧，上午張成家的媳婦遮遮掩掩到她這裡，一副有話不好說的樣子，伯夫人素恨下人有事瞞她，當場罵了她幾句。

張成家的媳婦就等著伯夫人這聲罵，伯夫人那句「不忠心的賊奴才」剛出口，張成家的媳婦就「咚」的一聲跪下來，將那日在二姑娘院子看到的情況，加油添醋、繪聲繪影地給伯夫人描述了一遍。

伯夫人起先不相信，姿色平平，何以讓自己兒子看得上？豈不是笑話？

又命人喚了三少爺的貼身小廝進來問話。那小廝年幼，以為是三少爺去勾欄的事被夫人發現，把自己嚇得半死，一路哆哆嗦嗦地進了內院，被伯夫人眼風一掃，直磕頭叫夫人饒命。

伯夫人一看就知道有事瞞著她，喝道：「拖下去打板子，打死這小奴才！看你還敢瞞我！」

小廝哪裡還敢隱瞞，哭求饒命不說，如倒豆子般將最近三少爺夥同梁平侯世子眠花宿柳的事情吐了個一乾二淨。

伯夫人氣得當場摔了羹碗。

張成家的媳婦在旁一邊給伯夫人撫心口，一邊勸道：「我的好夫人，何苦生氣，氣壞了身子。少爺年輕，本就好奇，常人還想嚐個鮮呢，何況咱們家伯府？」

伯夫人氣得腦子嗡嗡作響，有句話倒是記清楚了，那小廝說：「小的不敢瞞夫人，梁平侯世子爺和少爺打賭誰見識的女人多，誰就得那西域來的汗血寶馬，小的也勸過三爺……」

打發走小廝，伯夫人還在生悶氣，正想著把那不成器的小子叫進來好好審問，沈笙倒自己先過來了。

伯夫人壓下怒意，佯裝什麼事情都沒發生，打算先看看兒子過來找自己所為何事。

沈笙排行第三，是最小的兒子，慣會討他母親歡心。向母親問了安，他開口就說院裡少了一個大丫鬟，用得不順手，讓母親補個熟手來填缺。

伯夫人不動聲色，把手放在桌子上，遞了眼色讓伺候的僕婦、丫鬟都下去，只留了蓮蕊隨伺跟前。

蓮蕊知伯夫人今天氣得心肝痛，這會兒不過強行壓住，又不敢給沈三少爺遞眼神，怕伯夫人誤會，只得裝作什麼都沒發生的樣子。待得了喘氣的機會，她趁換茶盞的空隙，差了人去報信給沉歡。

沈三少爺素來被母親慣著，說話也無遮攔，就提了下二姑娘院子裡有個胖丫鬟做事還稱心，二妹妹明年就出嫁了，不知母親如何打算。

一句胖丫鬟捅了馬蜂窩，伯夫人「啪」一聲拍著桌子，高聲怒罵。「你個不成器的小崽子，你二妹妹房裡的丫鬟，你怎麼知道稱心不稱心！是不是什麼人都想往房裡放？屋裡已經有了一個還不夠，還得再來討一個？」

這一來一往，誤會就產生了，伯夫人疑心沉歡胖雖胖，卻是個有心機的人，想勾引兒子上位。趁兒子沒怎麼見識過女人，翻著花樣地騷浪。

沈三少爺被罵得灰頭土臉，不過提了句換丫鬟，怎就燃起母親的熊熊怒火？

顧沉歡跪在下面苦不堪言，賣為奴婢，身契捏在伯夫人手裡，或打或罵、要殺要剮，都是主子一句話的事。這就是現實。

伯夫人怒氣填胸，沈三少爺莫名其妙，蓮蕊猶如隱形人，張成媳婦家的只差笑得倒仰，她把破局的目光放到了伯夫人身邊一直沒吭聲的一位老嬤嬤身上。

這位老嬤嬤姓董，是伯夫人的乳母，自伯夫人出嫁時陪嫁過來，如今已經六十多歲了。這年紀早已經在莊子上頤養天年、含飴弄孫了。今日恰巧隨她媳婦過來探望伯夫人，伯夫人不避她，這才看了這場好戲。

但是董嬤嬤什麼話都沒說。

欲練神功，必先自宮。眼看無人破局的情況下，顧沉歡一咬牙。

她決定先把自己自宮——迎頭上了！

第二章　失敗

「夫人——」話一出口，沉歡就差點咬了自己的舌頭。這聲音嗲得就算平平淡淡喊出來，此刻聽上去也有撒嬌的嫌疑。

沈笙果然轉頭看著她，也覺得頗新奇。

奈何她聲線天生嗲音，小時候還好，胖乎乎的像在撒嬌，這當頭就有點觸伯夫人霉頭。

沉歡立馬閉嘴，收腹提氣，壓壓嗓子，穩住聲線，擺好面部表情才繼續謙卑地說道：「夫人急著喚奴婢回來所為何事？見夫人盛怒至此，奴婢實在惶恐，不知粗手笨腳，哪裡觸怒了主子？」

伯夫人陰沈著臉，那眼睛將沉歡上上下下掃了個遍。依稀記得這胖丫鬟小時候入府那會兒長得甚是玉雪可愛，負責採買的媳婦還特意過來回話說，這批丫頭伶俐，模樣也齊整，還帶過來讓她瞧了一次。

越長大，相貌就越是平淡了。就是聲音有點特殊，嗲嗲的，嬌滴滴。

難道兒子看上這嗓子了？

伯夫人把目光轉向小兒子。

三少爺沈笙沒注意到母親若有所思的目光，他今天才算觀察仔細了，原來這胖丫鬟竟是天生嗲音，當初奉茶，他還以為這丫鬟心思不正，故意勾引他，原來她是天生如此。

瘦了會不會好一點？他暗自琢磨。

伯夫人看見兒子琢磨的眼神，知他動了心思，原本燃燒的怒氣突然被一些其他的想法替代，心中也是九彎十八拐，一時心思起伏不定。

沉歡很會伺候人，全府上下不少婆子、僕婦交口稱讚。她似乎天生心思細膩，言語不多的二姑娘換她去伺候之後，幾年下來飯都要吃得多了一些。

兒子逐漸懂事了，也要有個妥貼的人放在房裡，原本珍珠也頗能幹，可是珍珠不是死契，時間到了就要放出去嫁人，這才有了補位之事。

想完這些，伯夫人收斂了臉上的表情，對著沉歡放柔聲音。「妳起來，好好的嚇成這樣子，傳出去還說我苛待下人，我是有件事要和妳說清楚。」

剛剛狂風暴雨，現在晴空萬里，說的就是此時的情況。

蓮蕊是何許人？她是伯夫人肚子裡的蛔蟲，伯夫人這眼光一來一回一轉動，她就把伯夫人的心思猜了個七七八八。

「哎喲，夫人叫妳起來，不要愣著惹夫人說兩次。」蓮蕊笑著站出來打了個圓場，順道上前把沉歡扶起來，趁著彎腰傾身之際悄悄捏了她的腰，眼睛眨了眨，似乎看了一下三少爺，似乎又只是正常側頭。

那眼神在說：這事沒完。

沉歡心領神會，扶著蓮蕊的手。「哎喲」一聲順勢下滑，看樣子竟是嚇得雙腿發軟，緩著勁兒才能勉強站直說話。

伯夫人滿意自己在下人心中的威懾，這才開口繼續說下半句話。

「之前我允了妳跟著馬管家去莊子。馬管家最近家裡出了點事，妳別去那莊子了。」伯夫人說完，又覺得自己金口玉言已經應了的事，再反悔有損威嚴，於是虛咳一聲。「二姑娘明年就要出閣了，妳還在姑娘院子裡，等開春姑娘出閣了，妳就到三……」

「夫人——」這聲叫號太大聲，彷彿死了爹娘，旁邊看戲的張成家媳婦都一哆嗦。

「母親——」同時強勢插入一個男聲，那是沈三少爺的聲音。

二妹妹出嫁，陪嫁丫鬟已經定好，沒有胖丫鬟在名單，還留在二妹妹院子做什麼？又不是離了她，二妹妹就吃不下飯。

眼見果然噩夢成真，沉歡瞬間覺得自己掉進一個無盡的迴圈，身上寒毛都一根一根豎了起來。她已經能猜出夫人的下句話，竟然又要把她塞到三少爺的院子裡去？

往事一幕一幕在眼邊浮現，最後堪堪停在那碗落胎藥上面。

沉歡閉上眼睛，穩定翻滾的情緒，強烈地想要擺脫為奴命運的意志支撐著她。只是看來，最後的籌碼，今天是要用出來了。

全府都知道，她對二姑娘有救命之恩。

伯夫人當年抱著落水昏迷的二姑娘「我的心肝兒啊」的叫喚，並親口許諾，救命之恩必將回報，侯府滿府下人為證，讓沉歡好好想想要求個什麼恩典。

當年幼小的沉歡從水塘裡爬上來，寒冬臘月冷得渾身發顫，髮梢都是水珠子往下滴。她爬起來向伯夫人磕了個頭，恭恭敬敬地回道：「奴婢不敢居功，保護主子乃奴婢的責任，只是主子既然賜了恩典，奴婢不收就是奴婢不識抬舉。」

當時她身量未足，還瘦得很，伯夫人被她小大人似的口吻惹笑。

沉歡抓住機會繼續道：「奴婢斗膽求主子，讓奴婢年紀大點再討恩典，奴婢現在年紀小，這麼天大的好機會，奴婢要珍惜著。」

伯夫人女兒的命保住了，對她格外寬容，被她哈哈逗笑。「這哪房的丫鬟，這小嘴還挺索利。說說，那妳現在想要什麼？」

沉歡露出個靦覥的笑容。「稟夫人，奴婢現在就想吃個肉包子。」

說完，滿府的下人都笑了。

彼時沉歡年幼，毫無根基，就算開口換得良民身分，出了這宅子也生存艱難，估計都活不過冬天。

其實現在，也算不得最好的時機。但是她不能等了，事已至此，當斷則斷。

沉歡不等沈三少爺打岔，疾步跑向伯夫人，她臉上眼淚啪嗒啪嗒往下滴，一臉決絕，彷彿下了天大的決定，加上身子比屋裡所有人都胖，一步，地板一陣顫，這一跑起來就像有個鐵球迎面而來。

張成家媳婦一看，瞬間戲精附體，擋在伯夫人面前大叫起來。「護住夫人！」

沉歡哪裡管這個角色，仗著體重用力一撞——快速掃清了障礙。

隨著「啊」的一聲慘叫，張成家媳婦被彈開兩步，落在椅子上，嘩啦啦撞翻了一片瓷器陳設。

沈三少爺被這電光石火間發生的情況驚呆了。

伯夫人冷靜的面孔再也撐不住，手指捏得發白，她正要叫人，就見胖丫鬟跑到她跟前一個急剎車，然後「撲通」一聲重重地跪在她面前。

「夫人啊！」沉歡哭得猶如死了爹娘，抽抽噎噎地邊哭邊說：「沉歡急著回來也是有事情想求夫人，我母親怕是熬不過今年冬天，吃了郎中抓的藥也不見好轉。我母親——我可憐的母親——」

沉歡哭得整個人險些背氣，她跪著用手指抓著伯夫人的裙角，仰著臉，哭得肝腸寸斷，眼睛往上看去都是一片模糊，連伯夫人的表情都看不清楚。

「夫人仁慈無比，夫人曾說過賞沉歡一個恩典，沉歡小時候不敢提，就想著多伺候二姑娘幾年，多盡盡奴婢的本分，如今母親時日不多，奴婢懇請夫人放奴婢出府，讓奴婢回家侍奉母親。」

一口氣說完，沉歡保持眼淚持續狂飆，內心卻忐忑不安，心跳聲、呼吸聲一時間萬鼓齊鳴。

終於……終於說出來了！

機會等了又等，時機待了又待，沒想到卻是在這樣的情況下說了出來。

伯夫人沒想到沉歡竟是存了這樣的心思，其他奴婢一旦發賣出府都是哭天喊地，伯府衣食不缺，多少貧民眼巴巴地想求著進來，原來這丫頭想出去？

出去的恩典不好討，這在哪個府都是慣例。開了這個頭，就猶如開了一扇門。

伯夫人蹙起眉頭，看著腳邊哭成一灘水的沉歡，心中浮起一絲厭煩，語氣也漸漸轉冰。

「妳這丫頭怎不識抬舉？我話還沒說完呢！二姑娘固然是要出嫁，妳珍珠姊姊離開三爺院子，妳剛好過去替三爺打點打點。」

沉歡已經從她語氣的細微變化裡聽出端倪，心中一片冰涼，決定流著淚加大攻擊力度。話已經到這地步，伯夫人生性多疑又偽善，此刻如果沒有在眾多奴婢眼前逼她動搖做決定，之後就再無機會了。

「奴婢知道沒這慣例，也知道夫人這是給奴婢賜下大大的福分，可奴婢是個沒福氣的人，又粗鄙不堪，哪裡敢去三少爺的院子？」沉歡心中猶豫不定，最後一咬牙決定說出來。「實不瞞夫人，奴婢是個陰年陰月陰日陰時生的陰女，這點掌事媳婦可以作證，八字先生批奴婢此生孤獨一生，命途多舛，是個不祥剋、剋夫的，加上奴婢母親又病重，奴婢這才想求夫人給個恩典……嗚……」

也不怪她自貶，三少爺沈笙院裡的各個丫鬟，確實都是姿色上佳，現在那位通房也是相當嫵媚。

沈笙算是聽出來了，這胖丫鬟原來是不願意過來，想出去當個良民。

好大的心！

他原本不過想正當討個丫鬟過去補缺，別的心思也沒動。這賤婢竟然避他如蛇蠍，竟是看不上他的樣子。

伯夫人當年確實許下沉歡一個天大的恩典，救命之恩換一個良民身分，原也無妨。她之前已經反悔在先，如今眾僕都在，如果再反悔不認，難免有損她在後宅的威信，再加上沉歡爆出的陰女八字，就算只是伺候，她都不想放在兒子院裡，心中一時不禁有點動搖。

倒是一直不言不語的董嬤嬤，在聽到沉歡那句「陰年陰月陰日陰時生」時，臉上的表情有點變化。

沈笙從椅子上站起來，拍了拍衣服，冷笑兩聲。「母親，我看這賤婢心大著呢，竟是看不上兒子的院子，什麼伺候母親，怕是等著更大的高枝。想出去，沒門！」

沉歡可憐兮兮地望著伯夫人，就像一條毛茸茸的小胖狗崽。

伯夫人驚訝兒子竟然會因為這個動怒，心中一邊想放個丫鬟出去問題也不大，一邊又不想為了個丫鬟讓兒子心中不快，和她這個嫡母置氣。大兒子在朝為官，娶妻後終日忙碌，膝下要說貼心喜愛的還是這個小兒子。

思前想後，伯夫人終是下定決心。

沉歡屏息以待，此刻眼淚也不流了，就眼巴巴盯著伯夫人，似乎在等待最後的判決。

伯夫人正要開口……

「老奴有些話，想和夫人私下說說。」旁邊不言不語旁觀全程的董嬤嬤發聲了。

同一時刻，老爺跟前伺候的小廝也飛奔過來奉命傳話。「夫人——大喜事啊！」

蓮蕊連忙掀開簾子，那小廝一愣，隨即收回眼神，歡喜道：「夫人，老爺回來了，說今兒昌海侯府世子從宮裡被接回府上，昌海侯夫人也回來了，老爺現在叫夫人過去一趟，共同商議明兒拜訪的時候備什麼禮。」

伯夫人走了，董嬤嬤看了她一眼，那眼神帶著探究，隨後走了。

蓮蕊嘆口氣，也走了。此事無力回天，怕是不妙了。

沈笙狠狠地剜了沉歡一眼，最後也抬腿走了。

兩刻鐘以後，沉歡在細梅苑得知了伯夫人的決定：暫不出府，留在二姑娘院子裡。鬧出這麼大風波，罰兩月月錢。

沉歡「哇」的一聲在內心哭開了，離開失敗不說，還被罰月錢做兩個月白工。

且說沉歡聽過昌海侯府世子，甚至在她上輩子短暫的生命裡，兩人還有過一面之緣。她在伯府被灌下落胎藥，疼一宿後孩子落下來，沒想到竟然是個雙胎。沈笙知道後隱隱有點後悔，奈何孩子已經落下，事情已經發生，此刻也無力回天。

沉歡奄奄一息地躺在院子裡，下身血流不止，大夫已經言明是血崩，怕是熬不了幾天。她對沈笙徹底絕望，對自己更是失望透頂。

沈笙來看過她幾次，她眼神呆滯，似乎三魂七魄去了一半，別說笑一笑，就是一個正眼也沒給過沈笙。沈笙碰了一鼻子灰，他從小順遂，哪受過這種冷遇。不過一個通房丫鬟，索性就不來了。

伯夫人怕她死在府裡不吉利，遣一輛馬車將她送去京郊的莊子上，美其名曰養病，實際就是等死。

馬車晃晃悠悠地一路走、一路停，伯府的下人也是慣會看人下菜碟。拖著這個半死又不受寵的丫鬟，聽說還剛剛落了胎，真真是晦氣。

沉歡也知道自己恐怕熬不過幾天，她掀開馬車上的簾子看著這個世界。小販如雲、行人如織，酒廬茶肆，來往叫賣之聲不絕於耳，好不熱鬧。

不喜為奴為婢，卻自稱奴婢；不喜為妾，卻是通房，連妾都不如。

她一生困於此，死於此。

她實在混得太差，太差，太差。

突然馬車轉了個頭，開始避讓，一陣搖晃之後，沉歡被顛到馬車的另一邊。她被顛得一陣頭暈，眼前發黑，連帶著心臟怦怦直跳，呼吸都不暢通。歇了好一會兒，才掙扎著緩緩地坐了起來。

外面傳來凌亂的腳步聲，隨行的婆子小聲附在馬車窗邊告訴沉歡。「沉歡姑娘，打頭的是鎮北成王爺以及昌海侯府世子，聽說大敗進犯邊境的三十萬蠻族大軍，壓著大批俘虜凱旋歸來，現在正在過街呢。」

沉歡虛弱無比，也無力回覆這婆子，只是努力掀開窗簾，往外看去。

迎面而來的是四匹通體純黑、無一絲雜色的高頭駿馬，那馬異常健壯，有一人高，鬃毛飛揚威武，渾身竟似黑得發亮。

映入沉歡眼簾的首先是一雙夾著馬腹、修長勁瘦的男性長腿，在黑色的戎裝下彰顯著蓬勃的力量。腳上踏著玄黑色虎頭獸紋戰靴，那黑色的戰靴底上甚至還沾有一些潮濕的泥土以及暗褐色的痕跡。

那是乾涸後的血漬。

沉歡不知為何會想到那是血漬，心頭不禁一跳。

街邊傳來震耳欲聾的歡呼聲，男女老少都振臂高呼。「是世子！世子凱旋——」

「將軍凱旋——」

有人匍匐在地，高呼威武，陸陸續續有更多人跪下。街邊的婦人們也被這懾人的行軍氣勢所震懾，只一眼望過去，片刻間竟又癡了一片。

馬上那人，如玉、如海、如淵，如玉山般巍峨，如冰海般沈默，又如深淵般不可捉摸，風流恣肆卻又光彩奪目。

最要命的是那通身散發出來奪人心魄的清貴之氣，幾代的傳承積累，讓沉歡忽然明白了什麼叫「富有種，貴有根」。那氣勢如此懾人，以致讓人第一時間忽略了那俊美的長相，只覺得那人似乎天生高高在上，受人仰視。

那是沉歡第一次清晰地認知到階級差異，認知到何謂真正的「貴人」。

不知為何，她忽地感到異常害怕，心臟竟不受控制地劇烈跳動起來，就連掀開車簾的手都開始顫抖。

突然間那雙狹長的眼眸自她馬車掃過，眼珠深黑如濃墨般疊了一層又一層，似是穿透靈魂而來，也不知道是在看她，還是看她身後無數歡呼的百姓平民。

沉歡呼吸一滯，驚悸異常，連忙「啪」的一聲放下車簾。她撫著胸口，平息了好一會兒，才對馬車旁的婆子和車伕說：「軍隊過後就快些走吧，我乏得很。」如風中搖曳、忽明忽暗的蠟燭，沉歡去了莊子漸漸就起不了身。

又過了幾天，伯府負責送糧的僕婦到莊子上來送東西，掀開門一看，那薄命的通房丫鬟，卻是連屍體都已經硬了。

花開兩朵，各表一支，沉歡在對昌海侯府世子進行深刻緬懷的時候，忠順伯府伯夫人也帶了丫鬟、婆子匆匆忙忙去正廳見幾日不見的老爺。

忠順伯沈老爺襲爵已有三代，到下一代就要沒了。他在朝廷領的是個虛職，因為怕長子無法襲爵，他早早就向朝廷捐官，大兒子目前正跟著他歷練，二兒子是庶出還在唸書，唯獨三兒子不通庶務，讀書也不上心，頗讓他心煩。

有時候他不禁埋怨正妻過於縱容幼子，落得如今這走馬觀花的紈袴名聲。

「老爺，何事喚妾身急來？」伯夫人進門，見沈老爺臉上微露愁容，似乎是有憂慮之事。

沈老爺隨口就問：「老三呢？」

「在院子裡讀書呢。」伯夫人素知老爺心事，連忙給兒子遮掩。

「糊塗！」沈老爺一聽就知道陳氏又替兒子遮遮掩掩，不禁猛拍椅子扶手，一聲大喝。

他今日一回家，就見沈笙的貼身小廝一身血被拖著往回走，這才知道沈笙竟然夥同梁平侯世子整日胡鬧，下人不敢說得太細，直說夫人懲戒得是，再一問，卻說夫人在院子裡處理二姑娘身邊大丫鬟贖身之事。

隱約聽下來竟是那丫鬟想贖身出府，三少爺不幹，二姑娘也捨不得，兩人爭奪到夫人跟前，要夫人評評理呢！

見丈夫臉帶怒氣，伯夫人也不敢再辯解，立刻噤口不語。

「梁平侯世子乃世襲，我忠順伯府卻是三代即止，如今這關頭，他不知發憤圖強，報效朝廷，卻整日鬥雞走狗，沈溺聲色。祖宗掙下的基業，難道真的要斷送在我們的手上？」沈老爺說到後面，竟聲有哽咽。

這爵位是沈家用血換來的，他這些年四處奔走，為的就是在皇上面前把基業保下來。難不成，真要等他眼睛一閉，忠順伯府就要樹倒猢猻散嗎？

這個話題是忠順伯府一根隱秘的刺。沒想到今日老爺竟直接揭開瘡疤說了出來。這些年她省吃儉用，嫁妝都快貼空了，不知被嘴碎的下人埋怨了多少，還不就是為了整個伯府。眼見老爺這幾年對庶子關注有加，反而老是針對她生的嫡次子挑錯，不禁心裡又氣又委屈。可是再委屈，她也不敢忤逆老爺，只得賠笑著轉移話題。

「老爺教訓得是，妾身聽聞昌海侯府世子從宮裡被接了回來，不知老爺是何打算？」

這昌海侯府是沈老爺最想拉攏的對象。昌海侯府現任襲爵的老爺，乃是前任老侯爺的嫡長子宋明，這宋家是文武兼通的天子寵臣，京城公認的鐵帽子爵位，世襲罔替，富可敵國。娶的是平國公府嫡長女崔氏，兩家聯姻可謂轟動京城，滿城矚目。

「我記得二姊兒明年出閣，三姊兒也要滿十四了吧？」三姊兒乃妾室所出，比沈老爺口中的二姊兒小一歲，如今十三。

「是十三了，老爺何意忽地問起三姊兒？」伯夫人話未說完，就聲音陡變，有點不敢置信。「老……老爺……」

「今日我從宮中回來，昌海侯世子宋衍已經從宮裡移回侯府靜養。皇上關心異常，幾次挽留，奈何侯爺執意不肯，這才安排了當今太醫院第一人——丁太醫負責世子診療之事。並許了侯府隨時請診不必通報之特權。可見聖眷豐厚，非我等能及。」

伯夫人洞悉老爺想法，一時間囁囁嚅嚅。「可、可是昌海侯府實乃京城異、異數，那世子如今與那活死人一般，我聽太醫院傳聞，那世子爺雖然心跳仍在，卻是一輩子如此了。」

如果老爺有聯姻的想法，無論嫡庶均是守活寡的命。

「三姊兒過去，也只能當個妾室。」沈老爺嘆口氣。

「老爺……」伯夫人有自己的算盤，沒想到自家老爺居然動了送女為妾的想法。這三姊兒乃妾室所生之女卻頗美貌，伯夫人已經暗中籌備想將其以重金許一大商，雖是低嫁，聘禮卻甚是驚人。

「三姊兒我記得八字頗特別，乃陰年陰月陰日出生？」

「老爺怎忽然問起這生辰八字來？」這三姊兒的八字頗不吉利，就為著這八字，她伯府庶女的身分高不成、低不就，恰逢遠房親戚來京走動，就說給了一位山西大商，就是年紀略大點。

「我得到消息，說世子幼年時得當朝第一高僧莫知師父諫言，說世子乃四柱純陽之命格，所納之女須四柱純陰之命格，方能化解世子四柱純陽燒身之患。」沈老爺略一思索緩緩補充。「京中有傳聞，侯夫人崔氏，在暗中搜羅陰女，以納入侯府。」

至於納入侯府究竟幹什麼？就無人知曉了。

伯夫人哪能接受煮熟的鴨子就這麼飛了，如今伯府一日不如一日，那都是白花花的銀子啊！

她心中暗暗思量一番，對沈老爺勸慰道：「老爺，還望三思，這送女為妾傳出去，還說妾身不容庶女呢。再者，三姊兒那心性，怎甘心為人妾室？」

伯夫人已暗中收下那商戶一筆禮金，待納妾前夕再奉上剩餘禮金，此刻自然極力遊說。

「老爺，這世子猶如活死人，納陰女入府究竟是何意？」世子發病前可謂滿城貴女思慕之人，據聞即使現在，戶部尚書之女依然癡戀無比。

無論何等貴女，進去即是守活寡且無子嗣傍身，這昌海侯家連旁支都沒有可以過繼的。

沈老爺從椅子上站起來，苦笑一聲，負手在地板上慢慢踱著步子。「說來這昌海侯府確是個異數，歷代不管正室、妾室生育嫡子庶女幾人，最後能存活下來的竟然只有堪堪一到兩人而已。」

他慢慢踱步似在回憶。「先說老侯爺那一輩，原本三子兩女，最後竟只餘下兩子，好在爵位有人承襲了，嫁出去的兩個女兒先後病逝。到現任侯爺這一代，也就留下來一嫡一庶的血脈，滿城都傳宋家軍功立家，殺戮過重，累及子孫，天道不容。平國公府嫡長女卻無視一切，非他不嫁。當年侯夫人誕下兩子，眾多妾室生下兩庶子、一庶女，竟是幾輩子來少見的子孫繁茂了。」

「哪裡知道，好景不長，侯夫人嫡次子八歲就夭折了。侯夫人打殺了服侍二公子的一眾奴僕，連同奶娘以及近身服侍的丫鬟、婆子，至今仍讓下人發顫。又過了幾年，庶子竟也陸續夭折，到了現在，竟只剩下嫡長子宋衍了。」伯夫人陸陸續續補充，越講下去越覺得心中膽寒，有段時間，京城的勛貴們都知道，昌海侯府那幾年，幾乎隔一年就要掛白幡。

不管昌海侯府何等顯貴，家宅不寧，子嗣被詛咒的傳言卻早已深入人心。少年夭折、青年病逝、仔細算起來，幾代侯府子弟，竟連活至中年的也寥寥無幾。

他們家族似乎注定只有一個人可以留在這人間，名冠天下、權傾朝野。

現任昌海侯宋明就是這樣的角色。

而他的嫡子宋衍則是十四歲武舉奪魁，十五歲文舉探花，可謂名動京城。然而，這個唯一的嫡子，卻在當年進士杏花初宴上倒地不起，意識全無，服侍之僕無不大駭。皇帝震怒，疑是投毒，誰敢在慶功盛宴下毒行刺，一時間好好的宴會風聲鶴唳，滿宴官員連同新科的狀元、榜眼俱是冷汗潺潺而下。

大理寺負責此案，查了個底朝天，得罪不少貴冑卻依然毫無頭緒，苦不堪言。

廚房伙夫、採買、連同負責傳菜的宮女無一例外盡數入獄，血染牢獄，牽連死傷無數。

似乎伴隨著昌海侯府子嗣的陰影，總與血有關。

最後還是昌海侯宋明上奏皇上，親自平息了這場血腥的審查。

太醫院最高聖手殫精竭慮，許多太醫們日夜思考，最終得出的結論是：世子雖性命無礙，然清醒之日遙遙無期。

至今，變成活死人世子，已經三年了。

出了正廳，伯夫人就暗暗思量，她眉頭蹙起，水也不喝，心生一計，打算晚間和老爺再議。

這陰女說不定送出去就回不來，折一個美貌庶女，著實不划算。

晚間與老爺說定後，伯夫人立刻招來一個心腹媳婦，低聲叮囑，竟是要差人去民間選購採買八字全陰的女子回來。

蓮蕊不明所以，董嬤嬤看在眼裡也未吭聲。

一晃三個月過去了，天氣也翻春，管事媳婦多方走動，各個牙婆四方村落大力搜尋，重金死契也才堪堪找到兩個，且還只是年月日能湊上，時間湊不上。

沈老爺覺得不夠，伯夫人只得命人繼續再找，準備湊齊三個再擇日走余道士的關係，作為禮物送到昌海侯府。

眼見女兒出嫁在即，時間越來越緊，伯夫人忙碌不堪，搜人之事卻毫無進展，沈老爺近日回家，竟隱隱露出埋怨之意。

伯夫人這日剛檢查完二姊兒的嫁妝單子，又聽聞辦事媳婦彙報近日情況，頓時怒火中燒馬上發作起來。

董嬤嬤瞧了些日子，漸漸揣測出伯夫人的心病來，遂開口道：「夫人何須與下人置氣？老奴在旁瞧了些日子，夫人不願割捨自己女兒，是一片慈愛之心，那三姊兒端是好福氣。不過缺一人，也不難，夫人難道忘記了？這遠在天邊，近在眼前啊。」

「嬤嬤何意？」董嬤嬤乃伯夫人隨侍老奴，情分自是不一般，立刻問道，不解是何意。

「夫人只管找那外頭的，竟完全忘記裡頭的？」

「三姊兒……」伯夫人剛想說三姊兒已有考慮，忽然就沒了聲音。當時沉歡說自己是個沒福氣的、不願調到三少爺院子的情景，瞬間浮現在她眼前。

董嬤嬤知伯夫人已經意會，點頭道：「這不剛好湊齊三個，全看夫人捨不捨得了。」

這幾個月來壓在伯夫人心中的大石猛然墜地，她心口一輕，頓覺人都通體爽朗起來。

「一個賤婢而已，有什麼捨不捨得，多虧嬤嬤提醒，我真是忙糊塗了。」

伯夫人立刻差人喚來掌管全府奴僕身契、八字、入府時間、何人買賣等資料的管事到跟前來問話。反覆確認細節，又命管事再次核對，遂喜笑顏開。

總算把人湊齊了。

第三章　活死人世子

二姑娘出嫁在即，沉歡又因出府失敗，這幾個月都有點意志消沈。

翻年後她也十五了，因為擔心出府後第一年日子清苦，這兩年她都是能吃就吃，死命把肉往身上囤著，就等出府時在清苦日子有個緩衝。

想到之前沈笙那聲冷笑，沉歡頭皮就有點發麻。

但凡能遇見沈三少爺的路，她都能避則避，二姑娘不愛出門，她正好跟著縮在院子裡。

二姑娘沈芸性格沈靜，平日裡不是習字就是女紅，還被纏著教了沉歡不少字和算數之類的東西。

這日沈芸卻破天荒沒有做女紅，遣了其他丫鬟出去，單留沉歡一人，說要向沉歡討那秘密的糕點做法。

沉歡正想著二姑娘今天是想要紅豆糕餅的配方，還是鳳梨酥的單子，沈芸卻從梳妝檯下拿出一個盒子。

沈芸示意她打開，沉歡老老實實地照做了。

裡面是一對赤金鐲子，無任何花紋，純金量足。

「姑娘，這鐲子怎麼沒有花紋？」沉歡不明所以。

沈芸拉近她，將那一對鐲子忽地塞在她手裡。「沉歡，妳對我有救命之恩，我母親食言毀約，至今未放妳出府，我……我心裡知道……」說完，眼睛竟隱隱有點淚意。

沉歡嚇死了，連忙推拒鐲子，寬慰道：「奴婢不在意的，奴婢伺候二姑娘開心得緊，這是奴婢的福氣。」

別哭，千萬別哭，妳哭了，她等會兒還得想怎麼解釋。

沈芸看了沉歡一眼，將那鐲子再次塞到沉歡手裡，意志堅定道：「妳莫怕，這是我差人用自己攢的銀子換成金子熔的，全府沒人知道。這鐲子我已親自去廟裡求過福，就當保佑妳了。」

沉歡呆住了，心裡莫名感動，樣子也愣愣的。

沈芸看沉歡不接，咬咬牙。「我要出嫁了，我勸不了母親放妳出去，這是我給妳的傍身錢，我……我費了好些心思才弄好的。」她其實幾次試圖遊說母親，讓沉歡陪嫁過去，這樣出嫁前身契自然會到她手裡。

沉歡想脫奴籍，到時候放不放只是她一句話的事情。沒想到前幾次母親太忙無暇顧及此事，這幾日她才剛提，母親竟然一口拒絕，毫無轉圜餘地。

這事沉歡也不是沒想到，但是上輩子二姑娘死了，這輩子未來還是個謎，她實在不願押命運在不確定的事情上。

此刻，沉歡心裡一片柔軟，將鐲子推到沈芸面前。「奴婢謝謝姑娘的心意，也知道姑娘想報答奴婢，姑娘若是感念咱們主僕一場，以後好好過日子，和姑爺和和美美就是奴婢最開心的事了。」

沈芸夫家乃禮部尚書家，主管全國教育，沉歡希望二姑娘能過去站穩腳，以後至少多條金玉腿給她抱。

沈芸果然被感動了，沉歡真是她最貼心的丫鬟了，且對她有救命之恩，幾年下來情同姊妹，遂更堅定主意，以後能幫她一把必定會相助。見沉歡不要鐲子，她也不強求，便悄悄放到沉歡的枕頭底下。

沉歡知道二姑娘這是鐵了心給她金子以報答救命之恩，無奈收了。

這一日，府中來了個道士，那道士披頭散髮、蓬頭垢面，手裡一柄拂塵髒得都像是有蝨子。迎接的丫鬟近身一聞，臭氣熏天，避之不及。

伯夫人今天才知道，原來余道士是這個樣子，驚訝歸驚訝，也只得壓著耐心好好供著。

這余道士據說有神通，行蹤詭異，達官貴人重金求見，所求之事無不靈驗。然這道士手段卻甚是駭人，前段時間據聞才買了幾個童男、童女煉丹。

所議之事是秘密，董嬤嬤隨侍。蓮蕊雖不得近屋，但她知道一定又在商議陰女之事。

恰逢沈老爺剛剛出門歸來，聽聞余道士來了，也忙過來一見，遂差人先至正廳通報。

蓮蕊見小廝傳話，比了個噤口的動作，自己靠近窗戶準備通報，人剛一湊近，就聽見那道士陰聲說道：「夫人這三個人，也只有一個人的八字可以一用，乃這名喚沉歡之人。」

聽見沉歡這個名字，蓮蕊手一抖，差點發出聲響，連忙穩定心神，進行通傳。

須臾片刻，沈老爺就到了，伯夫人遣出董嬤嬤，三人又談了一炷香的時間。

最後余道士收下沈老爺奉上的銀子，笑道：「大人請放心，近日我將去侯府為世子定魂，此事必辦妥帖。」

世子定魂這件事，滿城皆知，連身為奴婢的沉歡也略知一二。

雖說她見過前一世昌海侯世子意氣風發的模樣，但命運的軌跡早已改變，這一世估計翹辮子只是遲早，偏這余道士信徒甚廣，說什麼給世子定魂，侯夫人信了，侯爺知他夫人幾年來近乎癲狂，也就隨她了。

神棍的錢太好賺了，沉歡表示很羨慕。

但是定了魂，若這世子還是沒醒，余道士會不會被打死？

如此想著的沉歡並沒意識到她成了主角。

當天晚上，沉歡被叫到伯夫人房中，再次核對生辰八字之事。

沉歡立即心生警惕，如今出府的事也被伯夫人擱置了，二姑娘最近即將出嫁諸事忙碌，伯夫人為何單單來問她生辰八字？

這一問，怎麼都透著詭異。

但是生辰八字也造假不了，當初買人進來都登記在冊。沉歡雖覺得奇怪，也只得老實答了。

伯夫人似乎很滿意，眉梢帶著放鬆的笑意。「行了，下去吧！好好伺候，近日少吃些油膩。」

沉歡一邊納悶，一邊退下了。

第二天，董嬤嬤出現在沉歡的院子裡，後面跟著一個身穿藕色比甲、鵝黃衫子的年輕丫鬟，年齡約莫比沉歡大個一、兩歲的樣子。

董嬤嬤笑道：「這是太太新選的瑞蘭，過去給二姑娘使喚的，沉歡姑娘這幾日教導一下。另，夫人現在喚妳呢，快去吧！」

伯夫人的房裡還有兩個年約十四、五歲的女孩子，容貌皆上乘，只是家貧伙食不好，兩人身形都有些瘦弱，臉色看起來蒼白。

「這是如意。」伯夫人指了指那個嫩綠衫子、杏眼含情的女子，隨後又指向另外一個臉色蒼白冰冷有些瑟縮的女孩子。「這是如心。」

「後天董嬤嬤會送妳們先去別院，侯夫人已許了，妳們三人以後就到昌海侯府伺候了。」

三人聽完，如意、如心對看一眼，臉上均露出驚喜的表情，兩人同時被買進，牙婆說伯府處處富貴，剛進來第一天就晃花了人的眼，現在竟然還要升級去侯府。

沉歡本能地覺得事發突然，「撲通」的一下向伯夫人跪下。「奴婢有什麼過錯，還請夫人責罰，請夫人不要將奴婢遣去侯府。」

這事不對！不對！

昌海侯府，沉歡聽下人八卦過，奴才多、主子少，這樣的府邸豈會突然再添新奴？

這時，董嬤嬤也回到伯夫人跟前伺候。

沉歡話一出口，伯夫人溫和的表情就消失了。那施粥時慈眉善目的神情，此刻被一股發自內心的不耐煩替代，那上位者慣有的眼神裡隱隱透著股寒意。

董嬤嬤上前「啪」的就是一耳光，打得沉歡腦袋一偏。

「真是翻了天的奴才，夫人讓妳去就去，哪有妳置喙的地方？到了侯府縮緊尾巴伺候，別丟了伯府的臉面。」

沉歡垂下眼瞼，臉上一片火辣辣。此刻不敢再提，默默退出房間。

沉歡心情沈重地回到二姑娘院子，二姑娘見到新來的丫鬟也不驚訝，估計伯夫人早已知會過一聲。

臉上火辣辣的感覺猶未散去，伯夫人這是在告誡她，奴就是奴，不要逾越。

默默地和新來的瑞蘭做交接工作，沉歡實在想不通，為何忽然把自己送去昌海侯府？

二姑娘沈芸看她心事重重，待瑞香走後，沉歡為她鋪床的時候才試探道：「沉歡，妳為何心事重重？莫非妳覺得昌海侯府不好？」

沉歡睜大眼睛。「姑娘，妳知道夫人將我送到侯府之事？」

沈芸搖搖頭。「我也是今天才知道。不過京城貴女間多有傳聞，昌海侯府富可敵國，對下人也大方得緊，妳過去伺候不好嗎？」

母親向她提起的時候，她也覺得是個好差事。

沉歡看二姑娘懵懂的樣子，不知道心中的焦慮從何說起，只得嘆口氣。「奴婢對侯府一無所知，心中……心中著實害怕。」

沈芸從小接受大家閨秀的教育，鮮有議論他人的時候，這時看沉歡說出「害怕」這兩個字，不禁寬慰她。「妳莫怕呢，我行走貴女之間，聽聞侯府老爺乃當朝寵臣，侯夫人系出名門，那世子爺當年何等風姿，就是、就是……」

她臉微紅，覺得自己於閨閣中議論其他男子，實是不妥。

沉歡立馬接話。「就是怎麼？好姑娘快說完，奴婢實在是相當擔憂。」

趁能套點話，求著沈芸多爆點料吧！

「唉……」沈芸竟然嘆口氣。「昌海侯府子嗣實在艱難，庶子、庶女之前沒了，後來嫡次子也夭折了，京城傳了好多年，都說侯府不是被詛咒就是怨氣太重，滿城的勛貴，就他家養不住孩子。」

其實背地裡不少夫人、小姐，也議論說是侯夫人崔氏不容人，幾個小妾子女相繼夭折就是她的手段，後來她的次子八歲也走了，可不就是報應？

第二日，伯夫人特許沉歡歸家一次，隨行小廝數人。

沉歡一琢磨這陣仗，倒像是防止她逃跑似的。因為她之前才見過父母，這次回來人多也不能說什麼，淺淺問了幾句就被催著走。

「阿姊怎麼剛回來就要走？」弟弟顧沉白長得俊俏非凡，是附近聞名的美少年，這會兒看姊姊回家一小會兒就要走，不禁開口挽留。

「好好讀書，再讓我發現有翹課之事，母親不罰你，我就動手。」沉歡叮囑完弟弟，只得無奈起身。

顧沉白素懼姊姊，當即縮了縮脖子。「知道了。」隨即又小聲撒嬌般在她耳邊說話。「姊姊勿怕，我以後一定給姊姊贖身。」

沉歡心中得到安慰，摸了摸弟弟的頭。「這是你唯一的出路，記得我的話。」

身為普通百姓，科舉是致仕的唯一途徑，沉歡希望弟弟能從心裡明白自己的處境。

第三日，天還沒亮，如意、如心還有沉歡，就跟著董嬤嬤收拾完東西，從內院往前門走。

遠遠地看見儀門外有個高䠷的身影，身後隨侍著四個丫鬟、三個小廝，一個提著暖爐，一個提著燈籠，餘下眾人正在整理東西，地上堆著行李。

此時天還未亮，那人披著深色的披風，看不清臉龐，似乎已站了一段時間。

「三爺？」董嬤嬤疑是自己看錯，這天還未亮，沈三少爺怎會在這裡？

「嬤嬤好，三少爺今日要歸書院，待會兒就出發。」沈笙的大丫鬟笑著回應董嬤嬤。

「站住，我有幾句話要問這賤婢。」

沈笙從黑暗中走出，沉歡看清楚了，果然是他。

眾人你看我，我看你，不知什麼情況，只得先退下去一點。

沈笙居高臨下。「妳這胖丫鬟不知好歹，我再問妳一句，妳可是不願去我的院子？」

沉歡已經無奈了，她人都要走了，沈三少爺為什麼就是嚥不下這口氣。

「三少爺，奴婢怎敢如此拿喬，差事乃是夫人安排，奴婢不過聽命行事。上次是奴婢不敢接珍珠姊姊的差事，怕自己搞砸了，惹得少爺、夫人不快，還望少爺莫要與奴婢置氣，全是奴婢的不是。」

「哼。滿嘴謊話的賤婢，想攀更大的高枝。」沈笙面色不豫，顯然不滿意這答案。

沉歡知道處理這種情況最好的方式就是閉嘴，氣氛瞬間尷尬。

董嬤嬤怕沉歡再惹沈三少爺生氣，笑著打圓場，趕緊帶著沉歡、如意和如心走了。

不知是不是錯覺，沉歡竟覺得沈笙遠遠地注視著這邊，直到她上車。

此去侯府，不知前路如何。但是生活就是這樣，說不定更好呢？把希望留在前方吧！

馬車向前緩緩行駛，初春的早晨還有著冬末的寒意。車裡三個女孩子縮在一起時而閒聊，時而打著瞌睡，慢慢地卸下心房。

沉歡這才知道，如意和如心竟與她的生辰八字屬於同一類型。

心中的不安漸漸擴大。

等馬車停下來的時候，天已經亮了，董嬤嬤招呼沉歡一行人下車，迎面而來的是兩扇巍峨厚實的朱紅大木門，門環是銅鎏金的獸頭輔首，門兩邊是青色抱鼓石，還有一對威武的石獅子。

宅門深深，深幾許。

前塵往事，不堪憶。

沉歡的心中忽然湧上一股窒息，彷彿這宅門就是一座圍城，一旦進入，此生便只能隨波逐流飛花去。天高地闊，再也與她無關了。

一個穿黛色繡花纏枝襖的年輕婦人迎了董嬤嬤從角門進去。

沿路奴僕眾多，卻無人私語，沉歡目不斜視，一路跟著婦人穿越層層宅院，往最裡面的院落走去。

她們都是外僕，想來也沒什麼好差事，沉歡的心漸漸安定下來，換了地方，至少她擺脫成為沈笙通房的命運，也算一件好事不是嗎？

進了最裡面左側的院落，婦人就退了出去。董嬤嬤似乎也有點緊張，不住張望，心中計算著待會兒面見侯夫人，該如何應對方不失體統。

一刻鐘過後，侯夫人並未傳示，只一位不苟言笑的平嬤嬤過來與董嬤嬤完成交接。隨行的侯府管事媳婦接了身契核對之後，方笑道：「辛苦嬤嬤了，請去我那裡吃盞茶歇一歇，夫人今日身體不適未能見客，改日必好好感謝伯夫人一片心意。」

董嬤嬤走了，眾媳婦婆子一行人也走了，這個院子似乎位於侯府最裡面，此刻鴉雀無聲。被留下的沉歡一行人面面相覷，不知道這是什麼路數。

「沉歡姊姊，我原以為伯府已經是夠富有了，沒想到這侯府好大的氣派。」一路走來，如意已是癡了，她出身貧賤，從未到過如此富麗堂皇之地，一進來，只覺得裝飾、陳設、園林、造景猶如仙境。

沉歡在伯府歷練幾年已經逐漸沈穩，忠順伯府乃三等爵位，昌海侯府卻是二等爵首位，何況世襲幾代，自然比別人不同。

晚間過來一個美貌丫鬟，沉歡細細打量，只覺得來人柳眉桃腮，一身天青色錦衣綢緞襦裙，外罩鵝黃暗紋比甲，腰間繫著蝴蝶比目魚紋香囊，顯然是個有身分的大丫鬟。

「奴婢乃是世子院幻洛，各位妹妹今夜就宿於此地。夫人看過各位的身契，俱是死契，如意、如心的名字，原本是夫人先前與伯夫人商議好的，故不用改名。沉歡妹妹原本要改名，夫人取其『承歡膝下』之意，說這名寓意吉祥，故沉歡亦保留原名。」

沉歡鬆了一口氣，換了名字，光是聽習慣都要花一段時間，能不改最好。

幻洛的目光在三人身上逐一滑過，在長得最好的如意身上稍作停留，隨即露出個一閃即逝的輕蔑笑意。「明兒封嬤嬤會負責過來教各位規矩。侯府規矩大，三位妹妹乃是伺候人的奴婢，非傳喚不得輕易出這院門，望各位妹妹謹記。」

沉歡敏銳地捕捉到幻洛那一閃即逝的敵意，她長得胖，和狐媚惑主怎麼也搭不上邊，因此幻洛在面對她說話時，笑意明顯親切了幾分。

幻洛交代了一些注意事項，隨後由另外四個統一著青灰薄夾襖的婆子送來床單、漱洗等生活用品。

沉歡柔聲道：「謝謝各位嬤嬤，請問嬤嬤如何稱呼？」

四個婆子搖搖頭，無一人說話，沉歡仔細一觀察，竟是全割了舌頭。

這侯府有什麼秘密，竟需要如此對待僕婦？如心、如意顯然也發現這點，如心更是面色不好，一副天塌下來的樣子。

送完東西，幾個婆子就退下了，沉歡壓住心中的不適，回頭對如意、如心勉強地笑道：「原本想問點消息，沒想到幾個嬤嬤均是啞巴，今天折騰到現在，妳們也累了，早些休息吧！」

三人裡面，沉歡年齡最大，已經滿十五了，餘下兩人年齡依次排序是如意、如心。

如心最小，此刻臉色蒼白，抓著沉歡的手哭道：「沉歡姊姊，我偷偷聽牙婆跟伯府的採買媳婦說話，說我們不是去伺候人，是去給人做藥引子的。」

「我……我……」如心實在撐不住了，嗚咽出聲。「我不要死，我不要死……嗚嗚……嗚……」她滿臉淚痕，看上去我見猶憐。

沉歡的心彷彿猛地被別人捏緊，一切不合理似乎都有了解釋。

伯夫人突然改變了主意、斬釘截鐵的語調以及不容置喙的安排……沉歡腦子一時間異常清楚，一時間又混沌難明。

憑藉這麼多年在伯府養成的職業素養，她在如心還要繼續大哭的時候，條件反射性地一把捂住如心的嘴。

「噤口！到新主子家哭是大忌諱。哭也解決不了問題，萬一引來其他管事媳婦，夠妳受的。」

如心、如意顯然沒在高門大戶待過，此刻被沉歡一喝，兩人都呆呆愣愣的。

如意吊著眉，覺得如心太過膽小，事情還沒發生，就盡往壞的想。這裡主子權勢大，指不定是她們的新活路。三人裡面她姿色最好，沉歡最次，即便是要犧牲，想來也是從這兩人身上開刀。

由於各懷心事，三人都沒睡好。

沉歡一夜都是夢，醒後又全記不住，只覺得腦子嗡嗡作響，天還未亮，叩門聲就「砰砰砰」響起來。

「平嬤嬤喚妳們三人過去，速速起來。」

沉歡本就沒睡著，一聽這叩門聲，連忙一股腦地爬了起來。

敲門的人，是幻洛。開門的人，是沉歡。

幻洛對沉歡印象不錯，她眼光掃過窸窣起身趕緊跟過來的如意和如心，皺了皺眉頭。

「平嬤嬤喚妳等三人，換上昨日啞奴送來的衣衫，速速隨我過去。」

沉歡連忙應了，三人迅速換上侯府下人的統一衣衫，水色的碧藍裙子，同色系的薄襖上衣。

三人這一換，沉歡就發現胖子的悲痛之處。想是幻洛還給她挑了件大尺碼，她費了好大力氣，累出一身汗，好歹穿是穿上了，那腰簡直慘不忍睹。

沒有對比，就沒有傷害，襯托出如意、如心兩人纖腰簡直不堪一握。

這也好，女人對美都有嫉妒心理，炮火都讓戰友接了，她就在後方好好撈錢就夠了。侯府總要給下人發工資吧？

幻洛當然不容三人耽擱，衣服一換完，就帶著三人穿越重重迴廊，來到位於內院的一個次廂房。

還未進門，沉歡就聽見裡面傳來「嬤嬤……奴婢再也不敢了……再也不敢了」的討饒哭泣聲。

幻洛似是習以為常，推開門臉上堆起笑容。「嬤嬤莫要生氣了，小賤蹄子不聽話，打幾板子就是了，氣壞了身子，這差事可就耽擱了。」

平嬤嬤一指甲向那跪著哭泣的小丫鬟掐去，那小丫鬟嘴角瞬間掐去一塊皮，指甲縫裡都有脫落的皮肉，還帶著血。

小丫鬟痛得身子直發抖，手指摳著青石地板響了兩聲。

沉歡嚇了一大跳，沒想到第一天上崗就碰見這種事，瞬間有種不太妙的感覺。奴婢法則，位高者得勢，沉歡同情地看著那個哭泣的小丫鬟，彷彿看到自身的命運。

平嬤嬤打夠了，也沒心思了，旁邊有丫鬟遞上擦手的帕子，她清理了下指甲縫的血跡後才轉過頭來。

五十多歲的年紀，一雙微微露白的三角吊梢眼，雙頰法令紋明顯，唇角緊緊抿著，並沒有接幻洛的話。

「來了？」平嬤嬤淡聲問道。

幻洛將沉歡三人往前推了推，介紹道：「這是侯夫人身邊的平嬤嬤，趕快向嬤嬤問安。」

沉歡知道這是個不好相處的人，趕緊行禮問候。

「行了，今日正事要緊，妳們好好學。躲懶的人，我定不輕饒。」

三人連忙稱是，談話間，又進來一位四十歲上下的中年女性，一身絳紫直領小袖衫，下著雪青色裙子，圓潤的臉頰，膚色細膩白皙，笑容可掬，觀之可親。

平嬤嬤看見來人，點點頭介紹道：「這是負責教妳們規矩的封嬤嬤，其餘的找幻洛即可。」

交代完，平嬤嬤點點頭，幻洛連同封嬤嬤馬上帶三人去另外一個房間。

沉歡不明所以，如意更是好奇，禁不住東張西望。

封嬤嬤和幻洛先進去，一會兒時間，先喚了如意進去，接著是如心，最後才是沉歡。

屋裡燭光昏暗，略有陰森之感。幻洛和封嬤嬤分立兩側，正中坐著一個遮了半張臉的道士，那道士頭髮蓬亂，執了半舊的拂塵，拂塵看起來灰撲撲，前段還有點打結。

道士桌前放了一個瓷碗，裡面是清水。

「喝了。」那道士命令道。

沉歡猶豫了一下，看幻洛和封嬤嬤的臉色並無變化，料想才來第一天，不至於就弄死個丫鬟吧？看這道士也不是好說話的人，只好端起碗慢吞吞地喝了。

她喝得慢，吞得也慢，要是有毒，至少可以及時吐一點出來。

「喝大口點！」那道士耐心不好，拂塵一揚就是一聲暴喝。

沉歡不敢耍心眼，只得大口大口嚥下去。

那水無色無味，沉歡不知道是不是心理作用，總覺得有股淡淡的腥。小半碗下去倒也無事，沉歡放下心來，大口大口繼續喝。

喝到半碗，心口就一股絞痛，那痛來得非常突然，如同腹部忽然竄出一條有著劇毒獠牙的蟒蛇，一口長牙扎進心間，火辣辣，手指尖都痛僵了。

這樣猝不及防，沉歡自然是忍不住叫出聲來。「啊——」手裡的碗掉在地上，碎片濺了一地。

那道士站起身來走到沉歡身邊，短短幾秒，沉歡就痛出一身薄汗。「我……我……」完了，她真的中毒了，侯府居然第一天就毒殺丫鬟。

不是她內心戲太多，實在是沒料到這一齣是什麼意思。

那道士靜靜地觀察她，猶如蟒蛇盯著青蛙，沉歡被盯得毛骨悚然，約摸半炷香的時間，疼痛居然自行退去了。

「仙人，這是何故？」封嬤嬤也是嚇了一大跳，前面進來兩個，雖然也喝了這符水，但是反應都沒這肥丫頭這麼大，這肥丫頭何故疼成這樣？

「此女最佳，定魂可用。」余道士似乎滿意了，臉上露出個笑容。

定什麼魂？這是沉歡從疼痛中清醒，飄入腦海的第一個詞。

封嬤嬤和幻洛都鬆了一口氣。

出了這房子，沉歡才知道三人都喝過水，不過自己痛得最厲害。

「妳確定妳們不是那麼痛？」沉歡不敢置信。

如意和如心都感到莫名其妙。「有點痛，很輕微。難道妳很痛？」

沉歡不說話了，覺得這事透著詭異。

余道士對侯府的錦衣玉食似乎毫不感興趣，幻洛備好的珍食佳餚，他一口未動就匆匆離開，反倒沉歡她們餓了一早上，終於現在有時間吃早飯了。

用完早飯，就是封嬤嬤的教習時間。

封嬤嬤伸出雙手，展示手掌。「服侍世子之手務必保持柔、韌、暖、淨、乾。妳們可要記清楚，如有違者……」她原本柔和的眉眼褪去暖意。「侯府規矩——杖刑。」

這聲調不大，也沒說具體打多少下。但是沉歡和如意、如心卻聽出其中的嚴厲，三人生生打了個寒噤。

封嬤嬤看三人的表情，也不點破，恢復之前神色繼續道：「世子自當年探花杏林初宴突然昏厥不醒，至今已近三年矣。」

說到三年，封嬤嬤似乎有點哽咽，嘆息之後調整了語氣。「這些年來世子臥於病榻，雖未撒手人寰，然從未清醒。今年狀況不佳，清減之兆越顯，故夫人心疼至極，全府上下皆惶惶不安。世子平日一應吃食、換洗、藥物均有專門之人掌管，爾等初期不必做這些，靜等平嬤嬤吩咐。」

「嬤嬤，世子近三年未醒，是何緣由？」沉歡覺得近三年不清醒，還沒死，這什麼情況？

封嬤嬤看了沉歡一眼。「妳這嗓子倒是特別。」

沉歡不好意思。「嬤嬤勿笑，奴婢天生如此，幼時說話常被誤以為撒嬌，待年歲漸長，還是如此，想是天生的了。」

封嬤嬤點點頭，若有所思，這嗓音綿軟溫柔，似嬌含情，太醫常叮囑世子雖意識不清，仍須經常刺激呼喚，其中更要言語特殊之人，多多與之交流說話。

「世子並無外傷，觀之與常人無異，只是擦洗、進食一應生活均須專人服侍料理。世子少年得志，文武雙全，定是天妒英才才會有此劫難，妳們只須切記，在這裡府裡，有三個字是萬萬提不得。」

「嬤嬤請講，是何字？」如意也甚是好奇，忍不住追問。

封嬤嬤壓低聲線，將音量壓低到只是近身三人能聽見的程度，表情肅穆，顯是鄭重至極了。

「這『活死人』三個字，乃是府中忌諱，違者小命不保。」

沉歡琢磨了一下，既然是忌諱，那平日裡還是注意些好。

想當年，她死之前偶爾還會想起和世子當時那驚鴻一瞥，這輩子沒想到還會再見面。

接下來封嬤嬤又傳授了一些伺候世子的相關知識，沉歡一邊跟著學，一邊心裡嘀咕：原來進侯府的第一份差事是這樣啊。

中間另一個大丫鬟過來，名喚幻娟，帶著幾人熟悉了一下院中構造，又仔細叮囑哪裡可進，哪裡不可進。

「世子書房比尋常書房稍大，因連著一間沈思室的關係，書房由幻洛姊姊負責，平日不可擅進。」

沈思室？沉歡納悶，不過不敢多問，連忙稱是。

似是看出沉歡的疑惑，幻娟笑道：「這沈思室非妳理解那般，乃是世子的紙鳶室。」

「紙鳶？」

幻娟點點頭。「世子精通器械，喜手作紙鳶，室內品項皆為世子親手所製，當世罕見。」

想是覺得讓幾個土包子見識一下也好，幻娟輕輕推開書房的門，沉歡眼尖，一眼就瞄見最裡面榻几上似是有個棋盤，不過隔得太遠，看得不甚清楚。

幻娟提步進去，語帶驕傲。「世子書房藏書甚廣，所製紙鳶精巧異常，有一只木製『青鳥』可盤旋天際幾天不止，不過世子雖親手製鳶，卻從不放鳶。只偶爾賞賜下人為之，權當消遣了。」

盤旋天際幾天不止？製鳶不放鳶，世子的愛好果然很奇特。

一一交代完畢，就接近晌午了。

過了晌午，幻洛又領著兩個姿容絕佳的少女來到封嬤嬤這裡，幾人互相問了好，寒暄了幾句。

「幻洛姑娘乃世子院內執事大丫鬟，平日妳們有什麼事就找幻洛稟報。」封嬤嬤給三人介紹。

沉歡連忙行禮。「已經見過了，往後還請幻洛姊姊多多調教。」

果然是大丫鬟，看來還是個首席管事的，怪不得行為舉止和眾丫鬟不同，想是世子醒著時，就是院內的得力丫鬟。

幻洛又介紹身邊另外幾個，均是世子院內大丫鬟，名諱均以幻字打頭，分管著院內世子的吃食、衣物、飾品等諸多事宜。

幻洛亭亭玉立，走上前來，眼風掃過沉歡三人。「世子院內有規矩，均是世子醒時立下的，世子不喜下人忤逆，妳們可要仔細聽好了。」

接下來開始長篇大論的世子不喜……世子不喜……世子不喜……

一刻鐘後，幻洛背完世子不喜清單，沉歡已經呆滯了。這麼多不喜，請問有沒有喜歡的？都已經「活死人」狀態三年了，還積威這麼廣，院內眾人竟沒一人敢忤逆、更改和調整？

不喜被碰觸，她理解，沒幾個主子喜歡下人觸摸，但是生病之人，不觸碰怎麼翻身照顧？

不喜私人物品移動，她也能理解，人對自己的東西都有占有慾。不喜頭髮披散於榻間，每日必細緻束髮。但是，你天天都躺床上呢，束髮你不麻煩？

但是不喜的食物有這麼多，這是什麼情況？難道他一個陷入昏迷沈睡的「活死人」世子，睡著了都還挑食？

接下來幻洛又噼哩啪啦講了一堆規矩，全是侯府刑罰類，如心聽得瑟瑟發抖，沉歡已經麻木了。

她深深覺得這新差事，有問題！有很大的問題！

之後連續一個月時間，沉歡三人都跟著封嬤嬤學習伺候貴人的手法、要求、重點。她別的優點不敢說，學習認真倒是值得肯定，半個月下來，加上以前自己的知識，已學了個八九不離十。

封嬤嬤甚是滿意。

沉歡感嘆，重生之前自己要是有這積極之心，說不定不給沈笙做個通房，撈個管事娘子的職位也是可以的，可惜可惜！

第四章 培訓上崗

且說伯府三少爺沈笙在書院一改往日敷衍之心，近日倒學習得挺上心，聽完小廝彙報，伯夫人甚覺安慰，對他更是溺愛。

沉歡在侯府的這一個月，沈笙也在月末回了一趟伯府，他拐彎抹角打著給二妹妹買鸚鵡的由頭，又去了妹妹的院子。這才發現沉歡竟是無故不見了，身邊幾個丫鬟竟都不知所蹤。他不好問妹妹，怕引起懷疑，私下一想，湊出個端倪。

到了晚間，就命人綁了董嬤嬤的孫子過來問話。

他一臉寒意，冷聲道：「說！你那黑心的奶奶把胖丫鬟弄哪裡去了？」

董嬤嬤的孫子在負責人事的管事手下當差，剛想佯裝不知情，看這事怎麼糊弄過去，沈笙身邊得力小廝就一掌將他推了個倒仰。

「三爺問話呢，少裝瘋賣傻，信不信弄死你！」

董嬤嬤的孫子不敢在主子面前裝神弄鬼，他也知道不多，只能儘量在回憶中挑重點說。

沈笙沒想到，那胖丫鬟竟被送到侯府，一時間心裡悵然若失，也不知道是什麼滋味。

他長相俊美，生來順遂，可是在顧沉歡身上，他感覺被嫌棄了。

沉歡並不知道有人惦記著她。

她正在背世子不喜清單。通過這個月的訊息刺探，她發現世子性格簡直詭譎難測。

下人口中關於世子性情的描述，竟然一人一個樣，全不統一。
這是一種什麼樣的情況？
最可怕的是，為什麼封嬤嬤送來這本冊子？
春宮圖是什麼意思？
如意、如心的臉都快燒起來了，個個縮在炕上不敢再翻，心中既是害羞又有種隱隱的期待。
別說沉歡猜不透封嬤嬤送來這本冊子是什麼意思，就連封嬤嬤本人也摸不清讓她幹這事是什麼意思。
要知道，憑這三個丫頭的出身，做通房都不夠資格。何況侯夫人向來門第森嚴，怎容婢女惑主？
沉歡的內心翻騰，臉上只好盡力穩住。
但是封嬤嬤代表的是侯夫人崔氏，就算滿腹疑問也還是得照做。
如此又過了一個月。封嬤嬤覺得大致滿意了，一大早就去正院回了侯夫人和世子院如今管事的平嬤嬤。
侯夫人崔氏聽完封嬤嬤彙報，點點頭。「那就今兒入院吧！」
封嬤嬤鬆了口氣，領命而去。
沉歡從伯府出來，行李也不多。這幾日封嬤嬤讓她們放鬆一點，平嬤嬤未傳喚，她們似乎被遺忘了。除了簡單供應吃食的啞婆，猶如與世隔絕。

如意被鬧得受不了，滿屋子跺腳。「這侯府難道就這樣養著咱們？」

她至今還不知道要服侍的貴人是何模樣，只知道送那春宮冊子來就是要收用的意思，她自覺如花似玉，怎能委身一個病懨懨的「活死人」？

如心待了一段時間，逐漸安心下來，當初那挖肉做藥引子的事似乎漸漸被她遺忘，只是她沒有如意急躁，耐著性子勸道：「能吃飽已算不錯，妳跺腳做什麼？」

沉歡在靜靜看書，反正閒著也是閒著，她對那些女人間的雞毛蒜皮事情一向興趣不大，此刻正認真翻著自己那本《農務天記》。

這書是以前她伺候二姑娘沈芸時，沈芸一閨中密友出外遊歷所得，贈給了沈芸。沈芸對植物、農學毫無興趣，這本書就被沉歡厚著臉皮要去了。

不是沉歡那會兒興趣有多大，實在是古代奴僕精神生活太匱乏，除了伺候人，其餘媳婦婆子休閒時間就是喝酒賭錢，要不就是拈酸吃醋、暗地裡較勁。她實在無聊得發慌，看小說、話本又要被罰帶壞主子，聽戲曲那是主子們的愛好，她沒那身分，就餘下這一本書死嗑了。

好在不懂的可以問沈芸，想著以後出府總得留一門手藝生存，管它什麼東西，先學著再說吧！

於是她就把這本種植、嫁接技術的農書啃完了。

這時代，書籍、知識均是壟斷財富，因此她對這本書很是珍惜。

「沉歡姊姊，妳識字？」如心滿眼羨慕，她出身窮困，別說女性識字，就連父兄都是大字不識的莊稼漢。

沉歡沒想到如心有這一問，笑道：「也不多，都是當年伯府二小姐教的。」提到沈芸，沉歡覺得有點想念，來侯府有段時間了，按時間算，二姑娘已經出嫁。如意也甚好奇，眸光不明。「妳識字？」

沉歡點點頭，收起書。「一點點吧。」

這如意不是個安分的人，根據以往經驗，少扯上關係，少出事。

三人閒聊了一會兒，封嬤嬤就差人來傳喚了。三人先是一驚，趕緊起身去了。

封嬤嬤已經收拾妥當，笑道：「今兒我已經稟明夫人，妳們三人均已學好了規矩，夫人馭下甚嚴，今日入世子院，須得提起十二分的膽氣好生伺候。」

三人點點頭，都有點緊張。

沉歡內心有點難受，伺候伺候，她覺得自己這輩子和伺候兩個字，一定結下梁子以及謎之緣分。

叮囑完畢，封嬤嬤就領著沉歡、如意、如心三人穿過層層曲廊，又行了一段時間，方逐漸接近世子院落。恰逢太醫院丁太醫今日入府為世子診脈，院子裡密密麻麻站了一眾奴僕，俱是心驚膽寒。

沉歡三人之前基本是關禁閉式的學習方式，今天終於可以走出那座小院子，不禁心口都吐出一口濁氣。

以前在伯府至少還可以在府內走動。入了這侯府，除了那院子，就沒被允許出來過。

封嬤嬤領著三人在前院等候傳喚，等了一炷香時間，竟也沒有通傳進去。封嬤嬤納悶，招了個小廝問裡面的情況。

小廝道：「回嬤嬤話，今兒丁太醫問診，不知何故，宣了負責盥洗的幻夕姊姊進去問話，現在還沒出來呢！」

沉歡知道這種主子問話，一般時間少不了，靜靜地待在封嬤嬤身後走神。反正侯夫人問完，自然就可以進去了。

誰知封嬤嬤聽完，卻臉色不好，頭上竟然隱隱滲出點汗來。內院靜悄悄的，外院到裡面隔著長長的距離，光憑探頭探腦，實在看不出個名堂。

沉歡等得有點打瞌睡，忽然感覺有幾個人拖著個東西走過，一股濃濃的血腥味撲鼻而來。

只見幾個小廝拖著一個疑似死絕的丫鬟出來，那丫鬟臀部血肉模糊，一地的血漬蜿蜒拖迤，生生拉出道蛇形痕跡。

那血跡就沿著沉歡腳邊拖過，還濕漉漉的，帶著人體的溫熱。

至於那昏死過去的丫鬟，則是鬟髮散亂，面無人色，顯是出氣多、進氣少了。再一仔細看，這不是那日立在幻洛身後的另外三個大丫鬟之一，幻夕嗎？

沉歡當場嚇岔氣了，口水嗆在嗓子眼，差點爆咳出聲。

如意、如心第一次見到這樣的血腥場面，兩人俱是腿軟，一副搖搖欲墜的模樣。封嬤嬤雖然臉色難看，卻也沒顯示出多驚訝的樣子，想必不是第一次了。

沉歡內心暴風驟雨似地哭泣著，我的娘親呀！這侯府簡直是太可怕了啊！

拖走幻夕，又等了一段時間，似乎是宮裡的太醫走了，平嬤嬤才出來喚封嬤嬤帶著諸奴婢進去。

沉歡知道要見侯夫人了，心臟怦怦直跳，這侯夫人打殺奴婢顯然不是第一次，怎麼性情如此殘酷？

封嬤嬤露出個討好的笑容，忍了一路還是問道：「平嬤嬤，這好好的，怎忽地打殺了幻夕那丫頭？那丫頭近身伺候幾年，我瞧著平日裡也是個好的，這是犯了什麼錯？」

平嬤嬤雖然上了年紀，身形卻不顯佝僂，髮髻綰得一絲不亂，上面插著夫人賜下的一根碧雲嵌寶石金簪子。今日她穿了一件悶青色綢緞對襟褂子，下身是暗紅福字紋裙子，通身氣派，顯然在這府裡與眾僕地位不同。

平嬤嬤神色淡淡的。「這丫頭大了，心也大了，藏了世子爺的貼身物品，服侍也不盡心，被夫人發現，這才責罰。」

封嬤嬤嚇一大跳，這幻夕平時看著老實，還不如其他幾位妖嬈，怎麼膽子如此大？

沉歡也嚇了一跳，藏個「活死人」的私人物品是什麼路數？難道幻夕身為大丫鬟，竟對這「活死人」主子起了不該有的心思？

可是這世子爺昏睡三年，吃喝拉撒都要靠人服侍，不能言語，按封嬤嬤的描述，除了還能呼吸，其餘和死人無疑，哪來那麼大的吸引力，能讓近身服侍的大丫鬟起這樣的心思？

沉歡想不明白。

那邊廂房，侯夫人崔氏剛剛杖打幻夕，冰寒凌厲的眼風掃過餘下三個大丫鬟，語氣森森刺骨。

「今日幻夕之事，就是殺雞儆猴，世子爺雖沈睡不醒，卻不容身分卑賤的奴婢惦記，就是心裡肖想也是罪過，妳們可聽好了！」

幻洛三人齊刷刷跪下向侯夫人磕頭。

侯夫人揮揮手，厭煩地讓三人退下。待三人走後，她才轉過頭，坐到黑檀木雕吉祥紋的床榻邊，盯著榻上沈睡之人，眼淚一滴一滴滑落。

她已喪一幼子，心如刀絞，又要折掉這唯一的嫡長子，今日聽丁太醫的診斷，竟是束手無策，全憑天意？

丁太醫當時沈思良久，其意似乎世子只能暫時保命，甚至越到後期，越是命懸一線。難道讓她眼看著唯一的血脈等死？不敢再深想，她仰頭，強逼回餘下的淚水，哀切地握緊兒子的手。

「世子醒時，心性之堅韌，乃老夫生平僅見。雖遭此大劫，或許亦有化解之法。只是時機未到，還望夫人以玉體為重，勿要哀思過甚。」

侯夫人逼回淚意後已是神色如常，她朝說話的老人點點頭回道：「誠伯所言甚是，讓父母掛心乃女兒不孝，望誠伯回府稟明父親，女兒無礙。」

來自平國公府的管事誠伯不忍再言，朝侯夫人躬身作了一個揖，退下了。

侯夫人坐在世子床邊，也無心再挪動，只摸了摸兒子的額頭吩咐道：「讓封嬤嬤帶三人進來吧！」

她的貼身丫鬟海棠忙掀簾喚人進來。

封嬤嬤帶著三個丫鬟進來，三人整齊跪下，向侯夫人恭恭敬敬地磕頭行禮。

「稟夫人，這就是忠順伯夫人送來的那三個丫鬟。」

一道清冷的聲音傳進耳裡。「起來吧。」

沉歡站起來一看，倒抽一口氣。侯夫人容貌極美，一頭黑髮梳成鵝膽心髻，滿頭珠翠，望之生輝，只是美目含著戾色，雖已收斂，但她還是能感覺到。

「過來也給世子爺磕個頭。」侯夫人吩咐完，就轉頭對著床上陰影處躺著那人，慈聲軟語。「容嗣我兒，母親為你新添了幾個伺候的人，若好用，你就留著，若不好用，母親就打殺了，不礙你眼。」

她打殺說得如此隨意，人命似螻蟻。

沉歡心中一寒，人愣了一下。待回過神來，她才注意到，侯夫人喚她們進來的地方，似乎是世子的寢房。

平嬤嬤看她不動，提高音量厲聲道：「還愣著幹麼？上前去給世子爺磕頭行禮。」

沉歡清醒過來，想到剛剛拖出去的幻夕，立馬上前走到侯夫人腳邊，離床榻一尺遠的位置，目不斜視地磕了個頭。「奴婢沉歡，給世子爺請安。」

如意、如心趕緊跟著動，剛剛侯夫人的話一入耳，兩人頓覺侯府森嚴恐怖，滿室富貴帶來的旖旎心思，消去了一半。

如意抬頭的一瞬間，瞥見榻上沈睡之人，她從未見過這般如暖玉雕琢而成的清貴公子，一時間心跳如雷，臉帶微紅，那本春宮圖所繪諸事跑進腦海，剛剛被消掉的一半心思，立刻回籠。

沉歡壓根兒不敢細看，只站起身抬頭，退下的一瞬間，瞄見那顏色淺淡的嘴唇，其形狀之美，言語難以描摹。

沉歡不禁感嘆，這般俊俏風流的美少年，成了活死人簡直是暴殄天物！

世子宋衍，字容嗣，取子嗣繁衍昌盛之意，可見家族寄予的希望。十五昏迷不醒，如今十八，還未及弱冠。

三人退出房間來到院外時，都還渾渾噩噩。

幻洛、幻言、幻娟和封嬤嬤，及其他得用伺候之人都在院外候著。

侯夫人細細的月眉挑了一下，想起什麼似地問平嬤嬤。「聽聞忠順伯府送來的丫鬟裡本來就有一個大丫鬟，究竟是哪個？」

平嬤嬤將沉歡的胖身子往前一推。「乃是這位。」

這段時間侯府吃食不如伯府二姑娘院裡自由，沉歡其實已經清減好幾斤了。

侯夫人盯著她，也未繼續說話，那眼神平靜又暗含考量，似乎在算計什麼。她身後的丫鬟海棠，手捏著衣裳邊，絞得死緊。

沉歡猶如被蛇盯住，後背竟豎起汗毛。

「既本是大丫鬟，伺候之道應是熟諳，就由她頂幻夕的位置，伺候世子吧！」

這話一出，海棠微不可聞地吁了口氣，幻洛則似不可置信。

如意和如心俱是一驚，如心顯然還沒回過神，如意卻隱隱顯出嫉妒之色了。

沉歡想到的卻是血淋淋被拖出去的幻夕。

這簡直是閻王的步伐。

沉歡開始深深懷疑，她能活著出府嗎？

但是……等等！這是……變相升遷了嗎？俸、俸銀漲不？

看看已經掩上的世子房門大門，沉歡穩定一下心神，鼓勵自己。為了身契，要努力！

沉歡猶在夢中，一路上三人不語，心思各異。

沉歡三人月錢的問題，由府裡負責的媳婦過來回覆侯夫人。

侯夫人沈吟片刻。「如意、如心定為二等，來了幾個月就按幾個月放月錢，那胖丫頭既然提了大丫鬟自然按規矩來。」又想到這幾個陰女之後是要做藥引子的，指不定活不了幾個月，遂補充道：「既是忠順伯府送來的，我也承個情，按規矩基礎上再額外增加一倍，當為我兒積福了。」

那媳婦心裡暗暗吃驚，嘴裡忙稱是，諾諾退下。

平嬤嬤與她向來親厚，開口道：「夫人這是何故厚待那幾個卑賤的丫頭？」

沉歡新來乍到就提了大丫鬟，如意、如心二等丫鬟都排不上號，怎麼發放如此多的月錢？

侯夫人微微一笑。「小門小戶出來，自是沒見過此等月錢，我侯府卻不缺這麼一點，這陰女有大用處，可得暫時留住了。余仙人要挖她們的心頭肉，須得給我好好養著。」

買命的錢，兩倍不算多。於是，當本月月錢發下來時，沉歡三人震驚了。

她擦了擦眼睛，懷疑是自己看錯了，比伯府的薪酬還多，真的翻倍！

如意、如心激動得渾身顫抖，她倆被牙婆買走時，各賣了十二兩銀子，還算身價高的，這月錢怎如此豐厚？

如意癡癡地摸著那一吊錢，奴婢尚且如此，那府裡的主子該是何等風光，就連嬤嬤們也都是綢緞裹身，好不氣派。

沉歡也激動了，這月錢豐厚得快趕上嬤嬤的待遇了。自從賄賂蓮蕊之後，她的體己銀子都快花光了，這月錢簡直是黑暗中的曙光。

但是……等等，為什麼侯夫人發放如此高的月錢給自己？

天下沒有白吃的午餐，沉歡一時間很忐忑，但一時半刻也想不明白，她決定暫時放棄思考這個問題，喜孜孜地收下了。第一次覺得跳槽到侯府，其實還是不錯的。

是夜，負責替世子鋪床值夜的大丫鬟幻言，領著沉歡、如意、如心三人，入世子寢房伺候。幻言、沉歡負責，如意、如心輔助，其餘丫鬟、婆子打下手不一一細表。

到此刻，沉歡才算第一次正兒八經地進入世子的私人房間。房內正面陳設著一副先朝名士的〈林壁遊山帖〉，書的是狂草，筆風勁道。左邊立著黃花梨雕仙鶴紋屏風，屏風上是當時最矜貴的雙面繡，不過繡的圖案卻略奇怪，竟是一片暗沈沈的烏雲狀霧靄，大團大團，用的是緙絲銀線，色澤隨光線變化不斷。右邊的暗几上陳列著懷遠白靈璧，乃石中珍品，紋路天然，色澤淡雅，觀之晶瑩剔透，美不勝收。

「這是世子房中每日必點的定魂香，名貴無比，堪比黃金，切記看護周全。」幻言指著香几上，立著一個黃銅雕蓋寶相花三足香爐。

沉歡細細聞之，果然一陣若有若無的香氣縈繞四周，不濃郁，不似白檀雅，也無伽羅的厚重，像是特製的藥香又透著清味幽遠。

沉歡連忙應是，一一注意陳設的位置，物品的擺放及使用，暗暗記在心裡。她越看越咋舌，這屋子之精美堪比王孫。

幻言抱著被子在世子床下鋪了地鋪，沉歡連忙過去幫忙，如意、如心則一個鋪前面，一個鋪後面，又在外間炕上鋪了床鋪，總算弄完。

只是如意一邊鋪，一邊向床上偷覷。沉歡也偷瞄，不過瞄得比較隱晦，她看到世子著白綢裡衣，那絲織紋路甚是奇特，不像普通的織物。

時值初春，夜間甚涼。沉歡眼尖地發現世子身下卻鋪著席子，那鋪席全是羊脂白玉切割成一指長方形小塊，通體無一絲雜色，一塊一塊串連，形成一張玉席。

此刻寢房只有微弱燭光，那珍珠色澤的玉席如夜明珠般隱隱似在自己發光。

「此乃侯府傳家至寶，冬暖夏涼，御醫說世子躺在這玉席上，方可防止不生褥瘡。」

「冬暖夏涼？如此神奇？」三人都很吃驚。

幻言知道沉歡是伯府來的，也知道她以前就是大丫鬟，今夜就是想壓壓她的氣勢。「昌海侯府不比其他勛貴，歷代入府的奶奶們均是當朝頂尖貴女，這玉席是當初老祖宗陪嫁過來的，乃開朝皇帝御賜。不信可以一摸，不過切忌不可碰到世子爺。」

三人對望一眼，沉歡瞅著有點像金鏤玉衣，伸出手輕輕摸了摸最邊上的一塊，立即瞪大眼睛。

居然真的是溫熱的，太……太奢侈了！

這宋衍屋子裡均是一等一的好貨。

對比她從出生到現在睡的那種冷板子床，差別太明顯。這頂尖貴族和下級庶民的差距實在是太大了。

幻言看三人土包子樣，自覺差不多了，才得意道：「世子曾言，世間之物，若取則只取魁首，取次不如不取。制敵之道亦是如此，既奪則要奪人首級，捏蛇則要捏之七寸。」

沉歡心裡嘀咕，愛享受就明說，黑暗道理還這麼多。

上半夜，平安無事過去了。

幻言、如意、如心均呼吸綿長，沉歡卻睡不著。許是不習慣的緣故，她爬起來坐在楠木攢麒麟紋床榻的踏步上，呆呆地望著床上沈睡之人。

夜深人靜，無人在側，沉歡才敢仔細看看世子的模樣。

宋衍的眉眼極俊，每一個五官都似恰到好處，烏髮如瀑散於床榻，長長的睫毛下有一片陰影，不知道這雙眸子如能睜開將是何等懾人心魄的模樣。

想起前世那驚鴻一瞥。那時她苟延殘喘，命在旦夕，他馬過長街，風流恣肆。如今兩人卻反過來了，她養得白白胖胖，宋衍卻清瘦羸弱臥於病榻。

沉歡不禁感嘆，可見世間事均無絕對。感嘆完畢，她很快就睡著了。
她在夢裡數錢，一串一串，一錠銀子，一錠銀子，買了宅子，置辦了馬車，還入贅了一個英俊夫君，小有官職，走上人生巔峰。
這才叫人生啊……她在夢裡咂了咂嘴巴。
夢裡她成婚了，對方果然年輕英俊還是入贅的，正在喜氣洋洋地拜堂時，忽然門外婆子大嚎。「世子爺來啦——世子爺來啦——」
叫聲淒厲，猶如索命。
只見朱服美男子上來就是寒光一劍，拜堂的夫君霎時間就化作煙霧，煙消雲散了。
夢裡的沉歡嚇懵了，她的英俊夫君，她的入贅……
那殺人的朱服美男子，眉眼帶著溫柔的笑意轉過頭來盯著她，猶如蛇盯著青蛙。
那臉龐赫然就是今天見到的昌海侯府世子宋衍。
「你你你……」沉歡抖得像個鵪鶉。
「綿綿，怎不喚我容嗣了？」那人笑得好不溫柔。
「世子夢靨了——世子夢靨了！」又一聲淒厲的叫號刺破耳膜。
沉歡被瘋狂搖醒，耳邊傳來幻言帶著哭腔的尖叫，以及如心焦急喊她的呼喚聲。
「幻言姊姊！世子、世子……怎忽然這樣了！怎麼辦？怎麼辦？」如意驚慌失措的聲音傳到耳邊。
沉歡一個鯉魚打挺，一坐就起來了。如心沒想到沉歡一身肉還這麼靈活，愣住了。

「世子、世子——世子爺怎麼忽地夢魘了——」幻言伏在床邊，嚇得語無倫次，冷汗一顆一顆冒出來。

世子已經許久不再夢魘，今夜怎會突然如此？

這無意識之人，搖也搖不醒，怎生是好？

夢魘？沉歡轉頭細看，只見世子眼皮顫動，左邊肩膀連帶手臂也似在發抖，這會兒竟是有抽搐現象，再一看那被子下的左手，似乎都是弓起的。

這聲響早已驚動幻洛和平嬤嬤，屋子裡瞬間擠滿了人。

世子呼吸急促，往日夢魘最厲害時也不過呼吸變粗，像這般手臂抽顫卻是從沒見過。今夜忽然發作這樣嚴重，眾人不通醫理，一時都不知道如何是好。

「馬上去稟夫人，遞牌子進宮請丁太醫！」平嬤嬤吩咐身邊一個婦人。

負責值夜的幻言一聽到稟夫人，瞬間滿臉蒼白，嘴唇發顫，冷汗打濕了裡衣。

「嬤嬤！奴婢求嬤嬤開恩，饒了奴婢，嬤嬤、嬤嬤——」幻言大哭，撲倒在平嬤嬤腳下，如果請了夫人，只怕今夜就是她的死期。

「妳這殺千刀不中用的小蹄子！還有臉哭！」平嬤嬤厲聲喝道，此刻本來就心中焦灼無比，幻言還驚叫哭鬧。

平嬤嬤心中戾氣盤旋，一腳就踢向幻言的胸口，幻言跌了兩步遠。

幻言嘴唇烏青又掙扎著爬過來，抱著幻洛的腳，像抓著救命稻草般哀聲祈求。「幻洛姊姊，幻洛姊姊，救命啊——救命啊！妳救救我！妳救救我！」

侯夫人和平嬤嬤對伺候不力的下人從不留情，不是杖殺就是發賣，如果今夜夫人定她伺候不力，她就必死無疑了。

幻洛臉色難看。世子夢魘從未發作得如此厲害，如果今夜值夜的是她，只怕……

沉歡從幻言的驚聲哭叫中，恐懼地意識到一個事實：這不是單純的一次世子疾病發作，這簡直是死神的輪盤，指到誰，誰就是那個喪命之人。

幻言反應如此強烈，那就證明，世子每次發病，都有無辜奴婢被牽連。世子若是不好了，只怕這屋裡幾個人都難逃一死。

冷靜地用毛巾替世子拭掉頭上的冷汗，沉歡的眼睛死死地盯著被子裡弓起的手臂。

久臥之人，如不固定時間翻動，血液循環不順暢，也會肌肉僵硬，誘發痙攣。

世子不容奴婢隨意觸摸，一概翻身擦拭涉及觸碰，都須稟報平嬤嬤。

沉歡看向平嬤嬤，恰巧平嬤嬤也在看她。下拉的法令紋讓平嬤嬤臉上的戾氣越發明顯，渾濁的目光帶著嗜血的打量。

沉歡本能地從那雙眼睛裡讀到訊息，也讀到了自己的結局：當場杖殺謝罪。

她的心沈到谷底，一片陰冷。此時不搏，更待何時？

第五章　專業推拿

沉歡猛地抬手，一把掀開蓋在世子身上的被子。

四周驚呼驟起，一片譁然。

「妳幹什麼！」幻洛第一個驚聲質問。

這丫頭竟敢觸摸世子爺！

沉歡跪在床邊，充耳不聞，下重力拉過世子的手臂，迅速掀開衣袖。果不其然，手臂痙攣，呈弓起狀。

「還愣著幹什麼！過來幫忙給我壓直！」沉歡大聲一喝。

如意、如心這才從大喝中驚醒，腦子依然渾渾噩噩，身體則立刻聽從沉歡的指揮，一個壓肩膀，一個壓手腕。

「不要太重，順著勁來。」沉歡快速搓熱手掌，在世子弓起的手臂處順著肌肉紋理以及血液流動的方向，按揉肌肉。

她按得認真，連揉帶搓，小心翼翼地舒展，慢慢地彎曲。

如此幾次，弓起的手臂處竟是慢慢地逐漸放鬆起來。

「不要鬆懈，可能還會復發，肩部和手腕都慢慢揉動，不要太重。」沉歡聲音很嬌，此刻聽上去卻有一種異常的魔力，讓人安定。

沉歡摸了下，感覺到手下肌肉硬起的部位逐漸變軟、放鬆，原本提到嗓子眼的心，才慢慢落回原位。

她轉頭看向平嬤嬤。「煩勞嬤嬤，我要一盆熱水，一片厚實點的棉布，越軟越好。」

平嬤嬤臉上的表情平靜下來，轉頭看向幻言。

幻言在看到世子的手臂停止抽動時就冷靜下來了，立刻準備東西，須臾間，就端了大盆熱水過來。

「幻言姊姊幫我擰乾一下。」

幻言不敢多問，早把沉歡當成救命稻草，趕緊擰乾帕子遞給她。

沉歡接過熱帕子，幫世子敷在手臂上，徐徐地輕輕按揉。他手臂徹底停止痙攣，恢復如常。連帶著不知道什麼時候，世子的呼吸也變得平穩綿長。

交替敷了幾次，沉歡用手指觸摸世子的手臂，慢慢從手腕逐漸摸到肩膀，凡遇感覺僵硬之處，就下力按揉。

屋裡只剩下平嬤嬤、幻言、幻洛幾個人。

男女授受不親，幻洛還未出閣，此刻羞紅臉，不敢再看，只急聲責問道：「妳、妳、妳怎麼如此不知廉恥？」

「幻洛姊姊有所不知，這久臥之人全身血脈流動緩慢，須得定時翻身、彎曲四肢、保持疏通。」看世子似乎無恙，沉歡吐出一大口氣，安心下來。

幻洛臉色難看，看著沉歡的眼神也和平日有了不同。

「奴婢母親患有腿部風疾，偶有類似病症發作，窮苦人家哪能事事請郎中，久病成醫，奴婢就發現這按揉放鬆、疏通經脈之法甚是管用，只是須得懂些醫理，順著經絡方向來，不可強按。」沉歡臉上鎮定，未見一絲嬌羞，猶如自己撫摸的不是男子手臂，而是一塊石頭。

「依奴婢之見，世子應是暫時無礙，只是往後還恐發作，須得多多沐浴太陽。」

沉歡站起來時才發現膝蓋都跪腫了，身上也是冷汗打濕裡衣，放鬆下來後頓覺後背涼得慌。

往窗外一看，此時天已將白，竟是要天亮了。

轉眼再看世子宋衍，呼吸恢復如常，彷彿一切都沒發生過。

「夫人！」如意驚聲喚道，連忙行禮。

幻言更是瑟瑟發顫。

沉歡這才發現，侯夫人帶著海棠和一個從沒見過的丫鬟進來，不知道待了多久。

「給夫人請安。」

沉歡連忙行禮，平嬤嬤連帶眾人都行禮。

侯夫人到床前察看世子，放下心來，轉頭對著眾僕說：「折騰這一宿，都散了吧！」

夫人喊散，那自然就得速速散去。

幻言大難不死，心中戚戚。幻洛卻眼神晦暗，心中情緒翻攪，夫人明顯對此事甚是滿意，這沉歡就沒看出來是個有料的。

沉歡一行人連忙退下，待到走出院子，她才覺得頭重腳輕，一晚上的連續折騰堪比打仗，此刻一放鬆，膝蓋猶如千斤重，每挪動一步都是困難。

如意、如心俱是雙腿發軟，互相攙扶著徐徐走回寢房。

一路上，三人疲憊不堪，竟沒有一人開口說話。

從死亡線上，終於掙扎著贏回一條命。

沉歡走在前面，對未來充滿憂慮。

如意走在後面，神色複雜。她與沉歡一同入府，剛才沉歡指揮她時，她竟情不自禁地聽話照做了，雖說情況危急，卻有沉歡隱隱坐大之嫌。她心裡悶悶的，滋味難明。

而旁邊的如心則想到另外一件事，世子發病如此可怖，牙婆的話再次浮現在耳邊。

今夜，對於沉歡一行人而言，是劫後餘生。

對於還留在世子寢房的侯夫人和平嬤嬤而言，這是意外的驚喜。

侯夫人心情略有點失控。「嬤嬤今夜所見，有何意見？」

平嬤嬤緊繃的臉，此刻也露出溫柔的笑意。她乃侯夫人奶娘，服侍侯夫人長大，對她的愛超過親生子女，此刻看她高興，自己也就高興。

「仙人果然是對的，這陰女與世子確實契合，以往這夢魘發作，比這輕微得多，卻從未這麼快平復的。就連丁太醫每次過來，也得折騰好大一宿。」

到此刻，平嬤嬤方才緩過氣來，方才在屋子裡，看到世子的病狀，心臟也是幾次驚得驟停。

可憐她這錦衣玉食、尊貴無比的小姐，當年不顧一切嫁入這侯府。幼子走時，肝腸寸斷，長子一有風吹草動，猶如驚弓之鳥，生怕哪日睜開眼睛，孩子就一個都沒了。

「待老爺晚上回府，我就稟明老爺，讓陰女這幾日貼身伺候，茶水不離。」侯夫人打定主意，擇日再請余道士入府。

隔日，侯夫人命平嬤嬤送來賞賜，言明沉歡護主有功，如心、如意服侍得當，各賜了三人一套嶄新的衣裳和脂粉物件。如意、如心賞錢各一串，沉歡兩串。

歡歡喜喜地接了賞賜，沉歡覺得一切很美好。侯夫人雖然凶如夜叉，卻是真大方啊！

因平嬤嬤催促著三人近身伺候，沉歡也不敢耽擱，收拾好銀錢，就快速到院子裡當差了。

幻言有點萎靡，想是確實嚇到了。看到沉歡倒還熱絡，兩人一下親近不少。

下午休息的時候，侯夫人身邊的海棠竟然端了一盒糕點過來。

沉歡不敢拿，連忙起身。「姊姊這是何意？」

海棠笑容可掬。「這不是夫人的，是我託廚房娘子做的。我與幻言情同姊妹，昨夜那般驚險，望妹妹賞個臉。」

一盒芙蓉豆沙餡的糕點，做成花朵狀，個個都美得不忍下口。

海棠寒暄了一下，又說了些客氣話，才轉身走了。

沉歡覺得海棠怎這麼客氣，於是自己吃了一些，也將糕點分給其他幾人。

如心吃得開心，如意偏不吃。

這才一夜呢，都來巴結這肥丫頭，她心裡不服！

那邊，海棠出了門，卻是心中稍定，一想到昨夜之事，自己也心有餘悸。

按侯夫人的規矩，世子院一般缺人，都從侯夫人院內賜下去，那日幻夕被拖出去，補缺的人就是她。

而且今日丁太醫也過來了，平嬤嬤就昨晚發作之事細細描述一遍。丁太醫也稱讚處理得當，雖不顧男女之嫌，然奴婢近身伺候，偶有接觸也屬自然。如若痙攣控制不好，長此以往，手臂廢了亦未可知。

沉歡一歇完，就準備要當差了。見精緻糕點還有幾塊未吃完，她用手絹細細包好，放在懷裡。

世子餵食、服藥均由其他人照料，進食完畢的清潔打理則是歸她管。

因為昨夜太折騰了，如意、如心當差完畢，就忍不住在外間打起瞌睡。

沉歡看她倆躲懶，又累得頭點地的樣子，不禁暗嘆，還是以前經歷少了。

她試了試水溫合適，擰乾帕子，替世子細細擦拭唇角四周，太強烈的摩擦會導致皮膚發紅，是故沉歡都是用輕輕沾按的方式進行。

嘴角真漂亮，唇色真淡。沉歡邊擦邊評價。

擦完臉，開始擦手指，果真養尊處優啊！臥床多年，指甲圓潤一絲污垢都沒有，淨白如昔。男子手掌比女子大很多，沉歡將他一根根指頭逐一擦洗，忽地摸到掌內硬硬的東西。

咦……薄繭？

在沉歡的腦海中，世子是風一吹就能吹倒的病美人，她對這薄繭的出現有點震驚。只有習武之人，長年慣拿兵器才會在沈睡三年的情況下，掌心繭子還仍未消失。

最近賞賜連連，小金庫迅速充盈，之前發的是那段訓練時間的月錢，眼瞅著這個月的錢又要發下來了。沉歡心情大好，瞅著如意、如心都在外間打瞌睡，眼前又睡了個意識全無的「活死人」，她忍不住放飛自我，開始輕輕哼起歌來。

「世子爺……」沉歡臉上笑咪咪，聲音嬌滴滴。「我偷偷告訴你，其實你沒什麼大問題，可以再抽兩次筋，我那按摩的法子百試百靈，包你藥到病除。這樣，我又可以多得幾串錢呢，嘿嘿嘿。」

沉歡上下其手。「你這手臂呢，須得多推拿，讓經脈行進；你這小腿呢，是肌肉痙攣最易復發的部分，須得經常按摩。唉，虧你出身在公侯世家，不然哪家伺候得起，真是羨慕嫉妒恨啊。」

自離開忠順伯府，身邊除了新來的兩個陰女，就再無以前認識的人，沈笙更是自她的生活中消失了，感覺危機解除，沉歡對這一切甚是滿意。

定魂香每日不能斷，此刻飄飄繞繞，縈滿了整個房間。

很吵……

這是世子宋衍的第一認知。如同在極深的水底，一切都似隔著一層茫茫的水波。不能動，不能說話，不能表情，不能睜開眼睛，不能控制身體。除了呼吸，一切不能。

即便是那聲音，模模糊糊在耳邊，除了聒噪和吵，他也聽不仔細。

「好了！」沉歡滿意自己的勞動成果，她把世子的兩隻手分別拉起來展開，目的是讓他伸展活動一下筋骨，不過動作看上去就猶如逗弄嬰兒那般。「來，伸手。」

那雙試圖控制他的手，很熱，很軟。

這個人，是誰？

自從被撥進院內近身伺候，沉歡的工作量就明顯加大了，好在之後沒出什麼情況，轉眼就到了月底。

此時天氣也暖和起來，萬物復甦，花開豔麗，薄襖都可以脫掉了，府裡眾僕都換上春裝，一切似乎都預示著蓬勃的生機。

沉歡的生活圈子小，除了平嬤嬤、世子院內大丫鬟，一些指定服侍的二、三等丫鬟，通傳辦事婆子媳婦，察看世子情況的侯夫人，簡直與世隔絕。

還有一件事，整個府裡無人不知、無人不曉——府裡排行第五的一位姨娘，聽說是位貴妾，如今已有好幾個月的身孕了。

侯爺察看世子的時間都是定時的，沉歡已經慢慢摸清規律。

除此之外，沉歡還發現一件重要的事情，那就是侯府中饋掌管頗混亂，想是侯夫人無心打理的緣故。下人通傳辦事、銀錢支領，沉歡隱隱瞧著，其實漏洞頗多。

最開心的是，她這次領的月錢又有驚喜了。如果說剛進府的月錢是伯府兩倍，那麼如今正式伺候世子之後，月錢就是伯府的三倍。

這種高月錢當然也有高風險的差事，她只需要堅持半年多，就能湊齊贖身的銀子。

於是沉歡連死都不怕了，燃起了賺錢的熊熊熱情。打定主意要把這份差事好好幹，甚至偶爾會冒出念頭，出府不出府的，似乎沒以前那麼重要了。

前提是，世子一切平安。

唉，沉歡想到這裡忍不住嘆口氣。這種命運不受自己控制，全部寄託於別人的感覺，真的不好。

又過了幾日，到了丁太醫定期問診的時間了。這次隨丁太醫同行的人，還有他的弟子梅太醫。

侯夫人和平嬤嬤自然早早就候著，幻洛、幻言、幻娟和沉歡一群人都心底忐忑，生怕太醫說世子情況不好，侯夫人又大發雷霆。

哪知，丁太醫還沒到，其他院子的管事媳婦就匆匆過來，急急稟報。「夫人，實在是奴婢沒了主意才在此時叨擾。」

那管事媳婦微微喘著氣，又接著說：「今兒早上不知道哪裡鑽出來的貓兒、雀兒一下驚到了劉姨娘，片刻之後，劉姨娘就鬧肚子疼。奴婢去了您正院稟告，丫鬟們說今兒丁太醫要來，奴婢這才到世子院請示夫人。」

一口氣說完，沉歡聽懂了，說這麼多其實就一個意思：小老婆受驚了，擔心滑胎，聽說丁太醫要來，也想順道一看。

丁太醫乃當朝太醫院聖手，他說留得住，那就是留得住了，他說留不住……

沉歡不禁將目光轉到侯夫人臉上。侯夫人雖年逾四十，卻依然美貌無雙，侯爺宋明也是風流倜儻，兩人並肩，恰似一對璧人，何故這院內竟有五房妾室？

「行了，我知道了。今兒好在丁太醫的首席弟子梅太醫也來了，待會兒我去求個情，過去看看。」侯夫人神色淡淡的，不見喜怒。

那媳婦得了答覆，領命而去。

不多時，只見一名身著青色官袍的老人，攜著一位年輕男子邁步進院。院內眾人早識得那是丁太醫，紛紛行禮問安。

丁太醫和侯夫人互相問安，這才進了世子房間。

丁太醫問診時，外人不能入內，往常也就侯夫人與平嬤嬤在身邊。丁太醫進去先看世子的眼睛瞳孔，又檢查了口舌、手指、腿腳及心跳情況。

「近日世子飲食如何？可有異常？傳近身伺候的人進來，我有話要問。」

一聽丁太醫問話，院內眾人又緊張起來。

幻洛負責院內諸事管理，卻沒近身伺候，是故進去的人，就是主要負責世子飲食、進藥、滋補的幻娟，世子床鋪、陳設、衣物換洗的幻言，以及頂替幻夕負責世子日常擦洗打理、清潔的沉歡，和兩個負責私密事宜的小廝。

「世子近日飲食如何？吃得多少？」丁太醫問道。

幻娟連忙答道：「與往日無異，不喜的食物雖製成細軟粥湯之類，仍餵之甚少。」

「可有噎食現象？」

幻娟不敢作假。「無，凡遇世子素厭之食，極易咳嗽，每逢此狀，奴婢不敢再餵。」

太醫當初叮囑過，一旦出現嗆咳，須得馬上止住餵食，否則人命關天，這麼多年來，燕窩、人參不知吃了多少，才保住世子如今這樣。

「『朱斛粥』可有繼續服食？」

一提著朱斛粥，幻娟臉色就有點尷尬了。

這朱斛粥是一種特殊珍稀藥材，配合特級乳玉香粳米熬食的一種輔食。

丁太醫常道：「世子神元從未受損，只是經絡不行不進，體內氣血僵持，才會出現『活死人』這一神奇現象。這朱斛粥就是護住世子神元的。」

只是這朱斛粥有股怪味，有點類似榴槤。

「這……這……」幻娟囁囁嚅嚅。

侯夫人皺眉，平嬤嬤見狀立刻喝道：「太醫面前何故吞吞吐吐？」

幻娟畏畏縮縮半天，才擠出一句。「不知何故，世、世子每逢服食朱斛粥，極易咳、咳嗽……」

是故，這朱斛粥總是服食不到位，近來又有段時間沒跟上了。

四周瞬間很安靜。幻娟低著頭，自己也羞愧得臉紅。可是她也不明白為什麼，世子無意識，與活死人無異，但面對厭惡的食物，仍然可以本能做出排斥反應。她不敢強迫，這才導致朱斛粥吃得斷斷續續。

丁太醫沈吟片刻，有點煩惱。這世子宋衍素來挑食，沒想到意識全無，竟也可以如此抗拒不喜之物，甚是讓他頭疼。

沉歡也驚呆了，聽幻娟這意思，世子雖目前意識全無，處於「活死人」狀態，但是依舊不妨礙他挑食，他身體還可以自動拒絕，一餵不喜歡的，他就有咳嗽反應？

人在生病，自然要營養全面均衡才好，何況這種非常時刻？

想必這麼多年來，全靠人參、燕窩等極品藥材吊著，才沒一開始就一命嗚呼。

可是，這也不是個長久辦法啊！

第六章　朱斛粥與定魂香

全部的目光都看向丁太醫，似乎在期盼他想出個萬全之策。

丁太醫心中犯難，辦法其實不是沒有，只是侯夫人的父親乃當朝勛貴首領，這宋衍的父親又是執政權臣。診治稍有不當，他這太醫院院使就是夾心受氣，多方忌恨，是故他一直都是保守治療。

「弟子有一法，須得有人配合方可。」丁太醫不好開口提強餵之事，他的弟子梅太醫自得出來為師父解圍。

侯夫人知道朱斛粥的厲害，還是得服用，忙不迭問道：「梅太醫何法？」

梅太醫站起來之乎者也，也者乎之地說了一大堆。

沉歡聽白了，意思就兩字：強餵。找方法強餵。

幻娟慚愧。「每次餵食朱斛粥，總有大片粥食散落衣襟，竟是吃半碗、廢半碗的，奴婢也知那粥食矜貴，可奴婢實在沒辦法。」而且衣服打濕，又要更換衣服，請示平嬤嬤，世子若是冬季遭了風寒，她是幾條命都不夠賠。

太醫每次出宮，周折頗多，既然要想辦法餵食這朱斛粥，須得今天就想辦法落實才好，不然太醫一走，她再殺幾個幻娟，這朱斛粥還是餵不進去。

侯夫人一打定主意，就開口道：「既是這樣，就依梅太醫之法，府內奴婢愚鈍，還望梅太醫示範一二。」說完向平嬤嬤遞了個眼色。

平嬤嬤會意，掀開簾子，吩咐幻洛。「馬上去熬一碗新鮮的朱斛粥來。」

此話一出，梅太醫端著小茶盞的手，差點把茶盞摔了，他剛剛之乎者也、也者乎之，醫理、藥理說了一大堆，就是想把這燙手山芋扔給府裡的奴婢執行。

這強餵之事，萬一世子醒後記恨，豈不是找他的麻煩？

梅太醫把求救的目光投向師父，但丁太醫低頭喝著茶，當沒看見，那意思就是你自個兒解決。

不一會兒，朱斛粥就端了上來。那股味道果然濃郁，沉歡覺得很新奇，是榴槤混合芒果和藥材。

朱斛粥取朱斛之果熬製而成，這朱斛果稀少且昂貴。

梅太醫沒辦法，只得硬著頭皮做示範。「剛才說了，這餵食須得一位力氣大點的人，助我一臂之力。」

他目光掃了一眼清瘦無比的幻娟，再掃到沉歡。

可以，就妳了！

「這位負責盥洗之事的沉歡姑娘，須得妳來協助我。」

沉歡心裡「哇」的一聲就哭開了，為什麼好事輪不到她，這種做不好就得死的差事，次次都輪到她？

侯夫人命貼身小廝將世子扶起來坐直，兩位小廝手臂發顫，生怕動作大了傷著世子。梅太醫看在眼裡，怕兩人反而壞事，只得示意沉歡接替貼身小廝的位置，用手掌儘量托著世子，讓氣管直立。

沉歡幹完這一切，瞬間覺得生無可戀。

朱斛粥熬成半流質，梅太醫舀起一勺，對沉歡吩咐。「如遇不易哽咽之食或偶有微嗆，須得拍拍世子後背，輔助其吞嚥。」

當沉歡用力托著宋衍的背部時，才發現宋衍並不如她想像中病弱，他的背很寬，望之會讓人產生安心之感。

當手掌觸摸著他微涼的皮膚，她發現一個嚴峻的事實：她已經快把世子摸光了——除了下半身。

忽然意識到男女問題的沉歡，忍不住微微臉紅，前幾次那是性命攸關無暇細想，今天讓她托著世子，世子幾乎大半身子靠在她懷裡，實在是讓人不好意思。

「嗆住了，快拍背！可以稍微重一點！」

沉歡才嬌羞不到三秒鐘，就聽見梅太醫的驚聲叫喚。

伺候人慣了，沉歡想都不用多想，抬起胖胖的手掌，「啪啪」就開始拍背。

力道之大，聲音之響，丁太醫都瞪圓了眼睛。

這不是拍背，這怕是要拍斷氣了。

只是那卡在喉嚨的朱斛粥，居然硬生生地被她的手掌，給大力拍得嚥下去了！

如此幾次，世子爺宋衍破天荒地嚥完了一碗朱斛粥，一點都沒剩。

侯夫人大喜過望，梅太醫和丁太醫跑得比賊還快，幻娟驚呆了，猶如打開新世界的大門。

而沉歡望著自己的手，忍不住思考，這餵食朱斛粥的差事，怎麼瞬間就落到她的頭上？定魂香煙霧盤旋繚繞，混合著朱斛粥的濃郁味道。

這一熊掌，把宋衍的三魂七魄都給拍得元神歸位了。

神識裡的宋衍，露出個溫柔的謎之笑容。

妳是誰？妳等著。

呵……

還好這朱斛粥不是日日飲用，要是日日都要這樣折騰世子吃飯，沉歡懷疑自己會過勞死。

如此，白天維持世子盥洗相關事宜，每週兩次朱斛粥餵食。

四個大丫鬟連帶著兩個陰女如意、如心輪流值夜伺候，這日子也算是相當充實，一晃就兩個月過去了。

這一日，許久不見的余道士來了侯府。

沉歡被他的形象震驚了，之前只是道服破舊而已，這次直接下襬成了碎布條，拂塵斷了一半，一些長，一些短，頭髮比上次看著還要長一些，照樣見不到全臉。

平嬤嬤知這道士素來脾氣古怪，對醉心之事甚是沈迷，倘若提議讓他更換衣裳，肯定當場大怒，思來想去還是通報了侯夫人。

侯夫人聽聞余道士來了，連忙帶著海棠、芙蓉兩個大丫鬟和幾個執事媳婦，從正院來到世子院落，剛進門又想到余道士到訪必是為了世子之事，又遣退了幾個人，只帶海棠和平嬤嬤在正廳待客。

「仙人來了。」侯夫人見余道士這次來情況和之前都不一樣，心中也是暗暗吃驚。

吃驚歸吃驚，侯夫人還是將丁太醫的相關診斷一一道出來。

余道士聽完，冷笑一聲。「丁鑒那老兒枉奪聖手之名，那朱斛粥和那些湯藥也不過管世子肉身無恙而已。夫人怎如此愚鈍，盡聽信那老兒之言。」

丁太醫乃太醫院聖手，朝內朝外人盡皆知，這老道如此狂妄不說，還說夫人愚鈍。

海棠立馬反唇相譏。「你這道士口無遮攔，竟敢說夫人愚鈍，夫人既是愚鈍，又為何要聽信你之言？」

「海棠。」侯夫人示警。

海棠不敢再說，憤憤不平地閉嘴，只是眼神依然不甘，似在述說對這道士的不信任。

平嬤嬤打了個圓場，侯夫人臉色平靜，幾人陸陸續續走向世子的房間。

如心遠遠地看見余道士，心一哆嗦，立馬進來通傳。「沉歡姊姊，那道士來了。」

此時，沉歡剛替世子清理完服藥後的衣襟，幻洛忽地接過她手裡的帕子，半蹲下來，替世子擦拭手背。

沉歡納悶，幻洛平時不近身伺候，怎麼今天如此積極？

「世子醒時，我在世子書院伺候，對世子知之甚深，既這余道士要來，他必不喜不潔見客。」說完這話，幻洛眼中隱有淚意。

沉歡一時不知道說什麼好，只得退到一邊，任她去了。

這邊整理完畢，侯夫人、余道士、平嬤嬤、海棠也相繼進來了。

又是一通行禮問安，沉歡對余道士有點本能地打怵，問安完了，就悄無聲息地退到後面。

定魂香徐徐環繞，從世子昏睡的那一天起，余道士就讓人點著定魂香，至今為止，已經點了三年。

沉歡也好奇一根助眠香何以如此昂貴，簡直是燒錢。

「熄了香。」余道士發話。

侯夫人和平嬤嬤都不明所以，只得示意幻洛先把香熄了。

定魂香一熄滅，那若有若無的味道就瞬間飄散了，飄散速度似比一般香快。

余道士冷笑一聲。「好好看著。」

香熄了約有一盞茶的時間，房間並無異樣，海棠忍不住嗤笑出聲。

沉歡卻覺得不對，她敏銳地感覺到世子的呼吸變得急促。

往日一呼一吸吐納的時間都很均勻綿長，但是此刻那呼吸似在逐漸變急。

須臾片刻，世子竟出現呼吸不暢之兆。

侯夫人大驚失色，平嬤嬤更是嚇得心臟狂跳，顧不得叫上丫鬟，親自將熄掉的定魂香立馬續上。半炷香之後，世子的呼吸漸漸恢復平穩。

「定魂之香，定的是世子之魂。其香之醫理，豈是丁鑒那老兒所能領悟？醫者醫其體，卻不醫其神，甚是可笑。」

這道士居然還真有兩把刷子，沉歡覺得不可思議，但又想到，自己乃重活一世之人，要論不可思議，自己不正是如此？

余道士又從懷裡掏出一個球形黃銅打造的器皿，造型精緻，掀開球蓋，裡面裝的是圓錐三角形狀的錐型塔香。

「此乃定魂香改良之藥，出自我手，聞之可吸入神髓，護其周全。神髓不滅，世子無恙。」

余道士消失這麼久，原來是製香去了。

沉歡默默給他貼上標籤：手工達人余道士。

侯夫人似還有疑問，遣退了海棠，帶著平嬤嬤和余道士再到正廳敘話。

片刻後，余道士準備離府，臨走之前低聲吩咐平嬤嬤。「這定魂香與往日配方不同，待得點過七七四十九日，我自會再來。」

平嬤嬤連忙應了，回去稟報侯夫人。

沉歡眼尖地發現，余道士走的時候，腰帶上的錢包鼓鼓囊囊的。

她羡慕嫉妒恨，神棍的錢，太好掙了！她上輩子為什麼生個孩子就死了？能活久一點，這輩子至少可以未卜先知啊！唉，可惜。

平嬤嬤送走余道士，又去察看世子無恙，這才回侯府正院。

侯夫人先到，大丫鬟芙蓉一進門，將榻上的翡翠綠織壽桃紋靠墊給侯夫人擺好，又端來黑檀木的小炕几，這才掀開簾子服侍侯夫人進來。

侯夫人斜靠在榻上，另一個大丫鬟則帶著小丫鬟伺候她淨手擦拭。擦拭完畢，海棠則捧著小茶盤過來，裡面一盞天青色汝窯蓮花杯，沏著今年開春的新茶。

「劉姨娘如何？」

芙蓉忙回道：「管事媳婦已經過來回話，說梅太醫看過了，應是無礙。」

侯夫人沒有說話，一時間鴉雀無聲，芙蓉和海棠均不敢言。

正靜默得可怕時，聽見門外丫鬟通傳。「平嬤嬤回來了。」

「進來吧！」侯夫人揮手，芙蓉下去了，海棠留下近身伺候。

侯夫人不言不語，平嬤嬤何嘗不知道她的心事，只心疼得緊。「姑娘，別說我老婆子多嘴，既是如此，當初又為何同意妾室進門。這一個個不是給您添堵嗎？」

侯夫人空白的表情，慢慢浮出一絲譏諷。「昌海侯府子嗣單薄，我已無法再育子嗣，如果容嗣再有三長兩短，夫君豈不是後繼無人？」

入府多年，這滿城的議論中，最多的就是她這主母苛待庶子、庶女，以致夭折。

「那貓兒、狗兒不可再放。」侯夫人蓋上茶盞，心中鬱氣盤結，久久不散。

平嬤嬤不服，還待辯解，忽聽到門外丫鬟急聲稟道：「夫人，老爺來了。」

侯夫人起身相迎，侯爺宋明已經走到門邊了。

平嬤嬤和海棠連忙退下，輕輕掩上門，讓兩人好好說話。

近來，因劉姨娘有喜，侯爺難免會多照顧孕有子嗣的一方，已有段時間不到正房。不過每月的初一和十五卻是必要過來，只是不知今日怎忽然就來了。

不過一刻鐘，房門「砰」的一聲竟被踢開，宋明滿臉怒容，拂袖而立。他人至中年又身居高位，氣勢自然凌厲，一雙狹長眼睛泛著冷意，掃過門前戰戰兢兢侍立一排的丫鬟。

「夫人既然不適，就該請太醫好好醫治。海棠既然隨侍在側，竟不通報，拖下去好好責罰。」他聲音不大，卻字字清晰。

一言既畢，竟馬上湧進來幾個小廝，拖著海棠就要往門外走。

「宋明！」房內傳來侯夫人的厲喝。

海棠抖若糠篩，簡直是無妄之災。

正院雞飛狗跳，海棠最終被放還，宋明嘴角噙著一絲冷笑，去了書房後面的小佛堂。

「小佛堂，他又去了小佛堂……」侯夫人臉上沒有表情，良久，淚珠徐徐滑落。

平嬤嬤心痛之餘，暗暗著急，再過段時間去親戚家走動的太夫人就要回來了，夫人和老爺這日益惡化的關係，可怎麼辦啊？

同時間，世子院此刻卻是一片安寧，與正院是兩個極端。

是夜，如意說她小日子來了，沉歡體諒她，索性讓她去歇息。如心自余道士來了之後，就一直戰戰兢兢，也不知道在害怕什麼，沉歡乾脆也讓她歇一天，權當休息。

所以今夜當值，就沉歡一個人。

沉歡將線香換成塔香，確認塔香燃放正常之後，這才在世子的床踏板上開始鋪床。鋪完床就是沉歡值夜時的學習時間，因為只有一本書，她只得翻出來從頭看到尾、從尾看到頭。書看完，沉歡就過來伺候世子爺了。

宋衍日日都是睡美人狀態，倒成了她發牢騷的最佳聽眾。

「今天你不知道，余道士大顯神通。那鼓鼓囊囊的錢袋子喲，綿綿我看得心好痛。」

當她一個人的時候，會把世子當成傾訴對象，有什麼委屈不快、噼哩啪啦一陣倒，反正世子爺也不知道。

而且一個人的時候，她終於可以不用自稱「奴婢」，恢復「我」怎麼樣，實在心中暢快。當她進入精神垃圾傾倒時間時，都自稱「我」，還會自動帶上小名喚為「綿綿我」。

於是每當兩人獨處時，神識中的宋衍就會聽見一個超級嗲音，嬌滴滴地給自己的人生畫大餅。

原本含羞帶怯似在撒嬌說情話的聲音，此刻正在慷慨陳詞。

「綿綿我是不願意一輩子當奴婢，不過侯夫人很大方，我打算再好好混一段時間。而且我不為美色所惑，一門心思好好做，但求下月再漲銀錢。」

如此這般，沉歡彷彿找到一個聽話的人偶，像個指揮者一樣將她的人生規劃時不時就捋上一捋，不管世子到底願不願意聽，反正此刻她最大，強制執行。

神識中的宋衍挑了挑眉。

原來妳叫綿綿。

不知不覺說話間，沉歡才發現，新點的定魂香煙霧怎那麼大，整個房間都瀰漫不散，一眼望去竟像是仙境般。再從沉歡站的位置望向世子，竟然只能隱隱約約看見床，看不見床上的人。

沉歡嚇了一大跳，連忙跑到床邊低頭察看。「世子爺！」

濃郁的煙霧繚繞間，這是一雙什麼樣的眼睛？

狹長，那線條如柳葉尾巴，渾然天成。眼珠又黑又濃，瞳孔上的紋理根根分明，多看兩眼，猶如漩渦，會把人頃刻間吸入眼底。

四目相對，沉歡被那幽邃深暗的目光吸引，好半天才愣愣發出一聲尖叫。「啊——」

可是聲音無力，音量也不夠。

「世、世、世子爺……」嬌滴滴的聲音開始打顫。

世子難道醒了？沉歡一瞬間感覺自己直上雲霄。

這事如果稟告夫人，她肯定求啥得啥，有求必應！

再一細看，沉歡揉了揉眼睛。

咦？難道是錯覺，世子的眼睛閉得好好的，還是那個乖乖的睡美人。

這一切難道是自己看錯了？可是剛剛明明睜開了一下啊。

真是垂死病中驚坐起，丫鬟今夜空歡喜！

沉歡內心嚶嚶哭泣中。

第七章　失竊

這一夜，沉歡空歡喜一場，以至於她半夜爬起來幾次，想看看世子是不是眼睛又睜開了，可惜結果總是失望。

自從沉歡在照料世子時加入推拿後，世子的肌肉狀況得到良好恢復，那夢魘的症狀竟是一次都沒發生過了。只是推拿之事，身體接觸親密，沉歡也就重點按摩手臂和小腿。

翌日，幻娟因家裡有事，向平嬤嬤告假出府去了，幻洛接替了幻娟的相關差事暫時頂著。

這定魂香，除了晚上由當天值夜之人點燃之外，其餘時間均由幻娟負責保管、清點，和每日督促點香。幻娟今日不在，這香自然是幻洛來點。

「哎呀！這香怎麼少了一粒？」幻洛大叫，認為自己是不是數錯了，來來回回又數了一次。

沉歡不明所以。「姊姊再數一遍吧，好端端的怎會少了？」

幻娟不在，幻言也連忙進來幫數。

那香珍貴，放置於世子房間外屋指定的檀木盒子裡。盒子外有一把小鎖，鑰匙平日都由幻娟保管，只有在值夜需要添香的時候，才會把鑰匙交給當晚值夜之人。若有添香，第二日還須上報，由幻娟登記核對。

余道士一共給了四十九粒塔香，線香更換成塔香當日多一粒，合計共五十粒。換香不是每日必須，要端看香燃到什麼時候，近一段時間涉及換香的就只有沉歡一人。幻言忍不住盯著沉歡。「難道那日妳換香時出了什麼岔子？」

沉歡也有點著急，這定魂香是怎麼回事，橫著數一遍，豎著數一遍，始終少一粒。

「先不要驚慌，沒著咱們自己人先亂了，此事須暫時先瞞著平嬤嬤，我看速速喚幻娟回來才是正理。」幻洛看了沉歡一眼，那眼神意義不明。

三人正在商議，如意、如心當差完畢過來稟報。

幻洛將定魂香當著眾人的面裝進盒子裡，鎖好之後，轉頭吩咐如心。「妳去前院尋管事馬出行的錢管事，就說得了我令，世子慣喝的湯藥拿不準劑量，須得叫幻娟趕著回來。」

如心這麼久沒出過世子院，早快鬮瘋了，立刻領命去找錢管事。

錢管事聽聞是世子服藥之事，哪裡敢耽擱，派了自家兒子錢洗和一個小廝，跟著如心一起去了。

錢洗以為如心為世子院的普通小丫鬟，見她長得嬌弱美貌，一時間心猿意馬，生了其他主意。如心則長這麼大第一次與陌生男子一同出行，一路上幾次羞紅了臉。

稍晚，見了幻娟，說明來意。幻娟一聽這事，當時就急得團團轉，催促著趕緊回世子院。

回院子時，幻洛、沉歡幾個人都等著她。

幻娟從幻洛手上接過鑰匙，自己打開又清點一遍，再翻出登記定魂香使用的銷香冊，一筆一筆核對，最終確認是少了一粒。

幻娟嚇得腿都軟了，竟一個踉蹌癱倒在地。

「幻娟姊姊！」幻言連忙過去攙扶。

幻娟膽顫。「那定魂香價比黃金，珍貴無比，且那日余仙人走時向平嬤嬤交代得清清楚楚，說是一日不可斷，須得點完這七七四十九日，方能行那定魂儀式。」

如今缺一粒，四十九日湊不齊，後果不堪設想。

「幻娟，妳再想想，如果銷香冊無異，還會有什麼地方是妳記岔了？」幻洛看著她沈聲問道。

「還能有什麼記岔了……」幻娟苦笑。「妳我入府多年，難道還不知這定魂香的重要嗎？」

若真要說有什麼地方容易出問題，她忽然想到什麼似的，把目光轉向沉歡。

接著幻言、幻洛也似想到什麼一樣，紛紛把目光轉向沉歡。

果然！

沉歡的心臟跳得厲害，這短期內，只有她拿過鑰匙換香，非要說的話，她嫌疑最大。

「不是我！」沉歡連忙澄清。「那日我確實換過香，第二天也上報了用香數量，並報給幻娟入冊登記的。」

幻娟臉色有點難看，往日這種情況，她接手時均會再核對一次。偏那日，她小日子來了，一身又痛又軟、頭昏腦脹，粗略點一次就登記了。現在想來，竟不記得到底數量是不是確認過。

幻言一向瞧不起其他地方出來的丫鬟，且沉歡升得這麼快，又接了一些她的差事，雖然那次無意中解除了她的危機，只是作為大丫鬟，她心裡到底還是不舒服。

很多想法一旦開鬧，就不太容易控制，幻言忍不住譏諷出聲。「沉歡妹妹，若是妳拿的，我勸妳及時收手，趕明兒平嬤嬤知道，妳可要被揭層皮！」

幻娟看幻言針對沉歡，心中鬆了口氣，也姊妹情深地勸道：「沉歡妹妹，咱們做奴婢的，眼皮子淺能理解，可這定魂香，不是一般的東西，妳可好好想想。」

沉歡突地一下站起來，心中來氣。

這什麼意思？這兩人現在是一致認為她偷的是不是？

「姊姊們慎言，沉歡雖出身卑賤，卻也在忠順伯府歷練過幾年，這雞鳴狗盜之事是萬萬不肯做的。」

幻言不吃這一套，冷笑道：「可是這香也就妳開過盒子，不是妳還能是誰？勸妳行個好，不要牽連了我們！」

幻娟仔細一想，確實只有沉歡那日有過開箱換香的機會，忍不住越來越懷疑。「那日換香，如意、如心不是跟妳一個屋嗎？我看直接叫如意、如心過來問話不就得了。」

幻言巴不得洗脫嫌疑，當然支持。

沉歡這才想到如意、如心。偏偏那天如意說不舒服，她讓如意去休息，如心也不在，自己連個證人都沒有。

看她沈思的模樣，幻言便認定沉歡是偷香賊，站起來轉身就走，直言快語。「我要去稟告平嬤嬤，今天須把事情弄清楚，沒得我們受牽連。」

「幻言姊姊稍等。」人在屋簷下，不得不低頭，沉歡討好地先穩住幻言。「今日伺候世子之事還未完成，我等貿然離去，豈不是最大罪過？平嬤嬤隨侯夫人出府，我看還得晚一些時候才能回來。」

幻洛一言不發，似在揣度沉歡剛剛辯解的真實性，那目光讓沉歡很不舒服。

良久，幻洛作為大丫鬟的管事人發話了。

「好了，沒有證人且勿誣陷他人，大家先各自做事情去，且勿躲懶，嬤嬤回來，我自會稟告。」

幾個人心思各異，各自做著事情。

幻言已經認定沉歡是偷香賊，臉色不太好。幻娟也認為沉歡嫌疑最大，看沉歡的眼光也隱隱帶了鄙視。只有幻洛與平常無異。

世子一日流食得吃六餐。幻娟每次服侍下來，也是累得一身汗，加上今日心中有事記掛，服侍用餐完畢，就下去提前張羅著熬藥。

幻娟走了，就留下沉歡替世子漱口、擦手等盥洗差事。

沉歡今天被冤枉，心裡著實急得慌，那擦手、擦唇角的帕子，也擦得有點心不在焉。

遺失定魂香絕不是小事，輕則杖刑懲戒，重者以偷盜罪送官發賣，甚至……死在這侯府。

沉歡冥思苦想那一晚，她從外間櫃子上開盒拿香，因線香即將點完，她不敢耽擱馬上進裡邊來續香。待香燃穩了，她才返回外間鎖上盒子。這一切都只有自己一個人，世子雖在，卻起不了什麼作用，又不能當證人。

而且那日世子忽然睜開眼睛，嚇得她夠嗆，全副精神都在這事上了。

原本能當證人的如意、如心偏又被自己遣去歇著，反而顯得更有嫌疑，如今百口莫辯，這可怎麼辦才好？

心事重重這一走神，沉歡給世子擦拭嘴巴的動作，就機械性地重複了一次又一次，待她發現自己行為不妥，驚慌失措回過神來的時候，正好和一雙睜開的黑眼珠相對。

「啊！」這次沉歡叫出聲了，很大聲。「世、世子……」

世子又睜開眼睛了，這怎麼回事？天呀，能不這樣嚇人否？

被喚之人毫無反應，那雙眼眸又黑又幽邃，卻毫無感情，也無情緒，猶如人偶。

沉歡試著將手指在那雙睜開的眼睛前晃了晃，毫無反應。

不知為何，沉歡心裡就是惴惴不安，因為剛剛胡亂幫世子擦嘴，導致世子那形狀好看的唇角，帶著微微的紅。她總覺得那雙黑黝黝的眼珠在盯著她。

幻洛被沉歡的驚聲尖叫引過來，邊進門邊皺眉斥責。「好好的叫什麼？沒個體統！」

沉歡連跌帶爬地奔到幻洛面前。「世、世子眼睛能睜開了！」

「胡說什麼，既是睜眼了就是醒了，沒聽過睜眼還不醒的。」幻洛明顯不信，到床邊一看，世子依然閉目沈睡。

沉歡不相信，湊過去一看，果然世子眼睛依然是閉著的。

難道世子只有她在的時候才睜眼？這都撞見兩回了。如能睜眼，這可是天大的好事啊，指不定主子一高興，那定魂香的事情也就不追究了。

幻洛斥責幾句，掀開簾子走了，沉歡還得接著之前沒做完的工作。

「世子爺……」沉歡想了想，湊近他試探性地哄道：「您的眼睛可真好看啊，再睜給奴婢看看吧！」

沉歡繼續諂媚，床上的睡美人毫無反應，顯得她像個智障。

咦？表揚也還是沒反應。

沉歡摸著下巴沈思，這究竟是怎麼回事？需要稟明平嬤嬤嗎？可是不睜眼誰信啊？

於是沉歡又嘗試解釋一下。「奴婢不是故意怠慢，實在是今兒出了事，奴婢心中憂懼異常，一時失手，請世子爺責罰。」

反正世子爺沒醒，責罰不了她。

「請世子爺不要生氣，睜開眼睛吧。」

今天這麼倒楣，你睜開眼睛，讓我沖個喜吧！

沉歡還在哄世子睜開眼睛，平嬤嬤就回府了。她心裡咯噔一聲，預感好日子要到頭了。

定魂香失竊非同小可，平嬤嬤本就有氣，才聽到一半就一碗熱茶潑向旁邊伺候的小丫鬟。

「笨手笨腳的小賤蹄子，是想燙死嬤嬤我嗎？」

小丫鬟就是那日被平嬤嬤掐掉一塊皮的小女孩，平日負責服侍平嬤嬤，此刻被熱茶澆得一頭一臉，懼其威勢，不敢哭出聲，顫顫巍巍地撿起地上的碎片。

平嬤嬤心中心急火燎，在屋裡來回走動跺腳。「把沉歡這小蹄子給我速速叫過來！我要看看這賊蹄子，究竟是吃了什麼熊心豹子膽，竟敢打那定魂香的主意！」

定魂香就是世子爺的命，世子爺的命就是侯夫人的命。這狗膽包天的奴才，是想要侯夫人的命不成？她絕不允許！

幻洛見平嬤嬤怒火中燒，眼中浮現一抹得意的笑意，趕緊退下了。

平嬤嬤無處發洩，揪著小丫鬟的頭髮一把狠抓，一邊抓、一邊罵。「妳這笨手笨腳的丫頭，一點小事都做不好，是不是想燙死嬤嬤我，另外攀個好主子？」說完又發狂似地搧了小丫鬟兩巴掌，直搧得小丫鬟哭天喊地，嘴角帶血，一張臉腫成豬頭。

定魂香若真的被偷，她這世子院的管事嬤嬤也跑不掉監管不力的罪名，在這侯府到底是落了臉面。

平嬤嬤無處發洩，又是幾腳踢過去，正打算再打幾巴掌，忽然一雙胖手捂住她的手掌。沒看錯，不是捏，不是拉，是捂住，雙手捂暖爐那種捂住。

掌心很熱，很軟。

「嬤嬤的手都打腫了，奴婢幫您揉揉，想是今日定魂香一事氣著嬤嬤了，嬤嬤勿惱。」沉歡討好地笑著，後腳跟輕輕碰了碰那被打得淒慘的小丫頭，示意她趕緊離開。

都是奴婢身，相煎何太急？這平嬤嬤好重的戾氣。

真是來得正好！

平嬤嬤一掌甩開沉歡，青著臉坐到椅子上，冷聲冷氣罵道：「都到了吧？說！先把事情給我說清楚！敢說一句假話，嬤嬤我絕不輕饒！」

幻言、幻娟自是以幻洛為尊，齊刷刷把目光投向幻洛。

幻洛看了一眼沉歡，遂將早上點香發覺少一粒，又命人喚回幻娟核對種種之事敘述一遍。中間重點強調了幻娟每次接手均有核查，幻言與自己近期則沒有拿過鑰匙。

沉歡越聽越不對，幻洛雖然沒有明顯說出誰是偷香之人，且看似句句公正，但每一句話、每一次停頓似乎都帶了暗示，暗示她就是那凶手。

沉歡心中隱隱有點明白什麼，她看向幻洛，只見幻洛語調溫柔地看著她。「嬤嬤，此事還須細細核對，我相信沉歡妹妹，絕不會幹出那雞鳴狗盜之事。」

沉歡告訴自己，要冷靜。

在事情發生現場，往往暗示比明示更要命。平嬤嬤聽完幻洛的說詞，果然已經信了大半，一雙三角吊梢眼掃過沉歡，隱隱帶著考量。

幻洛講完，退了下去，沉歡立刻為自己辯解。「嬤嬤明鑒，奴婢入府伺候，從不出院，這定魂香雖然矜貴，但是對於奴婢卻用處不大，還沒一吊子錢好使，何故非要弄那香來？」

「真是說得好聽，指不定是想等以後出府了換銀子呢。」幻言冷聲譏諷，她可是早就從如意那裡聽說過，沉歡入侯府前，想贖身出府，伯夫人卻把她送來侯府。

出府二字，顯然觸動了平嬤嬤的心事。獻陰女之事甚是機密，全府上下，知道的也就堪堪幾人。這世子院，也就自己和幻洛兩人。
這陰女不知死期將至，竟還想著出府？真是可笑。
平嬤嬤的眉眼掃過幻洛，幻洛心中悚然，連忙搖頭，示意幻言並不知道此事。
「嬤嬤明鑒，奴婢絕無偷盜之心，那日點完定魂香，奴婢便和幻娟姊姊交接完畢了。」
幻娟心中一驚，就怕自己成了苦主，又見平嬤嬤滿臉怒氣，心中早嚇得沒膽，囁囁嚅嚅道：「那、那日……似、似不甚清楚……」
沉歡抬頭，不敢置信地望著幻娟。
幻娟不敢回應沉歡的目光，低下頭去。
「那日沉歡未與妳交接？」平嬤嬤沈聲喝問。
幻娟低著頭。「那、那日，奴婢小日子來了，沉歡妹妹說自己點清楚了，我相信她，我、我就收了。」
「妳好大的膽子！」平嬤嬤怒容滿面，順手拿起一個茶杯蓋子，就朝幻娟擲過去。
幻娟不敢躲避，生生承受了，額角瞬間就青了一大塊。
收拾了幻娟，平嬤嬤又針對沉歡。「說！妳把定魂香藏哪裡去了？」
這樣子，竟是要將沉歡定罪了！

第八章　三堂會審

沉歡雙手掐得死緊，太陽穴兩股青筋一抽一抽地跳，知道這個時候必須扛住，如果扛不住，這偷盜罪名怕是洗不掉了。

「奴婢當日值夜雖是一人，卻絕不是起了齷齪的偷盜心思，那夜恰逢如意不適，才叫兩人歇著。」沉歡提高音量，聲音巨大。「嬤嬤執法公正，奴婢向來信服，如今無憑無據，怎可輕易聽信幾位姊姊之言，就給奴婢輕易定罪？焉知其中沒有其他隱情？」

平嬤嬤腦子裡一時拿不定主意，如若真是這賤蹄子手腳不乾淨，起了那貪財之念，可這也太鎮靜了。

幻洛發現平嬤嬤動搖，心思一轉，柔聲勸慰。「如此僵持也不是個辦法，沉歡妹妹伶牙俐齒，竟是說得句句在理，只是妹妹，這定魂香著實不是一般物品，妳可知道這是世子爺的命啊！」

「命」這個字，瞬間驚醒了平嬤嬤，這丟失的定魂香若找不回來，受牽連的可不只是這幾個丫頭，自己也責無旁貸。

「幻洛姊姊，妳還為她說話做什麼！妳沒聽見她那意思？她作賊喊抓賊聲音大，自己沒偷，那意思就是我們偷的？」幻言氣得心口疼，在她眼裡，只有沉歡換過香，肯定就是沉歡偷的。偷了東西還不承認，真真是可氣！

幻娟心裡也是熱鍋上的螞蟻，她真怕這事再扯下去，又要追究她交接不清的責任。

「嬤嬤，這有何難？是不是故意留自個兒一人在世子房內，把如意、如心喚過來問一問，不就一切真相大白了嗎？她們同住一屋，那東西說不定就藏在屋子裡。」

平嬤嬤覺得幻娟言之有理，差人喚了如意、如心過來。

如心不明所以，突然傳喚覺得莫名其妙。進屋一看，幾個大丫鬟姊姊都在，卻是個個滿臉怒容，獨有沉歡跪在中間。

平嬤嬤先審如意。「如意，我問妳，世子換香那夜，妳可有當值？」

如意看了沉歡一眼，目中隱隱帶著一股快意和狠毒，只不過轉瞬即逝，又換上一副想說不敢說的表情，吞吞吐吐。

平嬤嬤立刻暴喝。「妳可知道在我老婆子面前耍花槍，都是什麼下場？」

自她掌權至今，死在她手裡不聽話的僕婦、丫鬟，不知凡幾。

如意抖了一下，忙不迭回話。「回嬤嬤，奴婢那日未曾值夜。」

「按世子院規矩，大丫鬟和妳們輪流值夜，為何那夜妳不去當值？沉歡說妳小日子來了，這可當真？」

如意連忙跪下來，滿臉驚恐。「院內眾奴婢的小日子，管事嬤嬤均有記載，奴婢不敢撒謊，奴婢的信期離那日足足差了十天有餘，何來小日子之說？」

此話一說，滿室皆看著沉歡。

幻洛似是不敢置信，臉上露出失望的表情。「沉歡妹妹、妳、妳不是信誓旦旦說，那日如意小日子來了，妳體諒她，才讓她去休息的嗎？」

幻言、幻娟更不必提，均已認定沉歡就是偷香之賊。

沉歡定定地看著如意，心中一片冰涼，仍不放棄辯解。「嬤嬤，如意那日確實是說自己小日子來了，故奴婢才讓她出去休息。服侍世子之事甚是繁瑣，奴婢何必如此勞苦自己？」

「如意既是如此，那如心呢？」

如心不敢看沉歡，哆哆嗦嗦，掙扎好半天才擠出句。「奴、奴婢不知……那日是沉歡姊姊讓奴婢別去，奴、奴婢不敢忤逆……」

如心說的是實話，那日她心不在焉，渾渾噩噩，沉歡乾脆讓她去休息了。

沒想到這一善舉，造成今日人證全無的絕境！

「顧沉歡！妳好大的膽子！」平嬤嬤一手拍向桌子。「偷盜定魂香，還大膽強詞奪理，換香之人只有妳，何故遣去如意、如心？定是想渾水摸魚，想著少一粒主子未必發現，妳可知定魂香須得七七四十九粒，缺一粒都不行！」

沉歡百口莫辯，心臟狂跳，背心冷汗直流，抬頭一瞥間，只見平嬤嬤看她的眼神煞氣逼人，顯然已有決定。

要冷靜！

在這個時候越要冷靜！

沉歡深吸一口氣，儘量穩住自己的表情。「那定魂香事關重大，夫人亦未回府，沉歡並未拿香，請嬤嬤明鑒。」

平嬤嬤喊打殺的話到嘴邊，聽到沉歡的回答忽地一頓。侯夫人還未回府，就算就地杖殺沉歡這賤婢，定魂香的下落依然不明，侯夫人回來豈不是更怒？

這個時候，幻洛出聲了。

「嬤嬤且勿動氣。」幻洛過來勸慰，目光隱隱朝如意掃去。「定魂香事關重大，我看只需要搜一搜幾個丫頭的房間就一切清楚了。人證、物證俱在才做得了數，沒得下人嚼舌根說嬤嬤冤枉人了。」

如意撒謊了，沉歡萬分確定，可是她為何要這樣做？

平嬤嬤覺得幻洛思慮甚是周全，點了點頭，喚了幾個身強力壯的僕婦，吩咐道：「去那賊蹄子的屋裡好好搜一搜，但凡可疑之物，統統帶過來！」

自己並未偷拿定魂香，料那群僕婦也搜不出個名堂，沉歡心裡稍定，將目光轉向如心，卻見如心的目光不敢看她，略有躲閃。她又把目光轉向如意，如意不懼，與她正面相對，眼中惡光閃動。

一刻鐘之後，僕婦急急奔過來，進門就獻上一個小包袱，沉歡自是認得，那是她出府時，裝裹貼身小衣的包袱。

「嬤嬤，找到定魂香了，就是藏於這小衣裡。除這定魂香外，還找到一些銀兩和一本書籍。」

沉歡的心「咯噔」一聲，沈了下去。原本鎮定的表情，也有些撐不住。這定魂香，何以無故出現在自己包袱裡？

掌心有熱汗冒出，她被人陰了！
垂下睫毛，沉歡儘量壓抑著奔騰而出的焦躁、委屈、恐懼、不甘等各種複雜情緒，拚命給自己打氣。
她還不能認輸。輸了，害她的人就得意了。
平嬤嬤搜到定魂香，一直懸在半空中的心忽然就落地了，暴喝的語氣轉為陰森森，那調子也變得緩慢起來。「還有什麼好說？」
沉歡抬起頭，毫不畏懼地盯著平嬤嬤的眼睛。「平嬤嬤，奴婢只說一句，奴婢入府無親無故，家人、兄弟俱不能相見，何故如此，嬤嬤心裡清楚。定魂香於奴婢，快不能迅速變為銀兩，慢不能得服仙藥以強身健體，實無其他用處。」
沉歡的眼光掃到如意身上。「如今，奴婢知道，肯定是有人陷害奴婢，蒙蔽嬤嬤的眼睛，當嬤嬤是個好糊弄的人，還請嬤嬤仔細推敲。」
平嬤嬤也知搜出來的銀兩，是沉歡的月錢，那日負責月錢的媳婦來請示，她也在現場，遂揮手讓人收拾了。
她跟隨侯夫人多年，在府裡很有威望，生平最恨就是有人糊弄她，沉歡這一說，她不禁又多疑多思起來。
只不過那本書哪裡來的？這些買來的丫頭，大字不識，二門不邁。
幻洛的眼睛有一絲血紅掃過，沉歡那句「嬤嬤心裡清楚」幾個字，觸到她隱秘的心事。
她乃世子院大丫鬟執事，又是侯夫人未言明準備放下去的通房，結果世子一睡不醒，她如今年紀也到了，雖世子還未收用，卻也知曉人事。

沉歡入府之後，幻洛一開始並未覺有什麼，但是這些日子下來卻也看出端倪。這幾個陰女，恐怕都是侯夫人放進來「伺候」世子的。只要這幾個人活著，以後都是她的威脅。

不然何故，沉歡入府比她晚，那月錢竟然比她還多？

幻洛原本柔和的表情被猙獰取代，眼中的不甘幾乎藏不住了。最後目光堪堪定在那本書上面，似是想到什麼，她的嘴角翹起一抹詭異的笑容。

幻言和幻娟對世子向來敬畏，其他不敢多想，但看到這些銀錢，也是神色複雜，接著慢慢轉為不甘。

同為大丫鬟，憑什麼，沉歡的月錢竟然比她們多？

如意更是心中不服、不平、不甘到極致。她貌美窈窕，與沉歡同期入府，同期學藝，沉歡不過以前在伯府做過大丫鬟，到了侯府，就憑著諂媚邀寵、討好侯夫人，得到靠近世子爺的好機會，而她竟成了替沉歡打下手的角色。

平嬤嬤臉色陰寒，看沉歡還在辯解，禁不住怒火中燒，高喝一聲。「來人啊，把這個賊蹄子拖到外面院子狠狠掌嘴，先打到肯認錯再說！」

「嬤嬤！」沉歡大叫。

兩個高壯的婆子一左一右挾持著她，瞬間就到了世子院裡。

「把大家都叫出來，好好看看世子院不容這樣的賊蹄子放肆！」平嬤嬤吩咐，一時間，世子院眾僕都出來指指點點。

「竟是個偷兒。」

「手腳不乾淨的賊丫頭。」

「平日竟是錯看她了。」

「這小賤蹄子裝模作樣，嬤嬤趕緊收拾她！」

一時間指責之聲四起，沉歡不願含冤被辱，正要高聲辯解其中漏洞，一個高壯婆子站到面前，熊掌一抬「啪」就給她一巴掌。

沉歡眼前金星一綻，頭都被打歪了，一時間天旋地轉，嘴角火辣辣。

「好好打，人贓俱獲還能強辯，打這張嘴！」平嬤嬤惡狠狠地指揮。

「啪」又是一巴掌，這高壯僕婦兩巴掌都沒省力氣，沉歡的臉瞬間就腫了。

幻洛和如意嘴角都帶著滿足的笑意，惡光閃動間似乎還嫌打得不夠狠。

幻洛煽風點火地說：「嬤嬤，偷盜定魂香不是小事，還須知會夫人一聲，不然下人傳出去，又會嘴碎說嬤嬤治院不嚴。」

如意亦是得意幫腔。「得打到承認為止，這才能在夫人面前說清楚。」言下之意，還要多打幾巴掌。

沉歡臉上疼得厲害，不敢置信地看向如意，緊緊抿著嘴唇。

平嬤嬤看她還是不承認的樣子，正想喊那打人的婆子再加把勁。

忽然，宋衍的小廝喜柱兒，呼天搶地從世子房間裡跑來。「院子裡動靜太大！世子爺睜開眼睛啦！」

「啊——」平嬤嬤尖叫一聲，捂住胸口，心中似炸裂一般，再也顧不得沉歡怎麼樣，便衝進世子房間。

因世子睜開眼睛，平嬤嬤歡天喜地，沒心思整治沉歡，直接把人關到柴房。

沉歡被關了兩天，不給吃食，連水都沒有，好在不用再挨打了。

她之前怎麼哄世子，他都不肯睜開眼睛，沒想到她挨打的時候，恰好就睜開了。

她餓得心裡發慌，卻擋不住一種被陷害的寒涼。能進她房間的人，只有如意和如心，能將東西藏在她包袱裡，也只有如意和如心。

她們在事件中，扮演著什麼樣的角色？唯一可以確定的，就是如意的撒謊，加上搜出來的定魂香，落實了自己的罪名。

晚上柴房裡寒涼，沉歡縮在一旁。最近她又瘦了，好不容易囤起來的肉，還沒出府，就掉得飛快。嘴唇好乾，喉嚨似要燒起來。

「幾位叔叔，好好吃個酒，是小姪孝敬的。」忽地，一個年輕男子的聲音在門外響起。接著門開了，一名年輕男子提著食盒走進來。

沉歡戒備地看著他，這人鼻梁挺拔，長得甚是英挺，但是她不認識。

「偷偷吃吧，我老子幫我打通了看守的關係。」那人將裡面的饅頭和簡單的清水放到沉歡旁邊。

「要謝就謝如心，哭得嗓子都啞了，吃與不吃，隨妳。」那人也不願意多待，放下東西就走了。

沉歡心裡有點複雜，如心能找到這名年輕男子替自己送吃食，一定費了許多周折。沉歡心中感到些許暖意，也肯定這事不是如心幹的。

吃了東西，精神好一些，沉歡坐起來，頂著腫臉暗暗盤算。門外看守之人睡得正香，呼嚕聲震天。

忽然，窗戶上有一抹小巧的黑影趴在上面，沉歡心臟狂跳，饅頭梗在喉嚨，差點噎死，餘下大半個則直接滾落在地上，險些以為是精怪來了。

沉歡差點被嚇得背氣，那人卻小小聲喊她。「姊姊……姊姊……」

沉歡靠近窗戶才發現，竟然是平嬤嬤身邊伺候挨打兩次被她撞見的小丫鬟。那小丫鬟嘴角還帶著傷，一張臉都是腫的，看著好不淒慘。此刻害怕地伏在窗邊，輕聲喚她。

沉歡靠了過去。「妳是……」

小丫鬟顯然是偷偷過來的，鼓起勇氣一邊說話，一邊密切注意著看守之人的動靜，她靠近窗戶在沉歡耳邊偷偷說了一番話，還遞給她一個東西。

沉歡的眼珠瞪大了，低頭望著那東西。

小丫鬟不敢多留，說完話就如貓一般跑了。

沉歡盯著手裡的物件，一向柔和的表情慢慢變了，沒想到一時不忍救下的這小丫鬟，竟帶來如此重要的消息。

沉歡望著天上的半月，眼睛明亮。

這可真算是好人有好報不是？

這兩天，侯夫人簡直如在雲端，世子院個個僕人都是喜氣洋洋，沈睡了三年的世子爺，居然能睜開眼睛了。

丁太醫得信之後連忙過來察看，幾番細緻檢查，除了眼睛能偶爾睜開，其餘的和以前並無二樣。他仔細思考，這經絡不行不進之症，許是刺激哪條經脈，這才導致世子睜眼。

但是，雙眼也僅僅是睜開，無法感光，不能視物，意識照樣全無，清醒之日依然遙遙無期。他不忍將實情告訴大喜過望的侯夫人，只得草草地打了些官腔，說了些吉祥話，叮囑朱斛粥不可間斷，就匆匆離府。

侯夫人賞了全院的奴婢伺候得力，又讓平嬤嬤將太醫的叮囑一一傳達，自己親自差人將消息傳給侯爺宋明。

眼睛能睜開了，世子之俊，風姿絕世。關了沉歡，如意這幾日終於能在世子身邊伺候，一顆心早已經酥成一片。

可是，朱斛粥照例得餵食。幻娟躲脫了定魂香丟失的罪罰，一見餵粥就心裡犯難。世子雖沈睡三年，然積威之廣，世子院內僕從無不膽怯。她伺候多年，懼之甚深，深知世子不願之事，這世上無人可逼迫，如若世子醒來，知道自己強餵這朱斛粥，就算明知對身體有益，也難免責罰。

「這朱斛粥，奴婢有好些日子沒有餵食了。幻洛姊姊，妳看……妳看……」她不敢說後面的話，她想喊沉歡出來餵食。

幻洛冷冷掃了她一眼，她自恃入世子院最早，又是世子得力的奴婢，管著書房事宜，自和這些掌管生活起居的奴婢身分不一樣。

咬著嘴唇，不是她癡心妄想，她可是侯夫人賞賜過來的，那意思……那意思……

幻洛有心想表現一番，便主動接過朱斛粥，打算今天自己試一試。她辦事俐落，伺候人也是一等一，服侍世子用下朱斛粥，想是不在話下。

正在這時，忽聞下人來報，首輔陸光行之孫，陸小公子和永意侯夫人，兩人巧遇一起來拜訪侯夫人，探望世子。

侯夫人來不及等朱斛粥服完，匆匆迎客，於是平嬤嬤便在一旁督促進食朱斛粥的情況。

幻洛咬了咬嘴唇，舀起一勺粥，抬頭望向世子，眼波都碎了，柔聲道：「世子爺，服食朱斛粥了……」話未說完就頓住了。

宋衍黑漆漆的眼珠毫無聲息地盯著她。

幽深，漆黑。

第九章　餵食

往日的積威忽然湧向心底，幻洛生生打了突，餵到世子唇邊的朱斛粥，怎麼也不敢強行塞進他口中。

這樣如何餵得進去？幻洛大著膽子輕輕放了一些，粥直接流到世子衣領。

環繞伺候的丫鬟、婆子又是一陣忙，幻洛滿臉通紅，咬牙退下來。

平嬤嬤若有所思，為何那陰女能餵食進去？余仙人說過，只有陰女才能化解世子四柱純陽燒身之患，這可不就是湊巧了？

眼光一掃，她示意那陰女如意上。

如意臉頰燦爛若海棠，早就想自己上前伺候，這才端碗過來，柔情密意地舀著粥讓世子吃。

她沒有幻洛、幻娟那樣對世子心存膽寒，一勺子粥餵在他嘴裡，她羞紅臉撫著世子的背，學沉歡的樣子，輕輕拍了拍。

「咳……咳……」世子居然咳嗽起來。

嗆食了。

「妳這沒用的東西！」平嬤嬤急得上前連忙給世子撫心口，推開如意，邊罵邊吩咐。

「把柴房裡的丫頭放出來，服侍世子把粥吃完，再稟告夫人。」

片刻，沉歡就端著味道清奇的朱斛粥站在世子面前，奉命灌粥。

世子爺的眼睛像黑曜石，美就一個字，只說一次。

可是，為什麼不是她在的時候睜眼，不然得賞的就不是小廝，而是她了。

沉歡唉聲嘆氣地跪在世子面前，今兒太陽好，服侍的人小心翼翼地將世子搬到榻上，此刻陽光灑滿一身，竟似一尊玉人。

幻洛不信沉歡能餵進去，怨毒地咬緊牙。幻言發現她情緒不對，不禁輕輕碰了碰她的手。

「世子爺，您別嫌棄這粥難吃，其實這味道很特別，您吃久了就習慣了。」

宋衍又聽到那熟悉的綿軟聲音，而且又來餵他厭惡的朱斛粥。

他目不能視物，但是近日來聽覺已經恢復，周圍聲響均能分辨。這幾日睜眼之後，憑藉意志力，眼珠也能極輕微地左右轉動。

不過這轉動幅度太過細小，等於看不見。

此刻，他的眼珠就轉了一下。

「世子爺的眼睛動了！嬤嬤，我和世子溝通好了，世子願意吃呢！」

宋衍差點噎氣。

接著一勺子溫熱的粥就強勢塞進嘴巴裡，嘴唇張合，他依然無甚感覺，但是粥的冷熱，他能感知。

難吃，還太燙了。

那勺子餵得很深，沉歡扶起他的身子靠在胸口，綿軟的女性特徵撐著他，沉歡用手掌抬高他的下巴，輔助他喉管吞嚥。

宋衍被迫吃完了第一勺，他的目光比之前更加陰暗，黑沈沈的。

沉歡仔細觀察著他，不確定地問：「這……太燙了？」

不知道是不是錯覺，明知「活死人」狀態，偶爾會有反射動作，造成睜眼、閉眼等反應，但是依然不存在機能性行為。

但沉歡就是覺得世子爺在盯著她。

難道是她想太多？可是她又忍不住叨叨地開始對話。

「那放涼一點。」她竟然從那眼神裡讀到威脅。

宋衍第二口吃到了溫度適宜的朱斛粥。

他意識到自己後背靠的兩團綿軟是什麼東西時，陷入詭異的若有所思狀態。還挺大的。

宋衍被熱熱的手掌托著下巴輔助進食，後背陷進軟肉裡，半強迫地又一次吃完素厭的朱斛粥。

沉歡順利地完成工作，鬆了一口氣，拿過靠墊讓世子斜斜躺著，消下食，才起身退下。

「咳！」忽然世子咳嗽了一聲。

平嬤嬤立刻綳緊神經，沉歡也連忙轉身察看，並輕輕拍他胸口，發現只是單純咳了一聲，想是氣管受到刺激，沒什麼異常，才放下心來。

世子的眼珠似又輕微動了一下。

沉歡懷疑自己看錯了，可是她真的發現世子的眼珠似往左動了一下。

她把目光轉向左邊，左邊放著備好的水。

這是想喝水？

沉歡不確定地端起小花盞裡的清泉水，溫得剛好合適。

「世子眼珠又轉了一下，他好像想喝水。」

幻洛覺得沉歡分明就是故意邀寵，如意更是又妒又氣，為何沉歡能將朱斛粥餵進去，怎運氣這麼好？

平嬤嬤當然願意世子進水，點點頭。

沉歡小心翼翼地盯著宋衍的眼睛，徵求「活死人」的意見。「那就……喝了？」

神識裡的宋衍，覺得挺有意思，他又動了一下眼珠，那溫水就進了他的嘴巴。舒服了。

宋衍閉上眼睛，陷入沈睡。他近來雖能睜眼，卻不能持續太久，大多數時候，還是需要沈睡。

「世子爺想睡了，須得抬榻進屋去，免得受涼。」

平嬤嬤見狀，心裡又有了思量，這丫頭還得再留一段日子才能處理，且聽夫人的打算。

一行人迅速散了，讓世子安靜睡覺。

沉歡又去柴房，臨走時，她故意偷偷摸摸地瞄了一眼世子的書房，一副作賊心虛的樣子。

幻洛心有不甘，遞了眼色給如意，起身隨著平嬤嬤去了隔壁廂房。

平嬤嬤追回定魂香想息事寧人，卻不容許沉歡再出來。

沒想到這一次，事情直接鬧到侯夫人跟前。

侯夫人拿著那本書細細打量。「妳們的意思是，這沉歡丫頭是個慣竊。」

平嬤嬤也想不明白。「一個窮鄉僻壤出來的丫頭，服侍伯府幾年，怎有如此書籍？」

幻洛恭敬嚴肅。「夫人明鑒，奴婢管著世子書房不敢懈怠，前段時間清理書籍時，總覺得似乎少了一本，可奴婢不識字，本想著得空了，再清點一次。哪知道那定魂香沒了，先協助嬤嬤處理定魂香之事，這才得空好好清理書房。」

侯夫人臉色有點陰寒，平嬤嬤與幻洛大字不識，她卻知道這書的作者是誰，且書裡記載農學綱要，合併稻米種植、灌溉之術。

一個丫鬟從哪裡得來的？

就算是忠順伯府後院，也不可能有這樣的書籍。倒是她兒容嗣知識廣博，搜遍了天下奇書。

「如意不是一同進府的嗎？叫過來。」

如意早已和幻洛串通好，一口咬定當時在伯府從未見過沉歡有此書，入侯府之後，有時見沉歡伺候世子有鬼鬼祟祟之態，還曾打聽世子書房的位置，後來就見她有了此書。

且那次如心問過一次之後，沉歡就再也沒有拿出此書，可見作賊心虛。又喚來入府初始負責教導的封嬤嬤，封嬤嬤暗暗吃驚，也表示未在教習期見過此書。

幻洛跪下來，面露惶恐，眼淚撲簌簌直掉。「奴婢看管不力，萬死不辭，世子書房常人不可進，那沉歡既然能神不知、鬼不覺偷了幻娟鑰匙，竊取定魂香，奴婢實在想來後怕，指不定，奴婢午間打盹之時，鑰匙也被竊取過，復又歸還。」

侯夫人這才想起，掌管鑰匙的平嬤嬤和幻洛皆有獨自打盹的時候，那鑰匙懸在腰間，也不是無法可取。

幻洛接著加油添醋，把火添旺，一副越想越後怕的樣子。「以她的樣貌，何以成為忠順伯府大丫鬟？實是癡肥不堪，有辱貴人眼睛，想是有一門技藝，專替貴人幹那陰私之事。」

一句話觸動侯夫人的心結。世子書房，不是一個奴婢可以擅進的，萬一竊取機密……

她雙眉挑起，一雙美目戾氣掃過。「把那沉歡帶過來！」

幻洛和如意對望一眼，眼中均是得意。

幻言這兩日，越想越不對勁。那日她氣急敗壞，覺得沉歡連累眾人不說，還死不承認。冷靜了幾天，她覺得定魂香之事透著詭異，特別是今兒偷偷聽到幻洛在侯夫人面前那一番置人於死地的言論，頓生唇亡齒寒之感。

幻洛如此不遺餘力、手段毒辣，哪裡還有素日的姊妹情深？

海棠捏了捏幻言的手，示意不要聲張。

幾個涉事的大丫鬟和沉歡，一起進了侯夫人院內。

侯夫人目光如炬地掃過沉歡，見她面色如常，倒是鎮定，心中也有些疑惑。

「奴婢有些話想問問如意妹妹。」沉歡跪在侯夫人面前，身體挺直，直視侯夫人的眼睛。

「妳問吧。」侯夫人將書置於炕几上。

「敢問如意妹妹，何以斷定這書是偷的？」沉歡嘴角帶笑，可如意怎麼看都覺得是嘲諷。

「這書入府之時沒有，何以後面忽地冒出來？且被我們瞧見一次，為何之後從未出現？」

沉歡拍了一下手。「敢情妹妹這腦子甚是好使，但凡沒見過、後面才看到的俱是偷的，那這侯府奇珍異寶如此之多，都是偷的不成？」

真是賊邏輯！

「妳！」如意氣得一臉通紅。「幻洛姊姊已經清查過書房，書房的確有遺失。」

沉歡轉頭，對著幻洛。「幻洛姊姊，妹妹也有幾句話想問。」

幻洛豈容沉歡有翻身的機會，肅穆道：「沉歡妹妹，夫人面前豈容妳強詞奪理！妳偷香之事人贓俱獲，竟趁我不備竊取鑰匙擅進書房，拿走世子的書籍，妳該當何罪？」

平嬤嬤唯恐這些拉扯之事牽連自己，不禁冷聲道：「人贓俱獲還不知悔改，問這個、問那個，妳是官大人不成？夫人，我看拖這賊奴婢出去，免得叨擾您的清靜！」

「夫人！平嬤嬤！」沉歡猛地抬高音量。「奴婢有證據證明此事非奴婢所為，且事關世子安危，必須得說清楚。」

事關世子？

侯夫人臉色一凜，揮手阻止平嬤嬤。「讓她說吧。」

「敢問幻洛姊姊，既掌管書房，何以書籍丟失，此時才報？」

「世子院諸事繁雜，這原是我的疏忽，往日都是每週整理書籍，之前忙得疏忽了，前幾天整理竟然發現少了一本。」幻洛神色如常，對答也無心虛之感。

沉歡早料到她的答覆，嗤笑一聲。「幻洛姊姊怠忽職守失察竟拉我頂罪，說不定這書籍丟失之事，本就子虛烏有。」

幻洛如蛇一般盯著沉歡。「妹妹身為奴婢，忽然冒出這書籍，不是世子之物，乃是何人之物？」

「好吧，姊姊說是世子之物，那就是世子之物吧。」沉歡竟露出一個笑容。

這、這是認了？幻洛猶疑。

「這書既是世子之物，幻洛姊姊掌管書房，自是知道書籍所放何處，何不稟明夫人，我們一同還回去，書籍歸位之時，就是真相大白之時。」

幻洛自然早就設計好了，報上書籍位置，侯夫人也點點頭，一行人浩浩蕩蕩去書房。

書房容不下丫鬟、婆子一大堆人，是以進去的人，只有侯夫人、平嬤嬤、封嬤嬤、沉歡和幻洛。

幻洛將書籍放入早就騰出來的位置。「終於找回來了，這下可算給世子爺有了交代。」

回頭卻見侯夫人神色有異。

幾個僕婦均不識字，不知為何侯夫人臉色有變。

沉歡知道目的達到，層層誘敵。「姊姊確認是這位置嗎？」

幻洛知道此事有變，雖然懷疑，仍強自神色淡定道：「世子以前俱是放置於此，不會錯的。」

沉歡猛地跪下來，朗聲對侯夫人陳述。「夫人明鑒！這農務天記乃是種植、農學類書籍，何以會放置到儒家經典之作裡面？奴婢相信，世子涉獵甚廣，必有類似書籍該放之處。」

侯夫人抿緊嘴唇，瞇著眼睛，掃過幻洛，在書房略一走動，果然找到分類好的植物、農業、水利書籍位置。

幻洛臉色驟變，高聲反駁。「奴婢沒有說謊，世子往日均是放置於此，奴婢不識字，自然只有按世子原來的位置放，敢問何錯之有？」

「這灰塵可不對啊。」沉歡指著新落下的一層薄灰。「這裡明顯是許久未動，今日才擠開的一道痕跡。」說罷，望向侯夫人。

「回去繼續說！」侯夫人發言，莫敢不從，一行人從書院回到正廳。

如意不知裡面情況，只覺得幻洛臉色不對，心裡也來來回回打著擺子。

幻洛絕不甘心在這裡落敗，心神一定，進屋就跪在侯夫人面前，一臉肅穆之色。

「夫人。」她先喚了侯夫人，再轉過頭看著平嬤嬤。「嬤嬤。」說完竟是鄭重地磕了三個頭。

「奴婢自幼入府，在夫人、嬤嬤手下當差，如今已有八年矣。八年之間從不敢懈怠，更不敢存欺瞞之心。這狡婢巧言如簧，指鹿為馬，意圖陷害奴婢。請夫人與嬤嬤想想，奴婢自幼時起，何曾說過一句謊話？」

沉歡心裡暗暗著急，幻洛反應奇快，馬上曉之以理、動之以情，侯夫人怎樣不明說，平嬤嬤卻似隱隱動了心思。

沉歡當機立斷，站了起來。「夫人，請翻到此書倒數第三頁。請夫人無論所見何物，均先不言明。」

侯夫人其實心中也被幻洛往日的情分打動，幻洛是她調教出來，撥給兒子使用，這情分自是一般丫鬟比不了。在她心中，其實隱隱是把幻洛當通房放在世子院。

沉歡一語驚醒沈思的侯夫人，侯夫人依言翻書，神情驟變。

平嬤嬤不識字，不知道侯夫人看到什麼，何以表情不對。

「這偷書一事，只是個引子。夫人，定魂香之事，奴婢可以證明非奴婢所為。」

侯夫人心中已經起疑，遂聽從沉歡之言，先問如意。

如意看侯夫人表情不對，似在懷疑她，不禁心中害怕，事已至此，她只得咬牙把之前在平嬤嬤面前的話又說了一遍。她說得斬釘截鐵，那天小日子確實沒來，也確實是沉歡讓她不去，怪不得她。

「恰巧了，奴婢聽說如意妹妹，雖小日子沒來，夜間卻睡得甚是不安穩，似是出去過？」沉歡對準如意，句句尖利。

幻洛極善言詞，且和侯夫人有情分在，這突破口還在如意這裡。

「妳胡說！當夜我沒有起來！」如意一聽這話就急了。

這時候，幻言出聲了。「如意妹妹為何如此著急？」

她覺得奇怪，這如意反應何以這麼激烈？

「聽誰說的？」侯夫人問話了。

「是、是奴婢說的。」如心跪下來。「那夜，奴婢半夜睡醒，發現姊姊不在，正覺奇怪，一會兒之後姊姊又回來了，說是出恭去了。」

平嬤嬤生氣了，喝道：「為何那日不講？」

如心立刻身形瑟縮。「那、那日……嬤嬤只問是不是沉歡姊姊沒讓我去伺候。」

第十章　誘敵

沉歡大膽推理，小心假設，放出更大的炸彈。

「這定魂香，奴婢吃了熊心豹子膽，也不敢打這主意啊！那日換香，奴婢仔細想了想，還真發現了一個空隙。」沉歡站起來，模擬世子房間格局，邊動作邊說：「線香既斷，奴婢肯定不敢耽擱，須得立刻續上。這開箱取香，關箱落鎖，均需要時間，是以奴婢有短暫時間沒有落鎖，先去續香。」

沉歡模擬著退到世子外間的動作，繼續說：「夫人也知，換香之後，其煙霧遠勝線香，開始之前竟是繚繞了整間屋子，奴婢肯定在裡屋伺候世子，焉知有賊心之人伺機而動，趁空隙偷香出屋？」

如意的心臟狂跳起來，幾乎要突破胸腔，沉歡這番話幾乎說中全部過程，她的心理防線似在敗退，膽寒地看了幻洛一眼。

「休得狡辯，那定魂香是從妳屋子裡搜出來的。」幻洛立刻打斷沉歡的推論。

沉歡不看幻洛，只看侯夫人。「夫人，這定魂香若是如意栽贓陷害，她與我同處一屋，放我貼身包袱裡又有何難？」

「妳血口噴人！」如意再也繃不住，猛然大吼，眼睛裡血絲一根一根盡顯，顯然心理壓力極大。

沉歡輕蔑地笑起來。「妹妹何以如此驚恐，莫非我說中了妳的心事？」

「既然如心說如意有起夜，如意又說沒有起夜，這兩人誰在撒謊？」封嬤嬤聽出其中端倪，問出自己的疑問，同時也是大家的疑問。

侯夫人表情冰冷，一言不發。

平嬤嬤有種被欺騙的感覺，勢要把糊弄她的人揪出來，寒聲道：「這有何難？夫人，只須把那日夜間，那個時辰有起身出恭的媳婦婆子速速問一遍，保不齊就有人看見。」

「嬤嬤所言甚是，一問便知。」幻言適當時候推了一把。

沉歡也發現，幻言態度與上次截然不同，但是幻言肯助力那當然是好事。

若要人不知，除非己莫為。還真有個院內的粗使婆子，當夜恰好出恭，看到如意。

如意當場腿一軟，竟然癱倒在地，辯解的話都說不完整，只是重複。「這婆子許是看錯了，這婆子許是看錯了，老眼昏花，何以做得了準？」

侯夫人面無表情地問那婆子。「那夜可見過此婢？」

婆子仔細看了看。「回夫人，是這丫頭，那夜進了世子房，老僕知她是伺候世子的。」

「如何證明妳未作假？」侯夫人平靜地問，端起旁邊的茶盞。

婆子怎敢隱瞞，連連跪下說那夜出恭，還遇見廚房的大娘子。

如意撲通一聲，跪在地上，嗓子發顫，語無倫次。「夫、夫人……」

「來人，掌嘴，掌到她肯說實話為止！」

如意還要叫喚，就見幾個健壯僕婦進來按著她，為首那人左右開工「啪啪」就是幾巴掌。一刻鐘不到，就搧得如意掉了顆牙齒，鼻青臉腫，吐出一口鮮血來。

如意一邊挨打，一邊求饒。「夫人、夫人……」之後竟一直喊著。「幻洛姊姊救我！幻洛姊姊救我！」

幻洛冷汗遍布額頭，平嬤嬤的眼神一直在她身上盤旋，侯夫人雖未直接定罪，可那表情卻讓人驚慌。

幻洛緊張到手心掐出了血，沉歡眼尖地瞄見，又開口。「幻洛姊姊，妳的指甲把手掐出血了。」

幻洛怨毒地看了她一眼。

如意還在求饒，一直求的是幻洛。

這成事不足、敗事有餘的東西，再這樣下去，自己可就被拖下去了。

幻洛遂立刻決定，在如意說出更多不該說的話之前，棄掉如意。

「夫人，這賤蹄子騙得我好慘，奴婢竟是被她蒙蔽了。她口口聲聲在平嬤嬤面前說沉歡故意支開她，誤導奴婢，好在夫人明察秋毫，不然奴婢險些鑄成大禍。這等心思歹毒的賤婢，還請平嬤嬤速速拖出去發賣了，不然豈不是釀成更大的禍事？」

幻洛拉過沉歡的手，真切地說：「沉歡妹妹，是姊姊對不住妳，讓妳含冤，妳可願意原諒姊姊？」

這定魂香之事，似乎了結。侯夫人也有點累了，可這如意是陰女，還有用處，自是不能發賣，遂拖出去杖刑。

如意驚駭欲絕，使出吃奶的力氣，忽然從挾持她的婆子手中掙脫出來，衝到侯夫人面前，厲聲尖叫。「是幻洛叫我做的，那日是幻洛叫我偷香的！」

幻洛一個巴掌直接把如意抽得噤口。

「還不拖下去！傷著夫人！」幻洛吼向挾持失敗的婆子。

沉歡發現了，侯夫人對幻洛仍有主僕情分，處置完如意，竟是不想處置幻洛。

幻洛心思如此細密，事到臨頭，還能沈著棄掉如意。自己落她手裡，必沒有好下場。

沉歡咬緊牙齒，厲聲高喊。「且慢！奴婢還有一事要稟告夫人。」

「夫人請看這是何物？」沉歡遞上一個耳墜子，上面竟然隱隱有一些乾涸的血跡。

「這是……幻洛姊姊的耳墜子啊。」幻娟第一個認出來。

這定魂香一事，竟是如此結果，她們都看出來，幻洛怕是脫不了關係，可是夫人有心略過，誰也不敢提。

幻言確認心中所想，對幻洛失望至極，忽見這耳墜子出現在沉歡手裡，也是驚奇，想到沉歡也許還有後手，遂也附和。「呀！這真是幻洛姊姊的耳墜子。」

沉歡將東西呈到侯夫人面前，讓夫人瞧個仔細，侯夫人卻從上面看出血漬。

平嬤嬤也是滿腹疑問。「這東西怎會在妳手上？」

她竟不知道這麼多事情，這些小賤蹄子究竟在她眼皮子底下耍了多少花槍？

「封嬤嬤可曾記得沉歡入府那日，有位叫幻夕的丫鬟，因觸犯規矩，被責罰杖殺拖出府？」沉歡這話是對著封嬤嬤說的。

封嬤嬤被觸及心事，其實幻夕是她遠房姪女，當差入府，只是這層關係隱瞞著，沒人知道罷了。

好不容易熬到大丫鬟的位置，卻死得這樣淒慘，是故那日沉歡心中不寧，忍不住開口問封嬤嬤。

沉歡對著侯夫人，語氣甚篤。「含冤的豈止是沉歡，就連幻夕也是冤死的。」

「妳胡言亂語什麼！」幻洛厲聲怒喝，竟是忘記了侯夫人還在現場。

侯夫人示意了一眼，當時掌嘴如意的僕婦，上來就給幻洛一巴掌。

「夫人跟前，豈容妳叫囂！」那僕婦力氣很大，幻洛瞬間被打了個踉蹌。

「夫人！平嬤嬤！此事攸關生死。僕婦斗膽，請夫人讓這沉歡細細說來。」封嬤嬤一改之前的事不關己，立刻高聲起來稟告。

「這耳墜子乃是當日幻夕姊姊屍體拖過我腳邊時，落在我鞋下的。」

沉歡將那夜小丫鬟看到之事說了出來，幻洛如何與如意密會被她撞見，以及之前幻洛如何偷了世子裡衣陷害幻夕，幻夕與幻洛撕扯，扯掉一只耳墜子……那後面的事不用沉歡說，幻洛惡人先告狀，提前滅了幻夕。

只不過沉歡沒有講，這耳墜子是小丫鬟給她的。

事已至此，侯夫人自然喚了小丫鬟來對峙。

這小丫鬟是伺候平嬤嬤的人，侯夫人轉頭問平嬤嬤。「嬤嬤，這小丫鬟所言是否可信？」

平嬤嬤性情殘暴，身邊伺候的丫鬟多被其毒打，對她無敢不從，這丫頭就算向天借了膽也不敢騙她，遂點點頭。「可信！」

幻洛撲過來抱著侯夫人的腿大哭，一邊哭、一邊磕頭。「夫人饒命，夫人饒命！」

她作為世子院首席大丫鬟，也是侯夫人親自挑選出來，為世子備下的通房，但是全因為一個沉歡，竹籃打水一場空。她恨這個人。

侯夫人居高臨下地低著頭，淡淡決定了幻洛的生死。「送去官府，不必留情。」

幻洛嚎啕大哭，披頭散髮，又想撲過來抓撓沉歡。婆子眼疾手快一把拿捏住她，拖了出去。

待侯夫人一行人都走了，沉歡才腿一軟，一屁股坐在地上。

如心見狀趕緊來扶著她，沉歡勉強撐著她的手臂站起來，此時才有種劫後餘生的感覺。裡衣盡數汗濕，手指發麻，心臟像被人捏得死緊，此刻都未放鬆。

如心哽咽。「姊姊……」

沉歡搖搖頭，疲憊不堪，被攙扶著回到房裡，就倒頭大睡。連日來的緊繃，此時散去，沉歡的心卻依然陰霾未盡。侯夫人居高臨下的眼神，讓她想到了當時送她走時的忠順伯夫人。

下位之人，猶如螻蟻。

沉歡躺在床上，迷迷糊糊之間發起高燒，迷糊中依稀聽到封嬤嬤的聲音傳過來。

「這孩子，許是嚇到了。我已回稟了平嬤嬤去請郎中。」

幻言、幻娟均來看望她，還留下一些果子、食物和手帕之類物件。
沉歡醒來，已是第三天。
如心撲過來，抓著她的手。「謝天謝地，前兒夜裡妳高燒不退，嚇死我了。」
沉歡掙扎著坐起來，比起幻洛被拖走那天，她已經好很多了。
「我去稟告平嬷嬷。」如心連忙起身。
「等等！」沉歡叫住她，發覺如意不在，遂問道：「如意如何處理的？」
如心連忙將知道的盡數道來，如意被關入柴房，生死不知。幻洛被送進官府，在那大牢裡恐怕凶多吉少。
如心回報平嬷嬷沒多久，一個管事媳婦端著托盤進了屋子。「沉歡姑娘大喜事。」
沉歡不明所以，這才知道，侯夫人說沉歡檢舉幻洛害死幻夕一事有功，賞了六兩銀子，扇墜、髮簪若干和衣裳一套。
沉歡取了一兩銀子給如心，如心羞愧不接，沉歡道：「那日沒有妳站出來，我只怕沒那麼順利，只須記著，做人不能沒了底線。」
如心含淚接了，沉歡收了銀子，打定主意分一半，送給那勇敢的小丫鬟。
進來不到一年，雖然過程凶險，但是沉歡勉強算是得到第一次六兩銀子的年終俸銀。只是這次也讓沉歡原本美滋滋數錢的心淡了很多，只得安慰自己，再熬著吧！
時間飛逝，幻洛之事漸漸隨著府裡另外的大事沖散，眾人的注意力也漸漸轉移。

劉姨娘快生產了，這孩子至關重要。

世子院沒有幻洛，侯夫人從自己院子裡分了一位喚頌梅的過來，接替幻洛以前的工作。

沉歡伺候世子忙得整日團團轉，體重開始直線下降，逐漸顯現出原本姣好的五官，不過還是比其他人胖，誰叫大家都以瘦為美呢？

世子在朱斛粥和定魂香的調養下，睜眼的時間竟慢慢開始固定，白天能睜開，晚上就和平常人一樣入睡。

只是眼睛雖然睜開，還是無甚反應，侯爺宋明過來看過幾次，沉歡辨不出他的情緒。

丁太醫依然定期問診，還是搖頭嘆息，侯夫人最開始的欣喜慢慢被消磨殆盡。

但沉歡是奴婢，主子哪怕不需要，還是得候著。

世子眼珠微微一轉，沉歡立馬如臨大敵。

「要吃果子？」沉歡舉起水果。

那眼珠又微微偏向右邊。

「是……要喝水？」沉歡放下水果端起瓷杯。

那眼珠又偏向左邊。

「那是……餓了？要吃粥食？」沉歡放下瓷杯，又去吩咐廚房做膳食。

一切行為靠猜，一切動作靠想。

宋衍頭一偏，閉上眼睛睡覺了。

沉歡差點想把手裡的杯子砸了。

世子爺，你到底要幹什麼？不配合，你就咳，配合了，你就睡。

沉歡開始懷疑，世子其實有意識，在報復自己強餵朱斛粥一事，甚至覺得世子在觀察她。

可是世子的眼睛又看不見，沉歡覺得一定是自己想多了。

這一夜，沉歡又奉侯夫人命令，讀書給世子聽。

自侯夫人從那本《農務天記》倒數第三頁，發現沈芸落款寫的一行「奉德丙申年贈沉歡」的小楷之後，就發現沉歡是識字的。

侯夫人就選了一些世子以前喜歡的書，讓沉歡每日傍晚過來讀給世子聽。

沉歡一看均是些治世綱要，忙裝模作樣說自己不懂，不敢讀，做足了奴婢該有的謙卑姿態。

侯夫人也是死馬當活馬醫，淡聲道：「無妨，照讀便是。」

這些治世經典乃男子所讀，一個卑賤的丫鬟又豈能讀懂，不過是豐富一下世子的生活罷了。

屋裡只有她和世子，她自然又恢復「綿綿我」的稱謂。

這日，世子晚上用膳後，依然睜著眼睛，眼珠黑漆漆的，在屋裡像個失去靈魂的玉石娃娃。

沉歡舉著手指頭，在世子眼睛前面晃，一邊晃，一邊嘀咕。「真的沒反應。」

每當她失落的時候，她找到一種安慰方式，那就是比慘，比如此刻，她比慘的對象就在床上斜靠著，雖然錦衣玉食、奴僕成群，卻與死了沒有兩樣，父母之愛、夫妻之愛，乃至日後子孫之愛，均是享受不到。

「你也挺慘的，至少我還是個活人。」沉歡接著嘆氣。

「你少年得志，又是武狀元，又是文探花的，一朝昏迷至今，這第一慘。」

神識裡的宋衍：哦。

「以後你也沒法繼續做官襲爵，老婆這事也沒著落，談什麼洞房花燭夜？這第二慘。」

神識裡的宋衍：哦。

「沒老婆就沒子嗣，沒子嗣以後也享受不了天倫之樂，唉，這第三慘。」

神識裡的宋衍：哦。

「享受不了天倫之樂，指不定哪天就離開這個世界，留下父母傷心，這四慘。」

四慘論結束，沉歡開始發表遲來的就職宣言。「不過你放心，既然我領了你家的銀錢，肯定會做好分內之事。我的人生，要像風一樣自由，誰也不能做我人生的主宰。」

神識裡的宋衍微微沈默，連帶著本尊都細不可察地睫了一下眼睛。

是嗎？

沉歡似是抒發心底的憧憬，翻開書開始唸了起來。她一邊唸，還一邊點評，諸如「這齊王兄友弟恭都是演戲，肯定是為了皇位」、「這竇皇后簡直女強人，殺人越貨不眨眼」，如此種種不勝枚舉。

同一時間，平嬤嬤卻帶著幾個膀大腰圓，穿黑色衣服的健壯僕婦，進了關押如意的柴房。

如意被關這麼久，每天絕望度日，想著自己還有用，夫人定不會殺她，自我安慰著。今天一見平嬤嬤過來，她大喜過望。「嬤嬤！可是要放我出去了？」

柴房連蠟燭都沒有，平嬤嬤命人掌燈，如意才發現情況不對。

平嬤嬤點點頭，那僕婦瞬間就操出一柄刀。

如意正要尖叫，背後幾個健壯僕婦大步上前，一個捏著嘴灌入一包麻沸散，一個扭手壓腳，餘下一個幫忙挾持，竟是動作嫻熟至極。

為首持刀那婦人，臉有橫肉，目光渾濁，轉頭對平嬤嬤笑道：「嬤嬤勿擔心，仙人所需，定能奉上。」

接著，她一把拉開如意胸口的衣裳，迅速刀入皮肉，割下一小片心頭肉下來。

那肉帶著人體的溫血，約兩指寬，約莫三、四個指甲蓋一般大小。

雖有麻沸散，但是皮肉離體之痛豈是能輕易忍受，如意當場渾身打顫，雙唇慘白，竟是昏死過去了。

「這般大小，死不了人，只是須得養著，以備仙人再用。」

敷上了藥，只餘下一行人漸行漸遠的聲音。

定魂香燃滿七七四十九日當天，余道士果然來了。這次來的不只他一個人，身後還跟著兩個不滿十歲的童子。

沉歡雖然小心在旁邊伺候，心思卻有點飄遠。

她入府至今已經大半年了，卻連一封書信也未傳遞回家中，也不知道母親怎麼樣？她那頑劣的雙胞胎弟弟是否有認真唸書？

「嘻嘻，師父，這藥丸子好香，徒兒也想嚐一嚐呢！」其中一名黃衫小童見余道士從盒子裡拿出一枚藥丸，瞬間頑皮討要。

余道士拉下臉。「胡鬧。這丸子你吃，就是一個死字。何況也不是吃的。」

那小童聞言咋舌，又笑嘻嘻地到處看，絲毫沒有在公侯之家的嚴肅拘謹。

沉歡見小童子長得冰雪可愛，不禁多瞧了兩眼，正看得起勁，突然發現余道士的目光在打量她。沉歡心生警惕，迅速收回自己的目光，低眉斂目，退了下去。

「這香丸須得細細碾碎，每日子時，混到貧道今日新帶的香裡燃了。」

平嬤嬤連忙接過那香丸，然後遞給幻娟，示意好好收著。

沉歡站在幻娟旁邊，也隱隱有點好奇，不禁悄悄去瞄那香丸長什麼模樣。

黑漆漆一丸，無甚特別。

「怎麼如此重的血味？」沉歡對腥氣向來敏感，情不自禁話就出口了，說完就發現自己多嘴，恨不得咬了舌頭。

見滿屋都在看她，沉歡尷尬一笑。「仙人勿怪，奴婢愚鈍無知，一時胡言亂語，還望仙人勿要介懷。」

「許是妳聞錯了。」幻娟也納悶，並無聞到血腥味。

余道士也未追究，再次打量沉歡一眼，對平嬤嬤叮囑。「今日燃香若無反應，那人就棄了，終得再換一個。」

平嬤嬤掃了沉歡一眼，應了。

因今日又涉及換香，出了上次定魂香事件，幻娟也有點尷尬，點香之事更加小心謹慎。恰逢沉歡下午小日子來了，整個人都瘦瘦軟軟的，於是就和幻娟交換值班。

是夜，換香，幻娟對藥丸子摸不準，喚了幻言一起來碾碎。

「妳聞這丸子有味道嗎？」幻娟還惦記著上午沉歡那句話。

幻言拿起來湊在鼻子間。「藥味？」

「不是。」幻娟拿過藥丸碾碎。「我也聞不出什麼，可是上午沉歡一見，就說好大的腥味。」

幻言毫不在意。「許是聞錯了也未可知。」

幻娟將粉末備好，眉頭皺起。「妳可知道如意去了哪裡？」

提到如意，幻言就來氣，和幻洛搞出那麼大的事情。「誰管她呢，落入平嬤嬤手裡哪有好下場的，指不定已經發賣了呢！」

幻娟突然靠近幻言，小心翼翼地打量一下四周，方才附在幻言耳邊。「我聽說如意被關在偏院的柴房裡，有幾日竟是發出殺豬般的淒慘叫聲。」

幻言有點愣。「胡謅的吧，莫不是嬤嬤在罰她？」

「我再給妳說。」幻娟見四下無人，聲音大了點，遂將自己最近聽到的流言蜚語，當八卦講給幻言聽。

聽說是那如意昏昏沈沈，瘋瘋癲癲，自己嚷嚷出來的，什麼陰女割心頭肉。

幻言越聽越嚇人，臉色煞白。「怪不得那沉歡與咱們待遇不一樣。」

她至今還記得沉歡的包袱一甩出來，那月銀可是比她多。

此時，窗外捧著果盤偷聽的如心，卻已經聽得兩股發顫，搖搖欲墜，三魂七魄嚇走了一半。

這一夜，幻娟奉命燃香，世子一夜安穩，並無任何異常，回報給平嬤嬤。

平嬤嬤甚不高興，嘴裡竟然罵道：「真是個沒用的，白廢了我老婆子這些辛勞。」說罷，起身去回覆侯夫人。

「沉歡姊姊！」如心一進房間就撲到她身上。

沉歡小日子來了，本來就小腹疼痛，被她一撲，簡直重創。忍不住「哎喲」一聲就叫出來。定睛一看，卻見如心面色極度不對，顯然受到天大的驚恐。

「妳怎麼了？冒冒失失又想被平嬤嬤罰？」沉歡不解。

如心實在是心中害怕，一邊哆哆嗦嗦，一邊將自己聽到的消息報給沉歡。

一席話聽罷，沉歡的心臟也「怦怦」跳得飛快。

那日，如意被拖走，事後誰也沒有具體說明如意去哪裡。此刻聽到割肉放血之事，又聽到如心重提陰女做藥引的話題。

上午余道士那粒血腥味濃郁的香丸，瞬間就閃進沉歡的腦海。忠順伯夫人突然改變的主意，三人同行入府細微差異的生辰八字，余道士若有所思的打量目光，一切串在一起隱隱浮現一個沉歡不願意去相信的答案。

難道她們進這侯府，本來就是來送死的？高價死契！

這念頭一旦產生，就再也煞不住。沉歡心中思緒翻騰，連小日子肚腹的痠疼也忘記了，她站起來在房裡來來回回踱著步子。

「不要聲張，裝作一切都沒有發生過。」良久，沉歡表情嚴肅地交代如心。「如有人試探，一概裝作不知。」

從她們入府至今，侯夫人和平嬤嬤的言行來看，顯然此事極為機密，恐怕院內大丫鬟幻娟、幻言均不知情，更不要說後面進來的頌梅。

平嬤嬤早有打算，所以那日定魂香牽扯出幻夕冤死的事情後，幻洛被送入官府，如意卻被人拖走了。

因為如意是陰女，還得留著試藥。

一晚上兩人都睡不安穩，輾轉難眠，黑暗中，如心忽然小小聲地問道：「沉歡姊姊，我們會死嗎？」

沉歡呵斥她。「別自己嚇自己，那香丸已經使用，如意卻還活著，可見並不是要人性命的法子。」

如心雙眼睜得大大的，望著黑黑的房頂，良久又用蚊子音問道：「那須得處子嗎？」

沉歡也不知道，當初入府，管事娘子檢查登記過，三人皆還是處子。聽如心所問，她也只得嘆氣。「我也不知道。莫要多想，早些睡吧。」

說是這麼說，沉歡終是心裡惴惴不安，打定主意第二天就悄悄去找服侍平嬤嬤的小丫鬟蘋兒，拜託她在府裡走動時，去探一探如意的位置。

想是這麼想，還是得繼續上工，但兩人均是黑眼圈。

幻言好奇道：「兩人一起抓蚊子去了？」

沉歡哪有心情打趣，心不在焉地端著水。差事還是得做，容不得她們偷懶。

好像一切都是她們的猜測，余道士自那日之後也沒來過，或者是來過了，但沉歡不知道，總之，轉眼就一個月過去了。

鑒於世子現在能睜開眼睛，沉歡有時候不自覺就把他當成個正常人。這日，宋衍又透過眼珠的細微轉動，指使沉歡拿這個、拿那個，上下不停。

沉歡團團轉，忙個不停，忍不住抱怨。「世子爺，您到底要什麼？奴婢猜不出來。」

神識裡的宋衍嘴角翹起一抹笑容，打了個懶洋洋的呵欠。

三個字：逗妳玩。

沉歡無奈，只得假裝不懂世子的語言，默默去做其他事情。

第十一章 世子生辰

今日是世子生辰，院裡的小廚房打算給世子做一些往日愛吃的吃食，雖然世子如今也吃不得，但總算可以擺一小桌子，應個景，讓院子裡熱鬧一番。

平嬤嬤回稟侯夫人，侯夫人冷淡的臉上也帶了笑意，允了平嬤嬤去往日世子朋友陸公子府裡，取那特製的百花冰釀。是故，平嬤嬤一大早就出門，院子各忙各事，分毫不亂。

因又到了服食朱斛粥的時間，故沉歡早早就溫好粥，貼身伺候。

也不知道是不是沉歡的錯覺，總覺得今日世子抗拒之意，比往日大。

往日間還能哄著吃一些，今日不是咳嗽就是閉眼，要不就是粥食順嘴流一身。

我的祖宗！

總之，各種手忙腳亂、雞飛狗跳，沉歡連騙帶哄，蠻力都用上了，依舊等於一個零鴨蛋。弄了兩個時辰，一口未進，沉歡整個人都要炸了，想把碗摔了。

神識裡的宋衍，嘴角一彎。

今日不吃。呵呵。

正在拉鋸戰，還沒爭出個結果，突然就見一個娘子滿臉笑容地進到世子院。

因平嬤嬤今日不在，幻言認得那管事娘子，急忙出來迎道：「嫂子怎突然過來，是有事情嗎？」

那媳婦聲音不小，音量剛好讓滿院子聽到。

「平嬤嬤怎麼今日不在？侯爺、夫人大喜，秉珠院的劉姨娘今天給侯爺生了個小哥兒，聽說六斤七兩，白白胖胖，可沈著呢！」

幻言和幻娟無聲對視一眼，兩人眼中都閃過一絲驚異。

那媳婦接著又說：「待平嬤嬤回來，請知會平嬤嬤，侯爺要平嬤嬤過去道喜呢！」

她刻意強調「侯爺」，想是侯夫人說平嬤嬤出去了，而平嬤嬤代表世子院，這是要世子去道賀的意思。

待那媳婦走後，幻言狠狠一跺腳。「可氣！妳看見她那臉色沒？」

幻娟也生氣。「劉姨娘竟然生了個兒子！」

那世子……

昌海侯府繼承人是個滿城都知道的「活死人」，這樣的人又怎能真正繼承侯府，出仕為官，光耀門楣？

兩人氣過之後，一時間都有些悲戚。

內院的其他丫鬟、粗使婆子、廚房娘子、外院的小廝們均是聽到了，大家丟掉手裡的事情湧了進來，七嘴八舌，議論紛紛。

「那劉姨娘肚子爬出來的東西，怎能和夫人肚裡出來的世子比？須知人分貴賤，世子尊貴無比，那庶子又能如何？」小廝們第一個跳起來不服。

幾個婆子也碎碎私語。「怪不得今日府內，人少了大半，原來都去秉珠院賀喜去了。」

「那我們世子以後怎麼辦？」有的僕從憂心不已，言下之意，也是自己怎麼辦？特別是做小廝的，主子沒出路，自己也就廢了。

「哼，世子爺跟前，誰敢如此議論？想是都忘了規矩。」那叫喜柱兒的小廝譏諷出聲。一時間譏諷得大家都訕訕的，各自散了，只是這生辰的氣氛卻實實在在被影響了。

廚房娘子一邊掉眼淚，一邊揮著刀。「這老天若是有眼，為何如此作踐世子？」

院內持續低氣壓，如心也不敢多話，幻言、幻娟兩人也心事重重，俱不吭聲。

只有沉歡毫無影響。

憂愁那些沒用，她得先解決眼前的問題。

世子，請你乾了這碗朱斛粥！

未時，平嬤嬤回來了，聽完幻言稟告，也是嘴裡發狠。「且得意幾天罷了。我先去看看夫人。」

那拿來的酒也沒交代，扔給幻言，自己就匆匆走了。

沉歡知道如今這樣的形勢下，最難受的應該是侯夫人。

只是從下人嘴裡聽來，侯夫人隨侯爺看了孩子，還贈了把赤金的長命鎖，叮囑丫鬟、婆子們好好伺候，竟是神色如常。

秉珠院那邊，侯爺宋明得一麟兒，自然喜悅。他子嗣單薄，個個俱是珍貴，長子現在如此，這一幼子的重要性可想而知。劉姨娘剛產子，身體虛弱，宋明軟語安慰一番，抱著那孩子逗弄。

只是一抬頭，侯夫人那胭脂紅的裙裾，卻已是走遠了。

宋明一時間心中滋味難明，望著那副長命鎖，良久，終是嘆口氣。

平嬤嬤一進正院，海棠就努嘴叫她不要進去。平嬤嬤心中太多話要說，竟是不管不顧就掀開了簾子。

腳一踏進去，她就愣住了。

侯夫人坐在炕上，也未掌燈，屋裡一片昏暗，侯夫人淹沒於陰影處，一動不動，宛如雕塑。

「姑娘……」平嬤嬤顫著聲，瞬間心如刀絞。

侯夫人沒有動，良久，才淡聲慢慢說：「無礙，我一生癡戀於他，卻連個我和他的孩子都留不下。如今他能有後，我應該高興。」說完，竟然還笑了一笑。

可是那笑比哭還難看，像墜落成泥的花兒，快要被碾碎了。

平嬤嬤老淚縱橫，一時竟是泣不成聲。

「我不想他絕後。」侯夫人繼續說：「我也想容嗣能留下香火。」

這句話宛如平地一聲雷，平嬤嬤瞬間被炸醒，眼淚還在臉上，一時間反應不過來，懷疑是自己年邁，聽錯了？

「余仙人說世子神髓俱在，雖經脈不行不進，猶如假死，可應是能行人道。」

「這、這……」平嬤嬤實在是聞所未聞。「以老婆子看，還得問過丁太醫方是妥當。」

侯夫人撫摸著炕几光滑的桌面，似在回憶什麼，片刻後冷冷一笑。「在這侯府，丁太醫是不會說實話的。待我回平國公府，我自有打算。」

世子院氣氛低落，因平嬤嬤未回，幻娟張羅了一桌子菜，大家雖然熱熱鬧鬧坐了上來，卻始終氛圍不對。

沉歡草草吃過，說了些添福添壽的吉祥話，就紛紛撤了。

當夜是沉歡值夜，那朱斛粥竟是動也沒動。

原本熱鬧的桌子一被撤掉，瞬間就空盪盪了。

沉歡這才發現，世子院原來如此寂寥，當下人紛紛散去時，屋裡就只剩下主子孤獨一人。

人間再繁華，也與這定魂香環繞的屋子無關了。

今夜月圓，當沉歡推開世子房門的時候，月光傾灑半個屋子，世子宋衍就斜斜地靠在綢面繡福字紋的軟墊上，靜靜地凝視著窗外夜空。

他的眼珠那樣黝黑，一眨也不眨，沈默地凝視著。

沉歡知道他什麼也看不見。

就連此刻沉歡進來，他也不知道。

他活著其實和死去也沒什麼差別。

月光這麼美，風兒如此輕柔，玉石人偶卻是涼涼的，沒有靈魂。

沉歡忽然有點心疼世子，在人生最美妙的年華，寂寞退場。一個原本擁有一切的人，卻失去了一切。

就像滿府都在慶賀新添一子，卻沒有幾人記得世子今日生辰。

過生辰，自然要有生辰的吉祥果子、糕點才算完整。

沉歡喚來如心和幾個二等丫鬟好生服侍著，自己則匆匆提著裙邊，先去找了分管世子吃食、湯藥的幻娟。

幻娟聽了沉歡的意思，東西倒是給了，只是免不得叮囑。「這玩意兒矜貴著，用不完千萬別浪費。」

沉歡點點頭，接著又找了掌管廚房的大娘子，要了不少東西後，這才一個人在廚房裡捋起袖子開始幹。

朱斛果如雞蛋大小，味道確實類似榴槤，可是結構卻不一樣。

加上麵粉、雞蛋、牛乳，沉歡慢慢動作。

她在伯府時，就為二姑娘做過不少點心，因她不負責吃食，也就偶爾做一下，每次沈芸都笑評，比伯府糕點師傅好。

沉歡決定調整一下，做一個朱斛糕點。

又是烙雞蛋皮，又是做朱斛奶膏，終於趕在辰時之前，徹底完工。沉歡累得手臂痠軟，端著小小圓圓的朱斛糕點往世子房間走去。

畢竟這玩意兒也就是個意思，用了少許朱斛果，大半還是留著做粥。

西。

如心早等得打瞌睡，門外的幾個丫鬟看見沉歡來了都鬆一口氣，不禁好奇問這是什麼東西。

沉歡神秘一笑，說是朱斛粥改良版。眾人也沒看明白。

見沉歡過來，如心鬆一口氣。她最近當差，經常魂不守舍，且偷溜出去的時間居多，因她偶爾聽平嬤嬤的吩咐去外院傳話領點東西，又性子膽小，故沉歡也懶得說她了。

宋衍的眼睛確實是睜開了，他依然目不能視物，卻逐漸能聞到味道，且聽力比以前好了不知道多少倍。

「世子爺，今兒是您的生辰呢！」沉歡來到床邊，輕輕說道：「奴婢知您不喜朱斛粥，可太醫叮囑怎能不服，奴婢特意給您做了一個有趣的點心，喚作朱斛糕。」

朱斛糕？那是什麼東西？

宋衍的眼珠顫了顫。

可惜他看不到，瓷白的盤子裡，盛放著一個圓形一層一層疊起來的糕點，每一層中間都夾著濃香細膩的奶膏，裡面混著一些朱斛果肉，觀之誘人可口。

「這朱斛糕，入口即化，綿軟香甜。奴婢將蛋皮烘得軟軟的，希望您高高興興過生辰。」

宋衍感覺那雙溫熱的手，將自己斜靠的身體扶正了一點。

因是女子，力氣不如男子大，沉歡替宋衍重新墊好靠背時已經氣喘吁吁。

她的嗓音帶著柔和的嬌嬌期盼。「世子爺，您嚐嚐。」

隨後一個軟甜滑膩的東西輕輕進入他的嘴巴，含在舌尖，慢慢化去。

「在奴婢的家鄉，生辰就是要吃這個的。這是奴婢做的，怎麼樣？棒不棒？世子爺，生辰快樂。奴婢祝世子爺早日醒來。」

沉歡甚是得意自己的手藝，把那最軟的部分哄著宋衍吃了兩小勺，又說了些吉祥的話。

朱斛順利入了宋衍的肚子。

想是世子心情好了，朱斛粥也沒抗拒，沉歡後續的餵食都很順利。

世子院今夜很寧靜，沉歡也很累了，床都還沒鋪完，就趴在宋衍床邊沈沈睡了過去。

沉歡心裡安慰自己：就一小會兒，就瞇一小會兒……

嘴裡是種奇妙的甜，宋衍記住這種味道，和胸中酸酸麻麻的感覺。

一直到他老，都不曾忘記。

沉歡睡得很香，夢中那人一身白綢裡衣倚在床邊，俊臉含笑。

「世、世子爺，您醒了？」沉歡驚呆了。

世子宋衍笑咪咪。「既是醒來，為何不喜？」

喜！她歡喜得要發瘋了。

沉歡撲到世子腳邊，抱住世子的小腿，結結巴巴，外加諂媚無比地邀功。「世、世子爺，均是奴婢伺候得當，世子才醒過來，還請世子爺不吝賜賞。」

沉歡仰著頭看著宋衍，臉上都是美美的笑容。

世子卻挑了下眉，盯著她，用修長的手指給她比了個「三」。

沉歡心都要飛到雲端了，不敢置信。「三、三、三千兩？」

幸福來得太突然！

世子摸了下她的肉臉，忽地淡聲道：「三個銅板。」

你一定是逗我吧！沉歡的表情裂了。

沉歡是被自己氣醒的。

作夢能把自己氣醒，想來她也是一個奇葩。

世子依然在床上當睡美人，彷彿一切都未發生過。

沉歡順了順那吞不下的氣，催眠般安慰自己：算了，一切都會有的。

侯府月錢這麼高，想想還是不錯的，何況之前才得了一筆年終銀子，沒找到更好的出路前，還可以再熬一陣子。

因為頌梅有些不舒服，向平嬤嬤告了一天假。

平嬤嬤擔心頌梅的病氣過給世子，很快就允了。

今日是定期打掃世子書房的日子，由於頌梅不在，沉歡、幻娟和其餘幾個二等丫鬟負責此事。

幻娟比起沉歡要熟練，喚來小丫鬟們一一交代。

「妳們記得，所有灰塵擦拭即可，那張棋盤、棋子切忌不可妄動，世子規矩，不可因世子沈睡而荒廢。」

小丫鬟們諾諾領命。
沉歡這才真正看清楚，在書房的深處，果然有一張烏木羅漢榻，正中置一榻几，擱著一張竹製的棋盤，上面一副殘棋，顯是還沒下完。
幻娟也注意到沉歡的目光，長長嘆口氣。「世子閒時多在這書房，下棋也喜一人對弈，那副殘棋，還是上次入宮前擱置的。」
「一個人下棋？」沉歡覺得自己一定是聽錯了。
幻娟不解轉頭。「有什麼奇怪的嗎？世子消遣大多均是一人。」顯然從小服侍的人已是司空見慣。
待得真正進入那間沈思室，即紙鳶室，沉歡震驚了。
幻娟照例一臉驕傲。「這滿室紙鳶，包羅萬象，世間之物，都繪於筆尖。」
只見整個沈思室的壁上乃至頂上，都懸掛滿各種樣式、材質的紙鳶，準確說還有木製、絹製乃至皮製的，接下來才是紙製的。
形態亦是各異，昆蟲、鳥獸、植物、鮮花乃至臉譜、人形，還有那結構與平常紙鳶亦有不同，更為精巧複雜。
最可怕的是那人形紙鳶，繪者丹青了得，栩栩如生，沉歡腦補了一下這紙鳶飛上天空的畫面，頓覺一種說不出的詭異。
看來世子的愛好，真的非同常人，做的東西也是不一般。
參觀完世子的房間，眾人紛紛各司其職，開始幹正事。

沉歡盯著那面具狀的紙鳶，心裡惴惴不安，這陰風陣陣的風格，做出來真的會有人喜歡嗎？就是一個人待著也怕啊！

「這些紙鳶皆世子爺獨自製作？」沉歡忍不住想確認。

「那當然，都說了，世子消遣大多獨自一人。小公子在時，偶有一起。」提到侯府這夭折的幼子，似乎又是一個禁忌，幻娟說完就立刻噤口。

沉歡會意，這是侯府瘡疤，誰揭誰死，也老老實實地開始打掃、整理。

正邊做邊想，沉歡忽地發現一堆紙鳶裡，有一個紙鳶比眾多紙鳶都小巧，風格也甚可愛，竟是一只虎頭虎腦的小老虎，一看就知道是給孩童。

沉歡拿起來，只見邊緣處，一行流雲般的行書：贈吾弟容鑒。

容鑒，即是世子幼弟，想是這紙鳶製好還未來得及送出，幼弟就夭折了。這才留在沈思室裡，以後只怕一看，就是一陣傷心。

沉歡忽然覺得心裡有種說不清、道不明的感覺，似酸澀又似不解，似心疼又似嘆息。麻麻酸酸脹脹，最終全部化為心疼。

那一刻，她忽然覺得世子一定很孤獨。

昌海侯府子嗣艱難，唯一幼弟又無故夭折，再熱鬧到最後，也是剩下他一人罷了。

晚上守著世子唸書，唸完侯夫人指定的書籍，沉歡又從懷裡掏出兩個小老虎。這小老虎是她下午抽空用碎布臨時做的，因時間倉促，不怎麼精緻，只是大腦袋還算可愛，一大一小，小的是弟弟，大的是哥哥。

沉歡用小老虎的腦袋蹭了一下世子的手，介紹道：「今天，綿綿我還要給世子爺講一個老虎精成仙的故事。

「從前有兩隻老虎精，住在日月山上，哥哥是老虎大千歲，弟弟是老虎小千歲……」沉歡開始噼哩啪啦一頓說，編得挺像模像樣。

她拿著兩隻大小老虎，活靈活現地開始表演。

「這老虎大千歲呢，想成人，這老虎小千歲呢，想成仙，兩兄弟啊爭得難分難解。小千歲成仙那天，大千歲可傷心呢，不過小千歲說，逝去的都是肉身，咱老虎精以後位列仙班，從此吃香喝辣的，老哥你就在人間好好過吧。」

她捏著小老虎的粗糙爪子，擁抱著大千歲的粗糙虎腦袋，兩個布老虎做擁抱狀。

「所以老虎大千歲也不必太過傷心啦，從此各回各家，各找各媽，燦爛人生等著牠！」

說完燦爛人生，沉歡猛地打住。

世子這一生，可還有燦爛人生？

此時月光正好，透過窗戶灑進世子房間，竟把房間照得異常明亮。睡美人世子靜靜地在沉歡的伺候下，慵懶地靠在冬暖夏涼的絕世玉席上。

那眼睛被月光映得明亮，像被泉水洗滌過一樣。

身下玉席價值萬金，席上之人不知何時即是死期。沉歡的心裡悶悶的，說不出的難受。

世子宋衍安靜地陷在月光裡，獨自一人。

世界再繁華，紅塵再波瀾，也與他無關。

或許這一生，這堪比王孫的房子，就是他的歸宿。

沉歡將小老虎放到世子手裡，棉布柔軟的手感摩挲著他的掌心，她忽然很想陪著他，情不自禁地放軟了聲音。「世子勿怕孤單呢，沉歡願意永遠陪著你。」

「永遠」兩字一出，她猛然心驚。只怪氣氛太和諧，世子太養眼，看著這樣的人如此孤單地陷在月光裡，沉歡忍不住想要安撫。

心裡一陣阿彌陀佛，還好世子是個「活死人」，啥也聽不見，若是聽見了，她真是羞得要鑽到地縫裡去了。

沉歡尷尬起身，一邊覺得自己腦子有問題，一邊暗罵都是美色惑人，離開去準備盥洗物件。

待她走遠了，月光下的宋衍忽然睜開眼睛，眼球輕顫，半掩的睫毛下，似有波光流動。

記住妳的話，如違此誓……

丁太醫今日很煩惱。

或者說身為太醫院聖手兼醫術領頭人，他的日子其實一直都很煩惱。

各種陰私事，太醫都是第一個知道，當個鋸嘴的葫蘆這麼久，他也要憋出內傷了。

今日平國公府問診，說是國公府老夫人心疾發作，丁太醫不敢耽擱，遂一路小跑去平國公府。沿路僕從領著丁太醫進院，說今兒老夫人疼得直叫喚，昨天一宿都沒睡。

丁太醫哪敢耽擱，門一開，就徑直提著藥箱進去了。哪知道剛一進門，一柄白森森的利劍就「鏘」的一聲，擱在丁太醫的脖子上。

「哎喲——」丁太醫嚇得瞬間藥箱掉地上，各種用具撒了一地。

持劍者是侯夫人，平國公府太夫人則坐在椅子上，丁太醫再仔細一看她，哪裡像是心疾發作，這分明就是誆他呢！

「夫人何故如此？」丁太醫不敢置信，厲聲質問。

侯夫人莫不是瘋了？

侯夫人卻很鎮定，握著劍的手絲毫不動。「丁太醫勿惱，妾身今日只想向太醫求一句真話。」

丁太醫一聽這句真話，心裡就暗暗叫苦，外界都傳侯夫人崔氏性格酷烈，不容妾室，以致昌海侯府子嗣凋零，且常打殺奴婢不在話下，在京中實不是個仁慈的角色。

可外人哪裡知道，這昌海侯府之病實在是家族頑疾。

「夫人還請放下利刃，丁某診治貴府多年，何故要夫人如此求一句真話？」這簡直就是威脅了。

「妾身自知在昌海侯府，丁太醫絕不會據實以告，是故才煩勞太醫來國公府一趟，還望太醫見諒。」說罷，侯夫人微微一笑，接著又道：「太醫當知道，侯府不能講的話，在這平國公府卻是直說無妨。」

「茵茵，不得無禮。」太夫人大聲制止。

侯夫人充耳不聞，眼睛卻深深地盯著丁太醫。

丁太醫趕緊道：「夫人請問，還望放下劍柄，下官自然知無不言，言無不盡。」

「妾身只想求一句實話，我兒容嗣還能有清醒之日否？」

丁太醫悚然一驚，話到嘴邊又嚥了下去。這問題真真棘手，侯夫人不惜引他到平國公府，想是已經有了心理準備。

躊躇再躊躇，猶豫再猶豫，丁太醫的臉色實在糾結難看至極。

侯夫人心中發涼，握著劍的手竟開始發抖。

「老身已半截身子入土，嫡長女如今唯有一子，丁太醫事到如今，你還不願意說真話嗎？」太夫人說完，竟是以帕拭淚。

丁太醫一咬牙，拱手深深作了一個揖。「實不瞞夫人，下官深知夫人、侯爺愛子心切，然世子之症和其祖輩如出一轍，下官實是無能無力。那朱斛粥保得了一時，卻保不了一世，還望夫人……夫人早做打算。」

一口氣說完，丁太醫不再多補充一個字，垂首而立，靜待侯夫人言語。

劍柄落地，侯夫人心口絞痛，心裡就像陡然挖了一個大洞。她這一生痛失幼子，如今嫡長子也保不住了……

心裡空落落的，那眼淚似已開閘，丁太醫從未見過侯夫人如此失態，嘆息不忍，當初保守治療，也是為了家眷心理承受範圍考慮。

太夫人更是驚慟，母女兩人在這房間裡，竟是相顧無言，淚水漣漣。

良久，丁太醫聽到侯夫人幽幽問出一句。「敢問太醫，我兒容嗣……可能行人道，為宋家留下血脈？」

這……這……

丁太醫實不知如何回答。男子行人道，須得刺激神元，世子沈睡多年，與活死人無疑，可神元卻是未受損。

「太醫連最後的這一點希望，也不願留給我嗎？」

丁太醫心中不忍。「世子神元從未受損，服侍得當，理應能行人道之事。不過只是理應，還須得看世子身體情況，重要的是神元反應情況，只是能否留下子嗣，卻要看天意如何了。」

侯夫人又問丁太醫一些醫理相關事宜，回府之後馬上命人去請余道士。只是余道士行蹤不定，每次送藥均是自行擇日前來，侯夫人派出去的人撲了個空，只得回來覆命。

如此一個月很快就過去了。

侯爺宋明為劉姨娘的孩子擇了個澤字，意為福澤綿長，劉姨娘自然心中歡喜。

宋澤滿月這日，整個侯府熱鬧非凡，是近幾年來少見的喜氣洋洋了。

宋明薄飲了幾杯，來到正院，與熱鬧的前院相比，正院反而顯得略寂寥。

幾個丫鬟見侯爺來了，俱是驚喜，海棠正要進去傳喚，宋明制止她，徑直掀開簾子，進了侯夫人寢房。

侯夫人斜斜地靠在榻上，愣愣出神，宋明知她有心事，瞬間有些心疼。「夫人，何故不快？」

侯夫人見是侯爺過來，也不吃驚，只是起身行了禮，又坐在那裡，態度不冷不熱。她與宋明已長時間不曾親熱，每次過來都是不歡而散。

她和他也曾柔情密意過，猶記當年入府，一心癡慕，只是宋明始終淡淡的，不遠不近，溫柔得恰到好處。直到侯夫人產下宋衍後，發現宋明在小佛堂所供奉之牌位所屬何人。

這一生，她都爭不過一個死人。

她在宋明的心間徘徊嘶喊，直到她終於放過自己，開始主動廣納妾室，讓宋明為宋家開枝散葉。

宋明對世子之事早已看透，心理亦有準備，執起侯夫人的手，看著侯夫人的眉眼，溫言道：「我們已好長時間沒好好說過話了，茵茵，我們不能回到從前嗎？」

侯夫人抽回那隻手。她覺得有些冷。

「前日聽說張姨娘擅進了小佛堂，被你處置了。」

此言一出，宋明臉色就變了。「張姨娘是妾身張羅進來的，侯爺這樣，妾身也沒有臉面。」

「我知道是她不安分，不是妳的意思。」宋明溫柔的聲音收了回去，坐在侯夫人旁邊。

「妾身知道侯爺來此，必有要事商議，侯爺請講。」侯夫人看著宋明，兩人之間越發僵硬。

宋明盯著她，不再說話。曾幾何時，他與正妻只能用這樣的方式交流了？歲月恆長，卻模糊了彼此。

事實上，宋明確實有事要找侯夫人商議，只不過這並不是他來正院的理由。

良久，宋明只得嘆口氣。「容嗣之事，我已知曉，我已稟明聖上，丁太醫必竭盡全力。我兒洪福齊天，必能挺過此劫，妳莫要摧自己心肝……」

話未說完，侯夫人就冷笑出聲。「只怕侯爺的下一句，就是那奪命的要求，可不只摧妾身心肝。」

「茵茵，宋澤若能記入妳名下，他日後必將尊妳為嫡母，護妳一世榮耀。」宋明無奈，嫡長子猶如活死人，丁太醫今日已經修書一封向宋明坦言世子病情。他已至中年，痛失幾子，心中悲痛誰能明白。現在好不容易得來一子，總得讓這侯府後繼有人。

侯夫人的心涼了，彷彿大夏天忽然進了冰窖，無邊的幽冷，椎心的失望。

宋明一句話，勝過幾刀子，她無法控制自己地站了起來，尖聲宣洩。「妾身絕不允許！還請侯爺回去吧。」一句話說完，竟是搖搖欲墜。

宋明臉色微慍，想去扶她的手，終是收回來。剛來的好心情，此刻盡數消失。「夫人，還望慎重考慮。」

侯夫人情緒失控，拔高音量淒然指責。「你要放棄容嗣！你要放棄妾身與你的孩子！宋明，宋明……你……」

你好狠的心，那後面的話卻終是未說出來。

「侯爺請回吧！」侯夫人以袖遮面，竟是逐客了。

宋明何曾被人如此對待，臉色陰寒，終是拂袖而去。每次來正院，均是不歡而散，院中下人不明所以，個個面面相覷。

侯夫人待宋明走後，眼淚才奪眶而出，待心情平復之後，敲定了另外一個主意。

因那日侯爺與夫人爭執之聲太大，且又與侯爺不歡而散，府裡謠言四起，均傳庶子要被扶正，世子怕是不行了。

幾個管事湊在一起交頭接耳，其中一人說：「夫人性情酷烈，前些日子聽說又發賣了一個伺候之人。」語氣中頗為不滿。

另外一個接話。「這崔氏心腸狠毒，我那姪女在二公子院中當差，當日二公子出事，我那可憐的姪女純粹就是陪葬了。」

侯夫人崔氏遷怒之性由來已久，自陪嫁過來的張嬤嬤去世之後，平嬤嬤一味縱容她，府裡主子少、奴才多，各類問題私下滋生嚴重。

一個四十多歲的瘦臉男人卻意味深長地笑起來。「可是這侯夫人卻大方，她出身高貴，不事生產，早些年懂經營的嬤嬤又因病去世，這不便宜了我們？」

幾人又哈哈大笑，互相對視一眼，心照不宣。

侯爺前院諸事繁忙，後院妾室眾多，子嗣稀少，侯夫人對銀錢不甚在意，這不剛好給了他們中飽私囊的機會？

各種謠言自然也傳到世子院。

幻言脾氣最暴躁，當下扔了手裡的活計，拉長著臉。「哪個不要命的婆子說這些有的沒的？我要去撕了她的嘴！」說罷，就真的要起身出去。

沉歡和幻娟自然只得拉著她，不把事情鬧大。

其實沉歡暗暗琢磨，這侯府是不是某一脈有些什麼病史，才導致子女未成年就夭折得多。

想歸想，她可不敢提。

謠言沒傳兩日，久未現身的余道士來了。

侯夫人此刻已經心如磐石，也不賣關子，直接提問。「妾身膝下只世子一人，望其留下子嗣，敢問仙人可有方法？」

余道士先是一驚，又陷入沈思。侯夫人也未打斷他，靜待余道士回覆。余道士卻甚猶豫，侯夫人微微一笑，招了一下手。

平嬤嬤托著一盤子黃金奉上。

余道士醉心丹道發明，所耗甚大，是故遊走諸位貴人之間，皆是為了藥材之資。見這黃金，微微心動。

「世子神元未受損，身體亦健全，原本方法得當，並非不能行人道。」猶豫了一下，余道士接著補充。「只是世子命格特殊，須得特殊之人侍奉。再者，男子元陽乃命之精氣根本，不可隨意洩之，還得服下最後一粒定魂丹方可穩妥一試。」

說罷，他眉頭緊皺，又說：「只是最終成不成，貧道卻是不敢保證的。」

「無妨。」侯夫人主意已定，思考了一下。「此舉對容嗣可有傷害？」

余道士很敬業，一次性把話說個通透。「無礙，只是身體略不適應。這幾日，貧道會親自入府取那煉丹血肉，那藥引子對常人不過普通之物，對四柱純陽之人卻是極端刺激，須得做些布置。」

言畢，他也不客氣，取了黃金，飄然而去。

第十二章　心頭肉第一挖

幾天之後，沉歡和如心正在房間裡打絡子，兩人邊說邊笑。因沉歡昨夜剛清點入府之後攢下的銀錢，見收穫頗豐，是故心情不錯。

唯一掛心就是等不到蘋兒的回覆，確定不了關於如意謠言的真實，沉歡打定主意，如果蘋兒再不來，她就尋個機會去找對方。

正想著應對之策，平嬤嬤帶著幾個膀大腰圓的僕婦和幾個壯實的小廝突然就闖了進來。沉歡還來不及問嬤嬤何意，嘴裡被塞了坨軟布，瞬間堵了個嚴實，接著一左一右架住肩膀，就往外拖去了。

這陣仗是要收命啊！

沉歡頓覺不好，無奈幾個小廝力氣太大，她掙扎反抗，最終還是被拖到一間偏院。

到了偏院定睛一瞧，她沒看錯，余道士帶著他那兩個徒弟早候著。角落裡還站著如意，沉歡鬆了口氣。

如意雖臉色蒼白虛弱，但還活著，想必也不會要了她們的命。

「仙人，我將人綁過來了。」平嬤嬤示意取開軟布。

「嬤嬤……嬤嬤……」如心嗓子發顫。

沉歡腦門突突地跳，心中惶恐不安至極。今日余道士看她的眼神明顯與往日不同，那不是看人的眼神，那是看一件物品，可切割、可買賣。

不知不覺間手心裡全是汗，沉歡強自鎮定，問平嬤嬤。「嬤嬤，這是何意？奴、奴婢今日還未服侍世子服粥呢。」

哪裡知道，平嬤嬤還未答話，余道士卻譏諷出聲。「那丁鑒老兒的朱斛粥就算斷了也無甚大礙，貧道也非要妳性命，只是要取妳們那處子心間一塊血肉而已。」

「喝吧！」上次見過的嬉笑小童，遞上一碗清水。

沉歡記得這碗水，入府那次她也喝過。

「嘻嘻。姊姊，妳真有趣。妳竟是死過的呢！」那小童遞水給她的時候，盯著她的眼睛，忽地冒出這一句。

沉歡差點把碗打翻，整個身體打了個寒噤，端著那碗水和如心一起喝了。

如心一聽要挖心頭肉，整個人就跟發瘋般掙扎起來。「我不要！別動我！」

平嬤嬤走過來就是一巴掌，雙眉高挑怒斥。「閉嘴，買妳進府做什麼？老實一點。」

這一巴掌似乎把如心打傻了，她呆呆愣愣的。買她入府的原因，她其實一直都知道，只是麻痺自己而已。

「讓奴來割吧。」那日負責割肉的僕婦站了起來。

如意見狀，勾起那日噩夢，身子抖如糠篩。如心一看這情況，哪裡還穩得住，頓時號哭不止。

余道士卻皺著眉頭。「怎會如此？」

處子陰女服用他的符水，應該很快就有反應才對。

平嬤嬤不解。「仙人何意？這賤婢不可一用？」

余道士眼神陰霾地盯著如心，眉頭打了個結。

如心心中明白，一邊流淚、一邊咬牙，終是一閉眼豁出去了。「嬤嬤……嬤嬤……奴、奴婢已非處、處子之身……不可入藥。」

眾人俱驚，沉歡更是睜大眼睛。如心這是幹什麼？她竟然完全不知。

余道士聽罷，搖了搖頭。「這個沒用了，拖下去吧。」

少了個試驗品，甚是遺憾。

平嬤嬤氣得老臉扭曲，腮上頰肉不住抖動，她咬牙切齒喘著氣道：「好啊！妳這沒皮沒臉的小賤蹄子，竟敢在我眼皮子底下幹出這樣的事情！今天妳不把那與妳苟且之人供出來，我就活活打死妳！」

說罷，也沒耐心聽如心回答，立刻招來幾個小廝，拿著板子將如心按在地上打。

沉歡心中大驚，平嬤嬤雖為奴婢，卻並不疼惜奴婢性命，如心如果非要和她作對，一定凶多吉少。

如心一邊咬牙，一邊號哭，就是不說那人是誰，幾板子下去，沉歡就見她痛得咬斷舌頭，臉色蒼白，唇邊有血滲出來。

「還不說？」平嬤嬤喝道。

如心今日似是鐵了心，任板子怎麼打，就是不開口。

沉歡瞧不下去，跪在平嬤嬤面前求道：「嬤嬤仁慈，如心一時糊塗犯下大錯，懇請嬤嬤留她一條生路。」

平嬤嬤冷笑。「妳自己都保不住，還有心情保她？這賤蹄子不到黃河心不死，今天我就要撬開她那蚌殼似的嘴！」

幾句話時間，二十板子就打下去了。如心一開始還能哭，到此時已經面部青黑，嘴唇發紫，臀部皮開肉綻，一片血肉模糊，眼看再耽擱片刻，就要出氣多、進氣少了，但她就是不說，那雙眼睛漸漸失去焦距，愣愣地看著沉歡。

沉歡焦急無比，腦海裡閃過當時三人一起坐著馬車，在車上打瞌睡的畫面，如心膽子最小，總是跟在她後面。

正想著，突然心口一陣熟悉的鑽心之痛，那符水又開始作妖了。

最終沉歡一咬牙，下定決心，從頭上拔下一根簪子，用尖利的一方對著自己的脖子。

見狀，平嬤嬤厲聲尖叫。「妳這是什麼意思！」

余道士竟也是少見地變了臉色。

沉歡忍著疼痛，一口氣把話說完。「人命關天，求嬤嬤留如心一條命，嬤嬤若是堅持，沉歡就一把刺進去，那藥引子想必須是活人，否則如意也不會活到今天，其中利弊，嬤嬤自己衡量！」說完，竟把那簪尖刺進脖子少許，瞬間就有血滲出來。

沉歡雙眼眨都不眨，直盯著平嬤嬤，危機關頭，她要一賭！

「沉……沉……歡……姊姊……」如心灰敗的臉再次被淚水打濕。

「速速放了。」

竟是余道士最先開口，平嬤嬤胸中有氣，咬了下牙，照著做了。

剛放完如心，沉歡就軟了，那疼痛一波高過一波，遠甚入府那日，如果不是憑藉著救人的意志堅持下去，她早已站不住了。

如心已經暈過去，被拖著走了，那血痕猶如幻夕當日。

這就是奴婢的人生，沉歡頂著痛，握緊拳頭。

「師父，她甚痛，那『合息肉』一般人恐割不好，還是徒兒來吧。」余道士身邊另外一個童子走上前來，眾人這才發現，竟然是個女童。

只是這女童，手持一把薄如蟬翼的彎刀，雙目無神，與那嬉笑的童子是兩個極端。

沉歡被帶進房間，只餘幾個僕婦。一包止疼的麻沸散灌在嘴間，那女童命僕婦掀開她的裡衣，露出雪白的胸膛，在心口處果然看到有一塊平時不曾有過的凸起，稍觸碰，沉歡就疼得渾身哆嗦。

「黃泉路上回頭人，這是妳的因緣。」那女童似是感嘆，瞬間手起刀落。

活人取肉，瞬間劇痛鑽心，隨後直衝腦髓，沉歡嘶聲尖叫，眼前一黑，徹底昏過去。

那女童面露不悅。「如此一小塊竟是暈了？」

眾僕婦看她年紀幼小，手段詭異狠辣，哪敢答話。

沉歡醒來已經是十天之後了。

她原本以為自己醒來後肯定會痛得死去活來，胸口也一定血肉模糊。她被割了肉啊！那可是活生生、熱呼呼的肉啊。

但是，一塊雞蛋大小的紗布瞬間打斷她的腦補。

怎麼沒想像中痛？紗布也不大？

「綿綿，妳醒了？」

母親的聲音怎會出現在這裡？自己莫不是魔怔了？

沉歡一臉呆滯。

「綿綿，妳怎麼不說話？」顧母昨日就被侯府管事接進府。

沉歡大半年沒向家裡捎訊息，這會兒一見，竟是從忠順伯府到了昌海侯府，還是世子院內貼身大丫鬟。全家驚喜不已，顧母頓覺腰杆挺直，忙跟著傳話之人來到侯府。

進府一片富麗堂皇，管事嬤嬤又稱讚沉歡乖巧懂事，服侍到位，說沉歡最近為救主子受了輕傷，立了功，夫人有賞賜。

顧母原本喜不自勝的心情轉為焦慮，待得見了女兒，又見那傷口很小，無大礙，這才放下心來。

沉歡一見母親，肯定又驚又喜，她入府與世隔絕，別說親人，外院傭人都沒見幾個。

母女倆久別重逢，熱絡地說話好一陣子。

「母親怎知道我在侯府？如何過來？」這事有點蹊蹺。

顧母笑意盈盈。「自年前妳沒給家裡捎銀子，妳那父親百般挑剔，幾個姊姊也不是好相與的，成日拿話擠兌我。忽地有人傳話，說妳到侯府做了世子爺的貼身大丫鬟，哎喲，歡喜得我呀！」

顧母捂著胸口，顯然還沈浸在喜悅之中。

「阿彌陀佛，老天爺有眼，好在妳沒事，這樣的好差事，打著燈籠也難找啊！」

沉歡的表情有點複雜，片刻之後又慢慢變嚴肅。侯夫人忽然接自己母親來此，絕不是因為仁慈，事發突然……

她小心翼翼地掀開那塊紗布，顧母立刻要上來制止。「妳這孩子掀它幹麼？」

紗布下是一塊約兩個指甲大的刀口，果然削掉了一片皮肉，正是心間位置。也不知用了什麼藥，那傷口已然長出粉色的新肉，有點發癢，但是痛感確實不那麼明顯。

母女倆正說著話，幻娟就進來了，看沉歡醒來，她鬆了口氣。「終於醒了，妳可睡得安穩，這幾日院子裡都快翻天了。」

沉歡不解。「怎麼了？」

難道世子出事了？

幻娟提來食盒，放在桌上，一邊開盒蓋，一邊說：「先是如意那小蹄子回來了，可卻去服侍平嬤嬤了。接著如心又一身血回到院子裡，好在性命無礙。然後妳又這樣，真真嚇死人了。妳們究竟幹了什麼？惹得平嬤嬤如此生氣？如心平日也還聽話，膽子也太大了。」

「如心怎麼樣了？」沉歡連忙追問，見幻娟似乎很多事情還是不知道，也不敢多言。

「敷了藥性命無礙，可是比以前還悶葫蘆。對了，那日忽然喚妳們去做什麼？」幻娟很是好奇。

沉歡卻心裡嘀咕，什麼喚，分明是強綁去的。

她也不答幻娟，又問：「世子爺怎麼樣了？」

一提世子爺，幻娟就來勁了。「那余道士果然是仙人，妳昏迷了幾日，那余道士忽然又奉上一粒定魂香的藥引子，說是時辰一到待燃香之前，須碾碎給世子服下。」

「藥引子？」

「是呢，一粒丸子，珠子般大小，起初我擔心世子不服，好在服食時，世子並未抗拒，竟是異常順利，但是晚間可就凶險了。」

聽到世子服下那藥丸，沉歡要哭了。

那是她的肉啊！真能入藥，那她以後還不得死無全屍？

「怎麼個凶險法？」一聽世子凶險，沉歡的心又提了起來。

「那余道士言，世子夜間如遇發汗，擦拭即可，不可擅動。我和幻言、頌梅、嬤嬤、婆子們守了一宿，連侯夫人也沒走，硬生生陪了一宿。果見丑時過後，世子心口發熱，接著發寒，冷熱交替，反應巨大，復又漸漸出汗，原本的薄汗開始慢慢洶湧，須臾之間已是汗出如漿……」

沉歡聽得心臟被捏住似的，清了清嗓子問道：「怎麼會這樣？」

幻娟拍著胸口繼續回憶。「那會兒我和幻言嚇得半死，頃刻間世子衣衫已然濕透，竟如水中撈出來一樣。平嬤嬤急得團團轉，侯夫人也受了驚嚇，親自拭汗，好在後半宿，那汗似乎止住了，世子這才慢慢恢復。只是……」

「只是什麼？」沉歡追問。

「唉，我說不上來，世子與往日有些不同，待會兒妳一見便知。」

當沉歡再次看到世子宋衍時，終於明白宋衍為何與往日不同。世子臥於病榻三年，久不見陽光，皮膚甚是蒼白，而且久病之人難免羸弱，肌膚缺少彈性，就算奴婢左右服侍再是妥帖，也不能與健康之人相比。

可是眼前的宋衍……

那淡淡的嘴唇有了些許血色，肌膚毛孔彷彿會呼吸一般，透著一股說不出的細膩。他靜靜躺在玉席上，猶如蓋著一層薄薄的月光，似暖又似冰。烏髮漆黑，束得整齊，雖身形未變，卻給人羸弱之態盡除的感覺，真真玉山傾於天地，只是睡著了一般。

此刻幻娟、幻言均在外面招呼，房間裡只餘下沉歡一人。

十日未見，沉歡也說不清自己是什麼心情，又不禁想到如果余道士再要取她血肉，她該如何？真能做藥引子？簡直聞所未聞。

心中恐懼驟生，沉歡立馬打了個寒顫，不禁眼神複雜地注視著真正的始作俑者。

只見世子宋衍修長的手指置於床沿，指甲竟有淺淺的血色，記憶中握利器的手，此刻還泛著溫潤的光澤。

嘆口氣，怪世子娘親，不怪他。他只是個活死人，什麼也不知道。

「世子爺……綿綿實在害怕，可不可以握一下你的手？」沉歡似是尋求安撫般低問，猶豫了一下，終是小心翼翼地握住宋衍的手，安撫那來自心頭肉被挖所帶來的恐懼。
那手依然如平日擦拭般微涼，沉歡自覺逾越，又將宋衍的手放下。
「很疼呢！很疼、很疼呢……」沉歡自言自語，似乎說疼的時候，那疼便真的又回到心間。
「世子，你在嗎？」沉歡低問。
你真的在嗎？
神識裡的宋衍，第一次有了想醒過來的想法。
我在。
他想親口對她說。
我在。
沉歡不知道的是，侯夫人還有更瘋狂的事情等著她。
如意被罰去平嬤嬤那裡，如心還在養傷，原本一起過來的三個人，瞬間就只剩下沉歡一個人了。
沉歡沒了數銀子的心情，只覺得侯府的生活猶如一張巨大的網，充滿上位者的掌控。目前她無力贖身，根基不穩，甚至還有可能面臨余道士的第二次割肉。
一切都如不可預料般，攪亂她原本覺得還算安定的生活。
最可怕的是……
沉歡把目光移到桌上。那裡放著一本小小的冊子，內容是玉女取悅男性的種種方法、姿勢乃至原理。

這是繼上次那本春宮冊子後，封嬤嬤新送來的冊子。

侯夫人要她做什麼？

以她如今仍然圓滾滾的身體，以及陷在肉裡不甚清晰的五官，她……除了那藥引子，價值何在？何故忽然喚她母親入府？

沉歡的眉頭皺得快要打結了，她並不認為侯夫人會仁慈到特意接一個奴婢的母親入府。

適逢天氣已經入秋，今日又下了些小雨，不過下午時分，外面就一片陰沈，有些蕭條之意。

沉歡被侯夫人傳喚至正院，待沉歡到正院，卻又發現侯夫人披著暗紅繡纏枝牡丹的錦緞披風，顯然是要出去的樣子，平嬤嬤也在身側，看了她一眼，眼露厭惡。

「走吧！」侯夫人也未看她，吩咐所有身邊服侍的人。

沉歡不敢耽擱，亦步亦趨緊隨其後。地上有潮濕的水氣，鞋底逐漸變得濕潤，侯夫人未言明去什麼地方，眾奴僕似乎也不問，均是跟著小步悄聲地行走著。

一路越行越深，越深越靜，直到一棵蒼翠欲滴的古柏樹映入沉歡眼簾，樹下飛簷翹角，雕梁畫棟。待走得近一些，卻隱約只見裡面牌位森列，似乎供奉著侯府歷代祖輩，只是奇怪的是那牌位竟然有一大片用紅色題的字，不知何意。

不知不覺間，眾多奴僕退到後面，近身伺候的人僅剩海棠、芙蓉以及平嬤嬤。

海棠為侯夫人解下披風，侯夫人獨自進去，裡面有專門照看的老僕，恭敬地遞上香。

點香完畢，侯夫人緩步出來，打量著沉歡。沉歡不知何意，總覺侯夫人今日神色詭異，此刻天氣陰暗，加上小雨之後地上潮濕，氛圍實在不好。

「跪下吧！」

沉歡吃了一驚，跪在外面？跪誰？

若要是跪宋家祖宗，她沒資格，跪在家廟之外，這是跪天地？還是侯夫人要審問她？

「夫人指示，何故不從？」平嬤嬤一腳踢在沉歡膝關節處，沉歡吃痛，「咚」一聲跪了下去。

侯夫人竟是微微露出一個笑意，就著這天色，實在看起來有些可怕。她放輕了聲音，走到沉歡面前，陰影覆蓋之下，沉歡頓覺有點窒息。

侯夫人俯視著她，開口沈聲說道：「顧沉歡，妳天生八字詭異，凡戶人家不可要。我賜妳為世子通房，待得留下一子半女，再抬為妾室。」

沉歡的世界有一瞬間空白，沒有聲音，也沒有畫面。

她驚呆了……

世子通房？

「通房」這個詞就是她心裡一塊陳舊的傷疤，一個反抗命運的開關，為此她從忠順伯府來到昌海侯府，不斷打氣鼓勵自己，可是如今她又回到起點？

侯夫人這是當真？

沉歡跪在潮濕的地上，抬頭望著侯夫人已經掩去笑意的眼睛，從跪著的角度望過去，只能看見侯夫人半掀的眼簾，以及高高在上插著金玉珠寶花簪的髮髻。

那髮髻在凝視間似乎化為厚重巍峨的高山，那珠釵也化為濃濃翻滾的潑墨烏雲，瞬間壓得她無力翻身，也同時遮蔽她的未來。

沉歡強自鎮定，低聲囁嚅著回答。「夫人……真是……說笑了，沉歡出身寒微，貌鄙不堪，怎有那福氣伺候世子。」

「無妨。我說有，那就是有了。」

沉歡扯出一個難看的笑容。「夫人也知世子如今情況，沉歡哪裡能生下一子半女？」

這簡直就是開玩笑，難度太大了。

世子若是真能醒來，也輪不到她來生一子半女，滿城貴女都得排隊。

「丁太醫已為世子詳細診治過，世子無礙，可行人道，須得服侍之人曲意奉承。」

「可行人道」四個字把沉歡嚇壞了，她的臉先是紅了一下，接著又白了一下，再接著聯想到自身目前的處境又青了一下，短短幾秒鐘，猶如調色盤。

沉歡的臉色變來變去，再也撐不住鎮定，把頭磕到地上，儘量以低在塵埃裡的口吻，哀求著侯夫人。

「得夫人看重，沉歡實是驚喜，只沉歡如此樣貌，以後待世子醒來，實是給世子及子嗣丟臉，沉歡斗膽，求夫人另擇人選。」

「真是個不識抬舉的東西！」平嬤嬤啐了一口，還想再斥責兩句，侯夫人就揮手制止了。

只見侯夫人輕輕招了一下手，海棠低著頭和幾個僕婦端著一個四方的木盤子放到沉歡的面前。盤子裡有一把匕首、一碗毒酒、三尺白綾，意思不言而喻。

「妳許是聽岔了。」侯夫人示意丫鬟過來為她再次披上披風。「這不是與妳商議。」披風整理好，侯夫人高高在上的嗓音再次絲絲入耳，逐漸冷硬。「我素不喜下人忤逆，想得通，便是福氣，想不通，這便是催命，好好掂量吧！妳已滿十五，翻年即是十六，已到婚配之年。妳那弟弟顧沉白還在唸書，妳那母親乃再嫁之軀……」

聲音漸行漸遠，竟是走了。

沉歡呆呆地看著地上那小盤子，腦袋還有點「嗡嗡」作響，良久，身子一歪，癱坐在地上。抬眼再一看，那密密麻麻的宋家牌位陰森可怖，原來紅色牌位均是夭折之位，沉歡隱隱看到侯夫人的幼子，容鑒之位。

她究竟要如何，才能為活死人狀態的世子產下孩子？

這是沉歡入府後所面臨最大的玄幻命題。

豈止催命，簡直還催魂。

沉歡揉了揉發麻的膝蓋，第一次認識到一個嚴肅甚至逐漸被她遺忘的現實問題。她在侯府為奴，侯夫人為主，她可以任意將自己許配給任何一個小廝、伙夫甚至馬夫；她可以羅織各種罪名，取自己性命或者發賣到更不堪的地方。

至少此時此刻，自己沒有任何籌碼去爭取、談判，這就是現實。

侯府的高薪以及暫時性的安定，從來都不是她的庇護所，忠順伯府不會是，昌海侯府也不會是。

是她自己在看似安穩的表象中忘記危機，與上輩子許給沈笙一樣的危機，這個危機叫做：我命由人不由己。

奈何？奈何？

沉歡端著那個盤子，雙腿如同灌了鉛，一步拖著一步，沈重地挪動著。行至迴廊處，忽地遠遠看見地上如毛茸茸丸子般的兩隻小貓，在地上嬉笑打鬧，也不知是哪一房的寵物跑出來。

沉歡看著可愛，禁不住多看兩眼。

忽地從迴廊盡頭處竄出來兩個小丫鬟，其中一個叫道：「這可恨的小東西，終於找著了！」說罷就要來抱。

小貓似乎感覺到撲面而來的危險，就要拔腿逃跑。那丫鬟眼疾手快，一手提一個，一手拎一個，一隻都沒跑掉。

另一個丫鬟連忙笑。「唉，可憐見的，今天抓傷了姨娘，說不定要被溺死。妳看這小傢伙多可愛啊！咱們就說沒找到，姨娘罵兩句也就罷了。」

提貓的丫鬟不依。「萬一姨娘只是踢兩腳呢？這可有賞錢啊！」

兩人又拉扯合計一番，兩隻小貓叫聲淒厲，奈何實在太小，咬也咬不到，爪子在空中胡亂揮舞著，好是可憐。

沉歡靜悄悄地看著，直到那兩個丫鬟提著貓兒走遠了，她仍然站在迴廊陰影處一動也不動。

若她真的產子，無論男女，均是侯府子嗣。她留在這府中，如侯夫人所言，通房再提妾室。世子如能醒來，迎接正妻，她好生伺候主母，也能過完這一生。

可是，這卻不是她想要的人生。

而且依侯夫人之心性，真的會讓她活下去？會不會留子去母，以求穩妥？

人生在世，光陰驟逝，她八歲被賣，困於這朱門高牆，從未見過外面的世界。這一生，如果要奉別人為主母，以婢妾之姿小心翼翼地活著，討好世子，討好未來的世子夫人，算計世子留宿多寡，擔憂子嗣存活，還要擔憂自身性命，惶惶不可終日，那她重活一次，又有何意義？

不能自由掌控的人生猶如行屍走肉，縱然金山銀山，世子垂愛，卻不是沉歡的歸宿。何況那愛憐分得十分之一已是運氣，漫漫人生路，她要靠運氣活到何時？如同那貓兒一般，愛則憐其可喜，厭則惡其傷人。

這就是奴，這就是婢。如物品，同買賣，看心情。

如若她執意抗爭，侯夫人整治她的方式五花八門，每一種都夠她在人生路上狠狠哭一把。

沉歡在掂量，這一次她真的在掂量。

抬頭望著侯府高牆下逼仄的天空，天空暗沈如同食人之猛獸，沉歡眼中有淚意洶湧，終是仰頭逼回去。

一切都會好的，都會好起來的。

沉歡安慰自己。

從沒有哪一刻，她像此時這般迫切地想要那張薄薄的身契，渴望恢復良民身，擁有自由的生活。

最終她將那把匕首收起來，毒酒倒在地上，白綾摺疊整齊，揣於懷裡，一切如常地回到自己房間。又過了一個時辰，聽聞侯夫人在探望世子，沉歡托著那空盪盪的盤子親自送到侯夫人面前。

海棠接過她奉上的空盤，不明其意，望著侯夫人。

侯夫人點點頭，沉歡又磕了個頭，默默退了出去。

「是個懂事的。來人，喚封嬤嬤過來。」侯夫人轉頭繼續握著兒子的手。

平嬤嬤先是不懂，想了想，恍然大悟。「這賤丫頭倒是腦子轉得快，若不是余仙人指定，這等好事別人求還求不來呢！」

榮華富貴多少人夢寐以求，錦衣玉食勝過平民不知凡幾，竟還敢拿喬，她也配？

平嬤嬤終是覺得這通房選得不甚滿意，是故臉上不喜。「夫人太仁慈了，依老婆子之見，有得是拿捏她的法子。」

侯夫人一笑。「無妨。我要我兒的子嗣，待孩子產下，即為世子血脈，既是世子血脈，怎能以陰女為母，不過讓她多活些時日罷了。」

「夫人，恕老婆子斗膽，何以如此信賴那余仙人？」

聽到這個問題，侯夫人悽慘一笑。「當日身懷容嗣，仙人已斷定活不過十歲。是我不肯認命，一意孤行罷了。」

第十三章　圓房

一個選擇，讓沉歡的生活再一次天翻地覆。

她被挪出世子院，不用再近身伺候，只有每日夜間服侍世子入睡和每週兩次朱斛粥的食用。

幻言、幻娟從這安排裡隱隱猜到什麼，兩人對望一眼，均眼神複雜。在她們眼裡，沉歡這模樣也就配伺候世子盥洗，哪能到她們想的那一層面。

就算當時侯夫人未言明而放過來的幻洛，那也是聰明俐落、貌美窈窕，算得上頭一號的人物。

沉歡雖然心地純善，做事仔細，可成為世子通房，怎行？就算世子如今沈睡不醒，這也不配啊！

兩個丫鬟的心思千迴百轉，怎麼也想不明白侯夫人的用意。只當沉歡討好主子手段了得，什麼時候攀上高枝，心情忍不住又嫉妒、又複雜。

嫉妒沉歡指不定以後會抬姨娘，複雜的是世子如今這種狀況，可不是守活寡？

沉歡哪有心思管幻言、幻娟在想什麼，她現在面臨的最大的問題是：侯夫人要她減肥了，理由是怕壓著世子。

沉歡捏著自己的肉，內心哭得肝腸寸斷，好不容易囤貨般存起來的肉，看來要在昌海侯府耗光了。可見人生它是個圓，怎麼走它還是個圈。

一應吃食均由專門之人負責，沉歡冷眼瞧著，這是先幫她調理清淡的食譜，接著是一些強健氣血的湯藥。

不喝也得喝，侯夫人由不得她。

她如今十五歲，還有幾個月就滿十六。生產凶險，她不想折在生育上面。是故，沉歡調整自己的作息，拉長睡眠，每日起來走動，雖然體重在掉，但是自覺氣色比以前還好上很多。

平嬤嬤每週檢查她的情況，封嬤嬤則負責教養她。為了活下來尋求未來，沉歡異常配合。

兩個月過去了，沉歡早晚鍛鍊無一日間斷，自覺甩了肉之後，簡直身輕如燕恍若女俠，再也不復當日在忠順伯府，一球滾到蓮蕊面前，嚇得生人四竄的情況了。

封嬤嬤看著她逐漸顯露的五官，愣了好一會兒才露出一個溫柔的笑意。「嬤嬤我閱女無數，卻沒見過姑娘這樣的。」

沉歡皮膚天生奶白細膩，胖時猶如乳酪，瘦了更顯可口，減去胖乎乎的肥肉之後，五官猶如冰山浮出水面，瓊鼻挺翹，一雙美目波光瀲灩，靈動惑人。而最妙的卻是那小嘴，天生菱形豐唇似翹非翹，猶如誘惑。

上面鼓鼓的，下面翹翹的，和弱柳扶風沾不上邊，和妖豔麗姬掛不上鈎，可就是讓人感覺到生命的活力，似乎看著她，就能感受到陽光，感受到活著的愉悅。

如此模樣，封嬤嬤也甚是滿意，點點頭。「世子肯定喜歡。」

沉歡羞得臉紅復又開始哭喪，喜歡什麼？她壓力很大好不好？

這日封嬤嬤又翻著那冊子，教沉歡一些取悅之道。

沉歡聽得心不在焉，她其實發愁啊！一愁萬一以後世子醒了，指不定怎麼厭惡她；二愁世子一個活死人，她要怎麼樣才能順利讓世子播種。

這簡直是強人所難，世子又沒有意識。

「沉歡！」封嬤嬤嚴厲的聲音將沉歡從神遊中拉回。

沉歡尷尬。「不好意思，嬤嬤……」

封嬤嬤凝神觀察著她，似是知道她心結所在，嘆口氣接著說：「男子敏感之處，須得妳用心學習。世子既然神元未損，則憑藉刺激服侍可求其精元，妳可明白？」

沉歡難受啊，她不明白，覺得這差事太難了。她想不幹了。

未待她反應，封嬤嬤忽然動作，慢揉輕捏，沉歡立刻羞紅臉，待得退縮，又感覺封嬤嬤那雙手似有魔力，不過片刻她竟渾身發熱，耳根子都軟下來。

「取悅之道，貴在用心。」封嬤嬤手掌遊走，竟慢慢到她的裙底。

沉歡嚇到了，一把抓住封嬤嬤的手。還好還好，還在大腿。

「嬤、嬤嬤……我用心學，妳別嚇我。」

封嬤嬤不看她，只在她底下輕輕一按，沉歡猛地腰一顫，一股酥酥麻麻的感覺鑽上腦門，雙腿竟是站不住，如同沒骨頭一般。

「嬤嬤……」沉歡眼角不禁帶媚，聲音也發著顫。

封嬤嬤帶著沉歡的手，在自己身上徐徐遊走定位。「男子身上亦有刺激至極之處，妳須得好好記住位置、手法、輕重，體會此間感覺。」

沉歡還愣愣的，臉上滿是紅霞。

封嬤嬤嘆口氣，撫摸著她的腦袋。「好孩子，嬤嬤知道妳是個性子好的。妳可知，若第一關妳都過不了，連世子身軀皆喚不起來，平嬤嬤可會留妳？」

沉歡從旖旎中陡然清醒，打了個寒噤。

平嬤嬤對無用之婢豈會留情？侯夫人更不會留下知道世子如此之多內情的人。

沉歡再也不敢心不在焉，坐好身子，認真點點頭。「嬤嬤，我用心學。」

封嬤嬤聞言放下心來，慈聲道：「嬤嬤之法自是管用，妳須好好記住了。」言畢嘆息一聲。「權當報答了當日妳讓幻夕洗冤得雪之恩。」

於是顧沉歡的第二次培訓，比第一次還要驚悚刺激，可謂前無古人，後無來者，污中之污，浪中之浪。

沉歡不知道侯爺與侯夫人之間的糾葛，只隱約聽到庶子想要記到侯夫人名下的風聲。這風聲原本只是幾個下人私下嚼嚼舌根，這幾日卻忽然瘋傳起來。

沉歡感覺侯夫人慢慢失去了耐心。

整整三個月時間，沉歡瘦掉二十公斤，加上調理湯藥的滋補，運動的堅持，沉歡整個人脫胎換骨，氣色紅潤，真正如芙蓉花一般嬌豔。

當封嬤嬤領著沉歡來到侯夫人面前時，侯夫人也少見地愣了一下，隨即臉上浮現出一抹意外的笑容。

「是個好的。」侯夫人點了點頭。

平嬤嬤先是一驚，不過卻很快恢復平靜，也點了點頭。「竟還是個好姿色的，當初老婆子看走了眼。」

身後的海棠險些沒有認出來這是誰，仔細打量，從頭到腳，衣服還是那身衣服，但是腰肢顯現出來了，前凸後翹；帶笑的眉眼，依然是那副眉眼，但是眼睛變大了，水汪汪，眼尾還翹翹的。

當她笑起來的時候，彷彿有星星落在眼睛裡。

幻娟、幻言則更不用說了，兩人竊竊私語，一副不相信，見了鬼的樣子。同為女人，面對以往覺得其貌不揚的同伴忽然翻身，兩人的心情要說不嫉妒，那是騙人的。

一胖毀所有，一瘦全擁有，說的就是現在的情況。

沉歡也只有露出一個謙虛的謎之微笑。

她若真是醜女，上輩子沈笙怎麼下得了筷子？她只是覺得胖子無人惦記，方便辦事罷了。何況當個丫鬟，賺點贖身錢，弄那麼美徒增煩惱而已。

侯夫人請余道士擇個吉日，又讓封嬤嬤和紀錄月信的婆子核對了一下極易受孕的時間，從中選了一個。

沉歡被封嬤嬤帶來的丫鬟們，沐浴淨身，修剪指甲，渾身塗抹養膚膏，又點上今年新做的胭脂，襯得人比花嬌，這才被帶到世子院落。

披風之下是薄如蟬翼的簇新衣衫，流雲紋隨光而動，美不勝收。才烘乾的頭髮披散在後頸，散發著花朵的芬芳。心間的傷口如今只餘下一小片淡淡的粉色，猶如胎記，別有一種說不清的韻味。

可是，世子他又看不見，聞不到，摸不了。

沉歡默默無言地任由封嬤嬤從頭摸到腳，從腳摸到頭，在確認沒有任何尖利銳器之後，推她往門口去。

「好好幹吧，孩子。」封嬤嬤遞給了她一張潔白的綢帕，報以一個鼓勵的微笑。

幹誰？誰幹？封嬤嬤妳說清楚。

侯夫人與平嬤嬤則守在世子寢房門口，猶如兩座大山，沉歡想到著名的荊軻刺秦王。

風蕭蕭兮易水寒，壯士一去兮不復返。

現在裝死？來得及不？

侯夫人從頭打量了一下，露出個滿意的笑容。「好好服侍世子。」

沉歡有點磨磨蹭蹭，從院中間到世子房間不過幾步路，她走得異常嬌弱，挪動到現在，還未到門口。

平嬤嬤卻已經沒有耐心，忍不住低喝。「磨磨蹭蹭做什麼？還未答夫人的話。」

沉歡連忙稱是，算是應了侯夫人。

終於磨磨蹭蹭到了門口，推門那一瞬間，侯夫人臉上的笑意不再，眼神如刀鋒掃過她的脊背淡淡出聲。「兩個月時間，如若不成，妳就選一樣吧！」

沉歡渾身一僵，再次打定主意，狠狠咬牙，一把推開世子房門。

刀山火海都要闖，何況睡世子這樣的美人。

然，剛剛做好的心理建設，在進門面對世子的那一瞬間，碎成了渣。

世子宋衍身著白綾裡衣，斜靠於床邊，黑髮如緞，披於榻間。那眼珠子如黑曜石一般深邃幽暗，明明知道世子是個活死人，此刻意識全無，沉歡卻彷彿從他臉上看到四個大字。

嫖我者死。

沉歡有點退縮，她的腦海裡有各種萬一，萬一世子醒了，萬一世子知道了，萬一世子厭惡她，萬一世子弄死她，萬一……

總之，此刻她內心戲很多，還有點罪惡感。

這簡直太可氣了，明明她才是被逼迫的那個。

她只是奉旨辦事啊，冤枉。

沉歡盯著世子，世子似乎也在盯著她。四目相接，即使明知世子眼睛睜閉，均是丁太醫口中無意識的反射行為，沉歡還是心裡惴惴不安。

於是上半夜，兩人就在對視中過去了。

沉歡的心中有兩個小人在打架。

一個說：他只是個活死人，妳輕薄於他，天理不容。

一個解釋道：我這是被逼迫的啊，妳沒看見侯夫人簡直就是安靜版的母夜叉嗎？

一個又說：妳不覺得自己強上玉石人偶嗎？

一個有點猶豫道：我不強上玉石人偶，哪裡能活命。

於是就在天人交戰中，沉歡在門口蹲了四小時，從酉時蹲到了戌時，都毫無行動。

定魂香一日不能斷，此刻更是滿室飄繞。

宋衍能有模模糊糊的視覺，卻依然無法控制四肢。他沈吟一下，果然還要花些時間。

那慣常服侍他的丫鬟在消失一段時間之後，今夜又過來了。

帶著一股花朵般的少女香氣。

他不能動，卻知道不遠的地方模模糊糊有個身影，一直與他對視。

她意欲何為？

至於沉歡在幹什麼呢？呵呵，她此刻心中天人交戰，只差沒直接撲地了，想是一回事，做是一回事，這邁開步子的腿比灌鉛還重。

眼看，都要夜深了。也不知道屋外嬤嬤們以及侯夫人離開沒有，如此強勢的圍觀真是喪盡天良。

想到侯夫人那冰涼的兩個月限期，她又不能無限制地糟蹋世子，只有抓住每一次機會，才能見到明天的太陽。

終於，沉歡深吸一口氣向世子走過去，封嬤嬤讓她取處子初夜證明的綢帕被她緊緊捏在手中。

沉歡臉色緋紅，待走到世子面前時，原本緋紅的臉，居然緊張得白了。

一個小人指責說：妳居然走過去了！妳要做什麼?!妳要糟蹋玉石人偶？

一個小人囁囁嚅嚅道：我儘量……儘量……輕點？

「世、世子爺……」沉歡有點緊張。「奴、奴婢不是要對你做什麼……」

這種即將強上的既視感是怎麼回事？

沉歡說完一頓，她不就是要來對世子做什麼的嗎？

嗯……換一種說詞。

「奴婢今日是來伺候你的，求世子爺配合。」

伺候什麼？配合什麼？

宋衍聞到那股淡淡的幽香越來越近，直到那雙熟悉的細膩手掌，再度握緊了他的手。那雙小手餵過他食粥，也幫他擦拭過手指，根根水蔥一般，他最是熟悉不過。

沉歡太緊張了，想和做完全是兩回事，何況她腦子裡的小人現在還在不斷打架爭執。以求歡產子為目的接觸男子，是沉歡以前從未經歷過的。就算上輩子面對沈笙，也是沈笙主動，更別說那寥寥幾次床笫之事，畢竟沈笙風流多情，也顧不到她這裡來。

在不確定世子意願的情況下，發生這樣事情，就算被脅迫，沉歡依然對於世子有點歉意。

萬一世子原本早有意中人，豈不……

封嬤嬤教的東西已經忘到九霄雲外，沉歡望著世子，憑藉本能用手指先輕輕撫摸上世子的眉眼，接著是臉頰，那光滑的手感與女子不同，帶著微涼的溫度。

當手指撫過世子嘴唇時，那忽然滾燙的溫度讓沉歡心頭一跳，猶如被含了一下。

此刻此景，有一種陌生的東西突然襲進她的心臟，有點不受控制，快要掙扎出胸腔之外。

一個小人說：脫他褲子！

另一個小人也說：脫他褲子！

沉歡驀地縮回自己的手，本來已經淡定的心情，再度變得緊張。

一緊張就壞事，她原本想站起來直接掀開蓋在世子腿上的被子，想辦法先讓小世子站起來。結果一腳踩在裙裾上，驚聲尖叫後，身體瞬間失重，馬上上半身壓到宋衍的臉上。

沒錯，不是壓到身上，是壓到臉上。

宋衍只覺得自己被乳波甩了一個耳光。

真是前無古人，後無來者。

沉歡本就穿得薄，封嬤嬤為了方便她辦事，那肚兜都是半解開來的。此刻自然已經鬆開，她天生豐腴，兩個綿軟壓得宋衍快要呼吸不暢了。

發現自己用上半身就能把世子窒息死的沉歡，連忙爬起來，爬起來的時候衣衫滑落，她半裸著身子繼續行動。

宋衍被那綿軟壓得呼吸有點困難，隨後意識到那是什麼，一瞬間他就明白了，今日這名總是自稱「綿綿我」的丫鬟是來幹什麼的。

「世子爺……」聲音依然嬌滴滴，就算正常說話都似撒嬌，今夜更甚。「奴婢要脫了。」

對侯夫人的恐懼，最終戰勝骨子裡的羞性，沉歡一鼓作氣，毫不停歇，將世子的裡衣脫下。

須臾片刻，玉石人偶世子，就被她剝光上半身。

沉歡呆呆地摸著那勁瘦的窄腰，線條流暢的寬肩，還有薄薄覆蓋在骨骼上的肌肉，這真是「活死人」三年，還能保持這樣？那世子以前未病之時，不是要讓女子噴鼻血？

沉歡發出了感嘆。

她只是在藝術的道路上追求美的真理。

宋衍卻感覺到一種久未回來過的暖流，從腳尖慢慢回溯到腹下，熱熱的肌膚貼著他的胸膛，帶著一股焦躁的意動，直奔下腹而去。

與身體相比，大腦忽然受到的刺激更大，有點興奮，但是又帶著一股疼痛。

沉歡並不知道宋衍的感受，感嘆夠了，她想起自己今夜的目的。為了見到明天的太陽，她這次順利掀開世子的被子。

「世子爺，你以後千萬別怪我冒犯你。」

軟綿綿、嬌滴滴的聲音在耳邊響起。

「我、我要脫你褲子了！」

所謂春宵一刻值千金，一人運動好鬧心。

沉歡在經歷強大的心理障礙之後，終於跨出萬里長征的第一步，進入了核心勞作期。

然而，小世子它不站起來。

就、不、站、起、來！

沉歡無論怎麼努力，它就是三不政策：不主動、不搭理、不表示。

侯夫人冷戾的眼睛瞬間滑過心底，沉歡害怕了。

她繼續努力，但是無用。一種絕望陡然升起，彷彿此刻已經看不到明天的太陽。

她該怎麼辦？

世子本就無意識，她就算脫光了，世子也不知道。

她究竟要怎麼樣才能讓小世子站起來？她該怎麼才能完成這件事情？

忽然悲從心起，眼淚竟然「啪嗒啪嗒」的一顆一顆往下掉。既恨自己笨手笨腳，又忽然想起這段時間發生的種種事情。

一時間各種委屈紛至沓來，她彷彿受了天大的委屈，不禁伏在宋衍身上儘量壓低聲音，把宋衍敞開的衣襟哭得半濕。

淚水灑在宋衍心間，滾燙一片。那淚似有魔力，猶如火種，點燃宋衍的全身。

沉歡哭得累，把自己哭出汗了，衣衫哭得全落，裸著身子趴在宋衍身上。

裸就裸吧，反正世子也看不見。

沉歡抽抽噎噎，爬起來再努力一把。

值得慶幸的是，這一哭或許是宣洩了情感，加上封嬤嬤教導過的方法，果然有用。

沉歡在使出渾身解數之後，終於……終於讓小世子站了起來。

那一刻，沉歡想點煙花，她想歡呼。

第一關，她總算過了。

她連忙咬牙爬到世子身上，趕緊完成那最為關鍵的一步，過程痛得她想叫，取完那綢帕上的血時，她幾乎要倒了。

然而，高興得太早，總會死得最慘。

此時天已將白，她忍著疼痛，流著眼淚，爭取時間，動了好一會兒，可是世子就是不出陽元。

沉歡絕望了，待會兒封嬤嬤就要喚門，難道要被平嬤嬤知道她折騰了世子一晚上嗎？

沉歡腰痠背痛，累得四肢無力，小嘴又紅又腫，心中驚懼陡生。

「世子、世、子……」沉歡爬下來，對著小世子結結巴巴地哀求。「你、你、你配合出來好不好？」

此時，天已經亮了，封嬤嬤果然站在門口開始喚門。

天啊！沉歡哀號，急得團團轉，她該怎麼辦？前面耽擱的時間太長了，糾結加上擔心又花了那麼多的時間，後面時間就不夠用了。

世子精元未出，待會兒服侍的丫鬟一收拾即能發現。

如果稟告平嬤嬤，再到侯夫人，馬上就能發現她根本沒完成交代的事情。

哆哆嗦嗦在房間裡踱著碎步子，沉歡整個人都處於崩潰狀態。

「沉歡，天已經亮了，昨夜可好？」封嬤嬤的聲音從門口傳來。

窸窸窣窣，沉歡聽到一群人走來的聲音，外面隱隱傳來給侯夫人的問安聲。

沉歡急得跳腳，披著衣服，抓著頭髮，當務之急是先讓小世子軟下來！不然她不敢想像，侯夫人發現這種情況之後會何等暴怒。

急中生智，她發現桌上備著昨夜的茶水，如今早已經放涼了。

世子爺，奴婢這是沒辦法。

沉歡在心裡安慰了一下自己，將平日給世子擦拭的帕子打濕，然後輕輕地涼敷到那部位。

她不敢用冰的，怕出更大的事，斟酌了一下，覺得涼涼的，人體能接受又有刺激感覺的溫度最合適。

「世、世子爺，對不住了，今日大恩大德，沉歡來日再報吧。」

原本腫脹充血的部位，忽然一冷，宋衍幾乎下意識就打顫了。隨即他立刻意識到，這膽大包天的丫頭此刻在幹什麼事情。

他恨不得馬上爬起來把她按住。

這種時候居然能幹這樣的事情，他總有一天會要她哭著喊救命！

喚門聲又起，沉歡混亂中連忙拉好衣服，提高音量回答。「好、好了。」

宋衍向來自制力過人，聽到聲響，已經明白了大半，凝息片刻，已是慢慢恢復。只是渾身憋得慌，連帶著心情也開始惡劣。

開門時，沉歡已經將世子整理妥當，又是那個睡美人世子。

平嬤嬤見床上並無凌亂跡象，顯是整理過了，點點頭，挑高的眉頭混合著一種等待過久的焦慮，嗓子也略顯疲憊。

「世子可無礙？」

沉歡連忙回答。「世子無礙。」

平嬤嬤銳利的眼睛，自上而下打量著她。「昨夜可成？」

沉歡囁囁嚅嚅有點猶豫，平嬤嬤立刻想到是不是失敗了，臉色一寒。「可是妳這丫頭蠢笨，世子不喜？」

聽到那陡然轉冷的音調，沉歡立刻將昨夜落紅的絹帕拿出來。「不、不是……世子生龍活虎、威風凜凜。」

說完，沉歡內心就哭了，太威風了，現在還沒出陽元。她可怎麼辦？

平嬤嬤命小丫鬟收走那張綢帕，懸了一晚上的心此刻落地，捂著胸口，一向戾氣盤旋的眼睛，竟然隱隱有了濕意。

「老天開眼，夫人可算放心了。」

「這一個月讓世子休息吧，久病之人，不可縱慾。靜待妳下月信期如何。」

說完，平嬤嬤轉身就走了。

平嬤嬤走得俐落，她要速去彙報侯夫人，昨夜夫人勢必掛心不已。

沉歡卻僵成雕像。

等、等等，平嬤嬤，這個月待世子休息是什麼意思？

這一次完了，就等是否懷孕？一月就一次？多麼少的寵幸。

等等，問題也不在這裡。

沉歡反應過來。

問題是這個月，世子沒洩啊！

沉歡在顫抖，她不敢想像下個月信期來時，侯夫人那暴烈的怒火，會不會直接把她燒死。

幻言、幻娟、頌梅和接替沉歡的頌丹，魚貫而入，按規矩有條不紊地打理世子。封嬤嬤也早已候著，給沉歡帶來換洗的衣衫。

一時間，房間裡有種詭異的氛圍。

幻娟、幻言覺得她配不上世子，沉歡能理解，可這又不是她要來的。

沉歡雖委屈，可最感到委屈的事是昨夜功虧一簣，如果這樣算下來，就只剩下一次機會了。

封嬤嬤對男女之事何等老練，進屋暗暗觀察了沉歡一番，不露聲色地嗅著空氣，又瞇著眼睛瞧著丫鬟為世子更衣，就明白了點什麼，只是還待確定。

沉歡鬱卒無比，心情盪到谷底。忍著渾身的痠痛以及下身不適，跟著封嬤嬤回到習慣待著的房間。

封嬤嬤看她一副天塌下來的樣子，不似在平嬤嬤跟前的模樣，料定肯定有詐。也不追問，等她自己細細想清楚。

沉歡歇了一夜，腦海裡思緒翻騰，一會兒大哭我的貞操沒有了，一會兒又安慰自己比起配個販夫走卒，世子已經是天上人了，一會兒又想起小時候幻想的一生一世一雙人，情投意合，比翼雙飛，一會兒又想起上輩子懷著身孕，祈求沈笙給伯夫人說好話的淒涼卑微。

總之，心緒之複雜，非三言兩語能描述清楚。

最終，她一邊哭、一邊心虛地把自己幹的事情，向封嬤嬤全盤托出。

「糊塗！」封嬤嬤氣得站了起來。「當時那種情況，妳該直接說就快好了，喚嬤嬤稍等片刻，怎可任性妄為至此！」

封嬤嬤心驚到嗓子眼，世子臥床三年，她都擔心不能人道。按沉歡描述，顯然還雄風過人，如若因為沉歡導致世子不舉……

封嬤嬤膽寒地瞄了沉歡一眼。

只怕……只怕賣進窯子裡，做那最低賤的迎客窯姐兒，都難解侯夫人心中悶氣。

沉歡也想到後果，此刻心間打鼓，恨自己一時妄為。

不用提，這日服侍世子食用朱斛粥，沉歡溫柔至極，隱隱想扒下世子褲子確認一下。

小世子安好，她就安好；小世子若不安好，她就……怎一慘字了得。

她眼神太露骨，想得太投入，戲又太多，完全不知道自己這副表情落在幻言和幻娟的眼裡有多猴急。

幻言隱隱擋在世子面前，阻止沉歡色急的眼睛。

這麼不知廉恥，企圖榨乾世子的通房，她還是第一次看見！

而宋衍自那日之後，一直憋著一股邪火。

呵。沉歡正好來餵粥了。

宋衍眼珠微轉，一邊吃，一邊吐了她一身。

沉歡一張小臉嫩肉顫動，不知是氣笑了，還是笑氣了。

世子爺，你真的不是故意的嗎？

她怎麼覺得世子是在報復自己冰敷子孫根的破事？

幻娟一看世子平時吃得好好的，今日竟然破天荒吐了沉歡一身，頓覺是不是沉歡床上伺候的時候，幹了什麼不該幹的事情，世子宛如玉石人偶，言語不能，莫非欺負了世子爺？

於是，兩個大丫鬟都虎視眈眈地看著沉歡。

沉歡看了看裙子上的朱斛粥。

這奉命睡世子的感覺，真是一把心酸淚，誰解其中味？

然後，空窗一個月，沉歡信期如約而至。

跪在侯夫人面前，沉歡給自己做好心理建設，還有一次機會，加油！

侯夫人面無表情地摔了茶盞，顯是希望落空的感覺給了她沈重打擊。她作為世子母親，自然不能過分干涉床笫之事。這其間丁太醫來過，也言明世子一切正常，似有子孫根起來的跡象。

有了希望，怎能接受失望？這個月，侯夫人夜夜都夢見世子的孩子白白胖胖地給她招手。

有時候察看宋衍，都有一種兒子馬上就能醒來的感受。母子連心，她更不能此時放棄。

侯夫人不喊退，沉歡自然也不敢退，老老實實地跪著。恰好下人稟報，說余仙人到訪。

侯夫人心有所想，也未叫沉歡避開，傳了余道士。

余道士看到沉歡，眼中精光閃動，沉歡忽然有種被野獸盯上的感覺，平時余道士也有盯著她的時候，卻與今日不同。

那余道士進來之後，侯夫人打算將世子情況說明一番，待侯夫人把所思疑惑剛起了個頭。

余道士就一口打斷。「夫人勿擔心，貧道保世子元陽無恙。只要定魂香每日不斷，世子定能留下血脈。」

「這不中用的丫頭。」侯夫人嘆口氣。

沒想到余道士卻露出個古怪的笑容，沉歡如今與幾月前完全是兩個人，男人瞧見都會多看兩眼，這余道士卻毫無知覺，只一本正經地開口。「貧道今日到此亦是為了此女。」

侯夫人不解。「仙人何意？」

余道士也不細說，只簡單說道：「夫人無用之後，請把此女予以貧道，這陰女，貧道自有用處。」

他那徒兒用陰女之少許血肉做嘗試，竟發現新的契機。

沉歡內心尖叫不止！

余道士要用她煉藥？這殺千刀的妖道！

「夫人，容奴婢下去伺候世子。」沉歡不願再聽，主動請辭。

侯夫人若有所思地點點頭，示意沉歡下去。

剛走到門口，又聽下來人報，世子舊友陸公子到訪，安定伯世子展公子到訪。接著有人報，永意侯夫人到訪，已至儀門。

退出去後，沉歡一路憂心忡忡，內心咆哮不斷，這妖道肯定是要用她煉藥，上次就割了她一塊心頭肉。

她不能坐以待斃，絕不能坐以待斃，世子……

明天晚上又到了她侍奉世子的時間，如若這次她仍未懷孕，侯夫人的兩月時間就到了。

沉歡懷著沈重恐懼的心情，來到世子床前，抱住世子的大腿。

明天晚上，要拚了！

這天晚上，沉歡在封嬤嬤那裡做足功課，沐浴、搽膏動作迅速，一點也不耽擱時間，比上次積極數倍。

這次侯夫人未過來，只命了平嬤嬤守著。沉歡在懸崖的邊上跳舞，隨時準備粉身碎骨，哪有上次的扭捏心思，一進門就直接自己扯掉披風。

屋裡燃著地龍，暖洋洋的，猶如春天。沉歡快步走向宋衍，把封嬤嬤教的東西，在腦海裡慢慢過了一遍，腦子裡只有妖精打架的春宮圖。

沉歡自己先口乾舌燥，伏在世子身邊，直接解開世子的衣服。

接著她掀開被子鑽進去與世子緊緊貼在一起，慢慢摩挲，仰起頭在世子耳邊吐氣如蘭。

「世子爺，奴婢來給你賠罪了。」

宋衍渾身一緊，被強行壓著的邪火突地就竄上來。

沉歡在燭光下靜靜地看著世子，有美人如斯，她一點也不虧。就算以後她不能隨侍左右，注定離開，這一定也是一段美好的回憶。

她豐唇微咬，含住世子唇瓣，滑入香舌，在宋衍口腔滑動，一手慢慢遊走，一手扯掉宋衍的褲帶。

好樣的，這次一氣呵成，中間毫無停頓。

待得一吻完畢，沉歡氣喘吁吁，用膝蓋摩挲著宋衍，開始發揮幾個月學來的知識。

可想而知，宋衍簡直要被撩爆了，恨不能勾住那小舌頭狠狠吸吮，不讓它溜走，那頑皮的嘴唇時重時淺，順著脖子一路咬在喉結上，最後一直往下。

這一夜，被翻紅浪，嬌喘連連，沉歡女上位，徹底體會了一把女皇帝的感受。

反正世子爺不知道，沉歡將封嬤嬤所教悉數測試，一邊試，一邊感嘆，原來是這個反應，原來是這樣，原來如此，再加把勁。

宋衍少見的臉上浮出一絲薄汗，喘息變粗，渾身的感覺比任何一次都要強烈。

「世子爺……」沉歡柔情地撫摸著宋衍的臉頰，將宋衍的手放於綿軟胸間，又帶到那割肉的粉色疤痕處，音色纏綿。「你可是食過綿綿心頭肉的男人啊！」

那微微的傷疤凸起，喚起那日定魂丸香甜血味混入嘴間的記憶。

沉歡只是興致到此，隨口一提，宋衍卻瞬間興奮到極致。

這一次，沉歡順利完成任務。熱淚盈眶不足以形容，沉歡扶著腰欣慰地發現天還沒亮，她不敢妄動，待世子完全平靜，才輕輕爬下來。

完成任務後，她真心希望世子早日醒來，福壽綿長。

第十四章　留子去母

此時已經翻過年尾，沉歡滿十六歲。

等待的日子心驚膽寒，眼看著信期的日子就要來臨，沉歡一天檢查下身好幾次，就怕忽然見到好朋友如約而至。

她原本不想這麼早懷孕的，可見老天喜歡逗她玩。

忐忑地數著日子，她的信期晚了一個星期。封嬤嬤也不敢擅報，就怕萬一失敗了。她也捂著胸口，耐心等待。

直到晚了半個月，這才正式通知侯夫人和平嬤嬤，按慣例請了郎中。

侯爺宋明驚喜異常，侯夫人此舉簡直瘋狂，那日持劍以死相逼，誓要留下兒子子嗣。宋明反覆和丁太醫確認兒子可行人道後，這才依侯夫人此舉，沒想到，竟然成功有孕。

世子院直接炸開了，為防出事，沉歡被封嬤嬤接到位於正院後面的一個偏僻小院子，真正可謂與世隔絕。除了每週固定三次探視，她現在連世子都看不見了。

沉歡撫著小腹，她竟然真的有孩子。一切猶如夢中，喜的是侯夫人暫時不會動她，她終於不再處於被動，悲的卻是，這個孩子注定不會屬於她，以後必然要接受母子分離之苦，沉歡心中不可謂不痛。

頭三個月最是重要，平嬤嬤撥了兩個小廝，幾個小丫鬟過來伺候。晚間竟然把如心也撥過來伺候。
如心滿眼含淚，對著沉歡跪下來。「如心謝沉歡姊姊救命之恩。」說罷，大大磕了個頭。
沉歡慌張地一把扶起如心。「妳身子無礙了？磕那麼大的頭做什麼？嚇死我啊！」
如心撿回一條命，雖然氣色仍是蒼白，但已行走無礙。「那日若不是姊姊以死相逼，平嬤嬤絕不會讓我活下來。姊姊恩情，如心不敢相忘。」
沉歡嘆口氣，猶豫道：「那人……可是昔日給我送飯之人？」
沉歡思來想去，如心接觸外男的機會也就那幾次。
淚珠滾滾而下，如心抬頭。「生死徘徊，如心已然明白，世間歡情涼薄，是如心作繭自縛，犯下如此錯事，怨不得誰。望姊姊體諒如心，切勿再追問。」
沉歡一時不知道如何回答，只得拉著她的手，安慰道：「以後好好過，忘記過去，人生總是往前，用力走，別回頭。」
如心經此一難，竟慢慢變得沈穩，不復以前天真，點點頭。「如心自此好好服侍姊姊，姊姊造化大，為世子孕育子嗣，如心借姊姊福氣。」
沉歡臉一僵，也不知從何說起這代孕之事。什麼福氣，她都還在走繩索。
可她也不想如心再為自己擔憂，遂又問：「妳可知如意近況？」
「如意姊姊咎由自取，跟著平嬤嬤之後，屢遭打罵，平嬤嬤吃了酒，脾氣不好，服侍的丫鬟無不懼怕，如意姊姊不堪管束，與外院男子過往甚密，平嬤嬤又大發雷霆，狠狠管教了她。」

聽完半晌無語。沉歡搖了下頭。

沉歡安心養胎，世子心中卻不高興了，因為自那日之後，沉歡就幾乎消失了。細細算來，已經有好長一段時間，那丫頭都沒有來服侍他。

身邊伺候之人換了兩個，每一個他都能準確區分。

他聽覺早已恢復，視覺雖模糊卻強過早期，皮膚感受也和正常人無異。只是口不能言，身不能動，依然無法控制身軀。

侯夫人握著宋衍的手，淚珠一顆一顆滾落，滴在宋衍眉間，苦澀低語。「我兒若不好了，那生下的孩子就是我的命。」

平嬤嬤急急打斷。「夫人！這孕有子嗣乃是喜事，快快打住這晦氣！」

侯夫人親自幫兒子理順額邊的髮絲，心中絞痛。「容嗣自幼，痛感敏於常人，常人未覺之痛，於他便是數倍，那日服丸，他汗出如漿，必是痛到極致，竟也生生挨過。」

平嬤嬤也拭淚。「世子這不是順了夫人您嗎？自小一點痛也是禁不起。」

「我雖禁不起，我兒卻心性堅韌，自幼從未吭聲。」語氣轉低，侯夫人徐徐繼續。「仙人曾言，陰女之血肉於世子而言猶如烈焰焚心一般，如此劇痛我兒都能撐過，以後必有轉醒之日。劉姨娘所產之子，休想與我兒比肩。」

宋明有後，已是她最大的努力，她不曾對不起宋明。

平嬤嬤不好說，劉姨娘乃官家貴女，入侯府為妾已是自降身價，侯夫人與侯爺不睦，實是地位逐漸堪憂。

「夫人，永意侯夫人最近可遞了兩次帖子拜訪了。」

侯夫人沈吟。「永意侯夫人有心與昌海侯府結親，言明長女癡心一片，自願入府，就算世子終生纏綿病榻，也願伺候左右。此事事關重大，我還得與侯爺商議。」

兩人正說著話，又聽下人來報，禮部尚書家少夫人沈芸，和其兄忠順伯府的三公子，如今的戶部提舉沈笙到訪。

侯夫人未動，下人候在外面也不知是個什麼意思。最近幾個月，這禮部尚書少夫人已經第三次遞帖拜訪侯夫人，但是夫人每次都藉故推脫，下人亦是不解。

禮部尚書如今的少夫人，即是沉歡在忠順伯府伺候的二姑娘沈芸。她夫君不久將要外放並州幾年，因少年夫妻還未有子嗣，禮部尚書家老夫人敲定，新入門的少夫人一起隨行。

是故，沈芸今天其實是來辭行的。臨別之際，她很想再見見沉歡。

她的哥哥沈笙，這一年隨父親捐官，走戶部的路子，如今任戶部提舉，他腦子活泛，善於逢迎，進了戶部竟如魚得水。

只唯一事掛心，就是當時沉歡這丫頭不知所蹤，入了昌海侯府。他不敢在忠順伯夫人面前提及，遂三番兩次遊說其妹，藉故一起拜訪，始終想要再見一面。

究竟見面如何，他也不知道，大約就是心中一股吞不下的執念吧！

「夫人，依老婆子之見，總是推諉也不妥當，侯爺與禮部尚書同朝為官，抬頭不見低頭見，聽聞那丫頭對禮部尚書少夫人有救命之恩，無非是見個面罷了。」

侯夫人心裡不太情願，如今剛剛三個月，她不想有任何意外。但是沈芸鍥而不捨，又言詞懇切說夫君即將外放，姊妹情深，實想一見云云。

斟酌再三，考慮到侯爺，侯夫人還是准了。

沈芸、沈笙於她均是晚輩，客套寒暄幾句，侯夫人就著人喚沉歡出來，留平嬤嬤招呼，自己起身離開了。

沉歡此時已過三個月孕期，不過毫不顯懷，腰肢依然纖細。又因臨近過年，加上沈芸來訪，沉歡高興得團團轉，是故如心就給她挑了一件顏色鮮豔的衣服，喜氣一下。

這衣服還是當時侯夫人賞賜下來的，一次都沒穿過。

沉歡一頭烏髮綰得整齊，上面簪著小巧嬌豔的杏花頭飾，身上的銀紅合領對襟窄袖羅衫，更襯得她膚白如雪，氣色充盈。

還未走到門口，就見門外的丫鬟們低頭私語。「那伯府沈三爺好是俊俏啊。」

另一丫鬟捶打她。「不害臊，有咱們世子爺俊俏嗎？」

那丫鬟不服氣。「咱世子爺那是在天上，這沈家公子是在人間。」

這比喻巧妙，幾個丫鬟均是嘻嘻羞笑。

沉歡也樂了，天上人她睡了，這人間風流的爺，通房妾室多到哭，那雙含情的眼，不知傷過多少女子的心。

沉歡款款而來，笑意盈盈，沈芸和沈笙都呆住了。

沈芸驚喜異常，簡直沒有認出人來。看來沉歡比她想像中過得好，她放心了。

沈笙只一眼就被沉歡吸引住目光。這胖丫頭瘦下來原來是如此模樣，他心臟不受控制地怦怦作響，竟是從來沒有過的心悸。

待見到沉歡身邊，還跟著一個丫鬟如心，後面還有兩個小丫鬟提著披風、手爐等物件時，又覺得不對。

沉歡在昌海侯府為奴，怎會收拾得如此嬌麗動人？

沈笙的臉色變了，沈芸也隱隱意識到不妥。

沉歡一見沈芸，歡喜無比。她關禁閉這麼久，終於見到舊人，所以並未注意，自己這與一般丫鬟不同的衣衫，以及後面還跟著幾個服侍的小丫鬟，意味著什麼。

沈笙強按著道不清的怒意，細細打量她。若是姨娘，似乎看著還差一些，莫非是做了誰的通房丫鬟？可似乎又比通房強一些。

不可能是那活死人世子吧？既肯給活死人世子做通房，當初又為何口口聲聲言自己貌鄙不堪，不進他的院子？莫非是攀龍附鳳，嫌棄自己給不了她想要的？

原本以為見一面會嚥下的氣，現在反而積了更大一塊堵在心間。

沉歡沒想到沈笙也來了，有點吃驚，不過還是禮數走全地問好，這才知道沈芸即將遠走。兩人以前雖為主僕，情同姊妹，依依不捨，不在話下。

沈芸滿腹疑問，正想試探，侯夫人留下的平嬤嬤就發話了。「世子爺該服藥了，院子裡催著姑娘趕緊回去呢。」

沉歡捨不得，一步三回頭，終是隨平嬤嬤去了。

沈笙按耐不住，見平嬤嬤語氣強勢，正想堵著沉歡再說兩句，被沈芸一把拉住袖子，搖了搖頭。

待兩人出府，沈笙已經認定沉歡不是當妾，就是被主子收用，說不定還是侯爺，心中悶得慌。

能得主子垂憐，對丫鬟而言也算是條好的出路，不用再幹苦活重活，至少成了半個主子，衣食無憂了。

沈芸見沉歡並無大礙，又見她有自己的出路，遂放下心來。她已見沉歡，心願已了，自然一片沈靜，是故並未發現沈笙的異常。

沈笙直到離開昌海侯府，腦子裡都還是沉歡款款而來、盈盈一笑的模樣。

見完故人，沉歡又回到那個小小院子，一晃又是兩個月時間。

此時，她已孕五月有餘，太醫定時問診，倒是滿意這胎象穩當。

胎象穩當，侯夫人自是心情愉悅，連帶著打罵發賣的丫鬟都少了許多。

近段時間侯夫人對沉歡也略有鬆懈，沉歡能在花園裡略走動消食，有利於子嗣成長，日子過得簡單卻也充實。每日陪伴世子，偶爾唸書，唸給世子聽時，自己順帶也讀了，懷孕期間倒是學習一點沒落下。

小廝裡分來了個叫喜柱兒的，非常能幹，是故院裡但凡跑腿傳信、搬動移挪，都是喜柱兒負責。

沉歡在花園裡慢慢散步，身邊跟著如心、喜柱兒和一個婆子。

肚子已經大起來了，比起三個月時候，這兩個月簡直瘋長，沉歡隱隱有點擔心，是不是太大了，如果繼續長下去，生產上她會很吃力。

沉歡慢慢沿著怪石嶙峋的假山走著，心中開始怦怦狂跳。

「姊姊小心呢，這假山上不得，妳懷有身孕，跌下來怎麼辦？就是腳扭著了，也不得了。」如心給她提著披風，勸道。

「沒事。」沉歡聲音沈靜。「這小山也不高，幾步臺階就上去了。上面風景好，我已好久沒出去了。」邊說就邊邁著步子往上走。

「姑娘小心，喜柱兒跟著妳。」小廝喜柱兒連忙跟到沉歡身後。

沉歡看了一眼，也未做聲，默默地邁著步子。「喜柱兒你多大了？」

「小的十九。」

「你以前在哪裡當差啊？」沉歡又問。

「回姑娘，小的一直在世子跟前伺候。」

世子院的？沉歡放下心來，一步一步走到她想要去的位置。假山是不高，可是假山後面卻是一片荷塘，此時已是盛夏，荷花挺立一片，風景美如畫。

「姊姊！」如心嘶吼著嗓子尖叫。

姊姊那是做什麼？

「不要過來！」沉歡的音量也不落人後。「任何人只要敢挪動一步，我就馬上跳下去！」

她隔幾日就過來散步一次，早已經摸清楚這荷塘甚深，以前就淹死過失足的丫鬟。

「喜柱兒幫我去找侯夫人，就說沉歡有話要與她說，夫人今日如若不來，沉歡就一屍兩命。」沉歡的位置很危險，她肚子已大，稍一重心不穩，就可能沈塘。

喜柱兒嚇出一身冷汗，哪裡還敢繼續多待，轉頭就去找平嬤嬤喚侯夫人，真出大事，大家都跑不了。

平嬤嬤驚掉手裡的糕點，跑得氣喘吁吁趕忙通報。侯夫人來得比沉歡想像中快，雖然神色平靜，但是沉歡細膩地注意到，她的鬢髮有一絲凌亂。

沉歡撫摸著肚子，雙眼一片堅定澄明，她唯一一次自救的機會，就是今天。

那日沈芸來訪，不過幾句話，平嬤嬤就催著她趕緊走。負責正廳伺候的丫鬟見她這麼快就出來，也是吃驚。

轉身走時，沉歡隱隱約約地聽到幾個丫鬟竊竊私語。「奇怪，這沈家姑娘來了幾次，好不容易見一面，怎這麼快就要走？」她們其實是想多看兩眼沈笙。

沉歡暗暗記下，細細思量，假如丫鬟沒撒謊，那沈芸絕不是第一次來找她。舊主探望，原是奴婢的福氣，侯夫人何故不允？

沈芸明明有話要問，平嬤嬤就催促不斷，何故如此匆忙？她本就與世隔絕，見過的人也沒幾個，多和沈芸說兩句話也有助於孕期心情，何故這點恩典都不賜？

所有的為什麼串成一片，隱隱有個念頭浮現在心間：留子去母。

或許侯夫人壓根兒就沒想要她生子之後還能活著，抬什麼妾室？這孩子的母親，越隱秘越好！

侯夫人早有打算，是故，沈芸這樣的舊主，越是念情，越是麻煩，如能不見，那是最好！

侯夫人壓住心頭的狂跳，冷靜詢問。「妳這是何意？既有身孕何故登高？還不速速下來！」

沉歡看著侯夫人，慢慢把腳往外面再挪了挪，果見侯夫人攥著帕子的手再度收緊了。

「妳好大的膽子！這是幹什麼！」平嬤嬤的心也提到嗓子眼。

這瘋丫頭，今日是耍什麼花樣？

沉歡聲音尖利，一見侯夫人就情緒激動。「得夫人看重，是奴婢的福氣。奴婢自幼為奴，自知身分卑賤，不堪為世子子嗣之母。只是可憐天下父母心，一想到骨肉分離之痛，奴婢就猶如挖骨掏心，不如今日攜這孩子走了，了結這種種因緣。」

看樣子竟是情緒反覆，想不留下孩子，要一起跳塘死了的意思。

「妳瘋了是不是！」平嬤嬤氣急敗壞，給下面幾個婆子遞眼色。

哪知沉歡原本還算平靜的聲音，陡然尖利。「讓她們走！讓她們走！再過來我就跳下去！讓我把話說完！」

沉歡歇斯底里般伸長脖子高喊，一邊喊還一邊做癲狂狀，假意死命捶打自己肚子，一副鐵了心要同歸於盡的表情。

侯夫人的呼吸差點喘不勻，大喝一聲。「沒我指令！誰敢擅動！」揮手示意婆子先退下。

沉歡挺著肚子，淚水如珍珠般稀哩嘩啦往下滴，彷彿失心瘋發作，一會兒鬧，一會兒笑，一會兒哭，一會兒叫，反正誰靠近，她就跳。

「今日夫人已來，奴婢替孩子謝夫人這長輩疼愛之心，奴婢可以安心去了。」說罷，轉身竟是要往池塘跳下去。

「住手！」侯夫人大喝。「妳說吧！妳要什麼？」

侯夫人終於發話。

眾僕婦折騰這麼久，一時間面面相覷，不知何意。

沉歡繼續哭，繼續癲，一邊嗚咽孩子無緣，一邊說出如下條件。

「第一，夫人仁慈，求夫人賜個恩典，退還身契。身契須當著街坊鄰居的面，馬上退還至奴婢母親手裡，由我那識字的弟弟打個收條回來。」

「妳難道還有第二?!」平嬤嬤是看出端倪了，立時就要發作。

「允！著人立刻去辦！」侯夫人冷冷看著她，吐出一句話。

沉歡忐忑到天上的心，終於落地。

「第二，奴婢既有身契，也不敢肖想在侯府母憑子貴。奴婢已非完璧之身，既要出府，這再嫁之路必然崎嶇，求夫人賜下白銀千兩，保奴婢半生倚靠。這銀兩亦須立刻送到我弟弟手裡，收條回來。」

還想要銀錢，張嘴就是一千兩！丫鬟就算買過來也不過十幾兩銀子，這都翻了幾十倍不止！

平嬤嬤真真氣急敗壞，指著沉歡頓時就罵出來。「妳這黑心肝的小賤蹄子，哪裡值得白銀千兩！」

沉歡收住淚，狀似驚訝地捧著肚子。「嬤嬤何意？夫人恩典何謂不值？世子子嗣豈是銀錢可計？」

話是這麼說，沉歡也拿不住侯夫人是否會給。她並沒有獅子大開口報個白銀三千兩，這數字不算太小，也不算太大，端看侯夫人拿捏。

侯夫人靜靜地看著她，心中盤算。

「銀子可以先支付一半，餘下一半，待妳出府之日，由平嬤嬤奉上。這條件可還滿意？」

侯夫人站於假山下，與她遙遙相對。

沉歡知她性格，如是允了，斷不會如伯夫人當年那般反悔不認，當即點頭。「主母之言，不敢不信。只要夫人著人馬上去辦，拿了我那弟弟的收條回來，沉歡絕不拿喬半分。」

「允！從我名下支取白銀五百兩，不必通知侯爺，與那身契一起送到顧家。」

沉歡聞言，終於長長吐了口氣。

侯夫人見狀冷哼出聲，又添一句。「不過我要妳以一個死去通房的身分悄悄出府，且無論在何種情況下，均不能承認妳乃孩子生母，非我傳召，永不得入侯府，妳可否做到？」

永不能承認為孩子生母，永不能入侯府？

沉歡閉上眼，壓下湧上的酸澀，咬牙點頭。「奴婢卑賤，望夫人善待孩子，不敢相擾。」

侯夫人嘴角微動，高聲一喝。「來人！立下字據！」

遂又一陣忙亂，沉歡指定要如心將按押的字據放在前面地上，如心生怕她摔下去，不敢刺激，照著做了。

不愧是母子，被那眼睛盯久了，沉歡有種世子也在盯著她的感覺，對視越久，心中越是惴惴不安。

但是關鍵時刻，誰能熬到最後，誰就是最大的贏家，她不能低頭，也不能倒下。

時間一分一秒過去了，除了僵持，就是等待。又是一年盛夏時刻，蟬鳴的叫聲，襯得彼此等待的時間也分外漫長。

侯夫人站在山下，沉歡站在假山上。第一次調換位置。

直到此刻，如心才明白沉歡的打算。

平嬤嬤恨這丫頭的要脅，又無可奈何，世子唯一的血脈還未降生，如若真死了，豈不是割侯夫人的肉？沉歡就是拿捏了這點，才敢如此放肆。

天氣炎熱，沉歡在烈日下一直硬站著，臉上已經是曬紅一片，頭也隱隱發暈。她怕站不住失去意識，於是強迫自己不停地裝瘋賣傻，和肚子裡的孩子說話強打精神。

眾人看她癲狂，更不敢刺激，就怕還沒等到她弟弟的收條，人就跳下去了。

女眷久居內室，都不會泅水，沉歡肚子已大，有心求死，那位置又離得遠。

先不說一個人拖不拖得動的問題，光是從岸邊游到那落水位置所花的時間，就已經足夠沉歡自戕，一屍兩命。

沉歡撐著，只要能把天熬亮，這一仗，她就勝利了。

幾個時辰過去了，終於，門外小廝急喊。「姑娘的親弟弟來啦！」

果然，顧沉白大步向這邊跑來，汗水打濕俊臉，高聲喊道：「姊姊放心，身契已收，街坊盡知姊姊贖身，都誇侯夫人是大善人！弟弟已將銀子收好，還請姊姊勿要折磨自己，速速下來吧！」

世界瞬間一片模糊，沉歡搖搖欲墜，懸著的心終於落地，耳邊傳來僕婦們的尖叫，她滿頭大汗，雙腿發軟，終是堅持不了，昏了過去。

喜柱兒一直伺機而動，終於尋著機會，幾乎一竄就接著沉歡。如心位置較近，也連忙迎上去扶住。

侯夫人懸著的心終於落地，平嬤嬤連忙過來給她撫胸口，嘴裡念叨。「好了好了！已經好了！」

那點銀錢對侯夫人根本不算什麼，捨不得的是肚子裡的孩子。

經此一役，沉歡險勝，最大的目標已經達成。之後就算平嬤嬤管得蚊子都飛不進來，沉歡也無所謂了。

顧沉白見姊姊肚子大了，心中驚異。但是侯府傳話之人也不知孩子是誰的，只知道一個有孕的通房好像犯了癔症，在假山上又哭又尋死。侯夫人仁善，許了她身契，說她以前護過主子又受過傷，脫了她的奴籍，還她一個良民身。

顧沉白急急趕來，卻被隔絕在眾人之外，眼見眾婆子扶姊姊進去，自己卻無法跟著。那傳話的小廝又言府裡有事，既然事情辦妥，就催著他速速離開。

姊姊有孕之事實在蹊蹺，他暫時不敢讓父親知曉，只悄悄告訴了母親。

顧母聞言，笑著敲了下他的腦袋。「你這孩子忒傻了，你姊姊在侯府為婢，又是侯夫人賜下的身契銀兩，且金額如此之大，你竟還不明白？」

顧沉白皺眉。「就是因為金額甚鉅，才事有蹊蹺。」

顧母心裡高興。「你姊姊這是飛上天了，我悄悄告訴你，那孩子就是侯爺的。侯夫人既為主母，何故專門派人送回身契，那是給你姊姊恩典呢！」

顧沉白大吃一驚，半天回不過神。

顧母一直沈浸在女兒飛上枝頭的大喜中，也不再說話了。

第十五章　產子

自此一事，沉歡的院子裡被管得蚊子都飛不進來了。就連沉歡給世子唸書，都有婆子、丫鬟跟著，寸步不離，沉歡也不在意，每日如常。

她臨盆在即，已經沒有心思再思慮其他，閒著沒事，倒把當初沈芸送給她的那對赤金鐲子，拿了一只悄悄戴在手腕上，想著沈芸曾說這對鐲子祈福過，戴上權當保佑了。

隨著日子臨近，沉歡對自己的肚子感到暗暗驚心。

實際上後面幾個月，沉歡為防胎兒過大，已經悄悄地控制飲食。

每逢此時，如心就會眼巴巴地問：「姊姊何故沒有胃口？我看還是稟明平嬤嬤，請太醫看看為好。」

沉歡搖搖頭，近幾日她睡覺都無法翻身，由於行走不便，她已有一個月時間沒去探望世子。也不知這個月以來，世子情況如何？

越近臨盆，越要運動，肚子這麼大，沉歡擔心胎兒吸收太好，不利於分娩。因此無論如何都要挺著腰下地來運動。

服侍的丫鬟們都不贊成，都勸她歇著，沉歡不聽，今天不僅執意要走，還堅持要去世子院見世子。

如心實是沒辦法，說不動沉歡，只得來回報平嬤嬤。

平嬤嬤想著既是要生了，走路都慢，想必也翻不出什麼花樣。讓世子摸摸那產婦肚子裡的胎動，說不定父子連心，還能把世子給喚醒，遂也就爽快允了。

沉歡走得很慢，腿都是水腫的，趁她現在還能走一走、動一動，孩子還未出生，她今天必須要見到世子。

她是來告別的。

孩子比她想像中大得多，她不知道自己能否順利把孩子生下來。

古代沒有剖腹產，只有靠產婦意志硬扛，上輩子沉歡就折在生育之事上面，這次也隱隱有不安的預感。

幻言、幻娟見她肚子這麼大了還過來，兩人都有點驚訝。

幻言更是嘮嘮叨叨。「快歇著吧，妳要嚇死我們是不是？」

沉歡笑了一下。「姊姊，今日沉歡特意來和世子說說話。」

幻言、幻娟對視一眼，心中體諒她年紀幼小，初次生育，恐是心中害怕，這才過來見一見世子，找回勇氣。遂掀開簾子，由如心扶著她進屋，兩人悄悄退下。

沉歡又遣退如心，說自己想安靜待一下。

如心先是不願意，又見沉歡意志堅定，怕惹她情緒波動，萬一早產，那就大事不妙，只得不情願地也退出去，在門外和幻言、幻娟兩位姊姊說話打發時間。

這個月沉歡沒來伺候，朱斛粥可怎麼辦，以前只有沉歡能餵進去。如心一時好奇，就問了出來。

哪知道幻娟笑得眼睛彎彎，反問如心。「妳敢強迫世子服粥嗎？」
如心想到侯夫人，連忙頭搖得像撥浪鼓。「不敢不敢。」
幻娟又轉頭問幻言。「妳敢嗎？」
幻言想到世子以前淡淡的眼神，心裡打個突，連忙搖頭。「不敢不敢。」順帶反問道：「妳敢？」
於是三人都在秋日的院子裡一起搖頭，不敢不敢。
沉歡聽得好笑，心想，世子其實哪有那麼可怕。
又聽幻娟接著說：「世子肯定不吃啊，誰敢強灌他？我可沒那膽子，只有去回平嬤嬤。嬤嬤也無法，肯定只有找丁太醫。」
如心好奇了。「太醫每週定時過來餵世子服粥？」
這次幻娟沒答話，幻言倒是開口了。「這朱斛粥，我倆都犯愁，誰知這次丁太醫來了，細細檢查一番，竟說那朱斛粥可以停用了。」
三人又嘰嘰喳喳一番，竟是難得輕鬆。
沉歡挺著大肚子來到世子宋衍床邊，一月未見，世子與往昔無異，靜靜臥於那張玉席上，真應了那句玉石人偶。
肚子大了，沉歡再也不能像以前一般跪於床前伺候，她捧著肚子坐到床邊，靜靜地看著世子的眉眼。
良久之後，她喚了一句。「宋衍。」

這是第一次，沉歡沒有稱呼他為世子，而是直呼他的名字。

「我來與你告別。」

暗暗運轉經脈，正在嘗試恢復的宋衍，在沉歡進屋那一刻，就假裝閉上眼睛。

這丫頭已經有一個月未出現了，他自然懶得吃朱斛粥。

但是為何告別？

溫熱、細膩的小手握住他的掌心，熟悉的嬌嬌音，在耳邊慢慢盤旋。

「對不起。」她聲音低軟，說出的下一句卻是——「綿綿要食言了。世人皆言有緣才能修為夫妻，可嘆綿綿與世子福薄緣淺，猶如黃粱一夢。世間相遇，緣起緣滅，緣深緣淺，均有定數。世子如有轉醒一日，若是記得，綿綿開心，若是不想記得……」

沉歡嘆口氣，放低了聲音。「那就忘記吧！」

宋衍瞳孔猛地劇烈縮動，已是動怒。

沉歡毫不自知，說完後大著膽子，用手撫過那好看的眉眼，慢慢描摹，心中說不出這是何種感受。只知道這是她至今為止，牽絆最深、關係最密切的男子，若要走了，理應來告別一聲。

「天地廣闊，綿綿想出去看看，終身為婢，亦非綿綿所願。之於綿綿而言，人生短短數載……」

沉歡忽然停下來，望著滿室富貴，終是笑了起來。

「錦繡易逝，紅顏易老，宅門即是圍城。」她不想困於此。「綿綿心存驕傲，此生再卑微也絕不為妾室，沈溺於寵愛爭奪，廢此一生。」

這是沉歡第一次清晰地說出自己的想法。

「此生或許不會再見，綿綿今天來給世子道別。世子爺……」沉歡在他鬢髮間落下一個輕如點水的吻，微笑的眼睛裡有星辰閃耀亦有淚光點點。「世子爺好歹是食過綿綿心頭肉的男子，綿綿即將生產，若能順利產下孩子，還望世子莫要嫌棄，無論男女，善待於他。」

言畢，沉歡起身，不再貪戀那相處近兩年的眉眼。她走出房間，留下宋衍一個人在玉席上獨自睜開眼睛。

宋衍心氣翻湧，幾乎窒息，終於再次閉上眼睛，幾秒後睜開，已是恢復如常，波瀾不興。

宅門即是圍城，六個字烙到宋衍心間。

原來如此，這是妳的想法。

沉歡不知世子情況，卻是十幾年來心底最暢快的時刻，她幾乎人都要飄到天上去了。對著「活死人」狀態的世子，她終於說出心底最隱秘的渴望。

她徹底釋放一次自我，表達長久以來不敢表達的好惡。

她其實討厭這個社會，強權林立，等級深嚴，充滿冷意。她也討厭內宅制度，妻妾爭奪，永無止境。還有身為奴婢的既定事實，做奴婢做得如魚得水，並不代表她天生就喜歡伺候人。

沉歡的心臟跳得飛快，有種隱秘的快意。

其實沉歡知道，她的肚子太大了，狀況很是堪憂。特別是見宋衍的前幾夜，她總是夢見自己落胎後血崩而死的畫面。即使她控制了飲食，奈何孩子吸收太好，如果挺不過這關，或者到時候只能保一個……

她毫不懷疑自己會是被捨棄的一方。

說不定，她其實也沒有明天。

只有一句話她忍耐著，沒有當著世子的面說出口，就是侯夫人那句「賜妳為世子通房」。

她一直想說的是，呵，妳才通房，妳全家都通房。

通房不是她的人生追求，當個姨娘對於她而言，也不是什麼榮耀得不得了的事情。

如心見沉歡一副飄飄欲仙的模樣走出來，不禁心中暗想：沉歡姊姊在裡面幹什麼？何故有如此笑容？

幹什麼？呵呵，嘴炮奸世子，簡直太爽！

平時作為奴婢，到死不敢說的話，今天統統說了個乾淨，暢快！

沉歡懷著不可告人爽歪歪的心情，挺著大肚子打道回院子。

肚裡的孩子最近胎動非常頻繁，不知是不是受了她的好心情影響，此刻更是拳打腳踢，在肚中翻滾。

「怎這麼頑皮？」沉歡皺眉捧著肚皮，心中不捨，生下來就是別人的了。

「姊姊，是不是動得很厲害？」如心家中兄妹眾多，是見過這胎動，只是覺得為何今天這麼厲害？

沉歡撫著肚皮，心中暗暗思索，難道是維護他爹，覺得她過分了？

她忍不住輕輕拍了拍肚子，柔聲哄道：「小傢伙，安靜點。」

怎料，才出世子院幾步，一股熱流順著兩股間潺潺而下，瞬間就流到腳踝處。

沉歡剎那間屏住呼吸，不敢置信，離預產期還有二十多天，這是怎麼回事？

難道早產？

那溫熱的感覺越發明顯，沉歡猛地一把抓緊如心的手，手勁之大，捏得如心叫喚出聲。

如心正要轉頭詢問，映入眼簾的卻是沉歡驚惶的眼，皺成死結的眉。

沉歡聲音不復鎮定，隱有顫音。「要、要生了！速速稟告平嬤嬤！」

如心低頭，果然看到沉歡裙邊的血跡，嚇得立刻跳起來，趕緊飛奔叫人。

片刻間，平嬤嬤就帶著一大幫子人趕過來。

這天殺的丫頭，今日又幹了什麼，好端端的怎麼會早產？

這一通忙亂，從世子院亂到沉歡生產的院子。

疼痛似海浪，一波淹過一波。上輩子被催產的記憶在腦海裡盤旋不去，沉歡一時間驚惶到極致。

她抓著產婆的手，掙扎著喃喃問道：「我會死嗎？」

「哎喲！我的姑娘，您說什麼晦氣話，您肚子大，趁現在還沒完全發作，多保存點體力。」說完，就招呼打下手的丫鬟們，去準備熱水、剪刀、乾淨的帕子、褥子等一系列必須之物。

另外一個婆子也趕緊上來，在沉歡肚子上按壓，一邊壓、一邊引導。「老婆子姓陳，乃過來幫助姑娘生產的。剛剛那位是劉嬤嬤，姑娘您莫怕，女人都是要走這一遭的，別自個兒嚇自個兒。」

其實這陳婆子心裡也直打鼓，這產婦年幼，肚子又大，突然發作又是早產，如今還未足月，偏偏剛剛一聽這問話，顯然心態還不好。

侯府森嚴，雖不知她什麼身分，但顯然也是個貴人。

陳婆子心裡暗暗祈禱，希望別出什麼事情。「姑娘，您且按婆子引導呼氣吐氣，現在須得攢點勁！」

剛說完，又見如心端著一碗米粥進來。「嬤嬤，這是妳要的補氣粥。」

劉嬤嬤將那碗粥接過，遞給沉歡。「姑娘趕緊喝了，您未進食，這生產極耗力氣，您須得做好準備。」

此刻不容兒戲，沉歡啥也不多想，掙扎著坐起來，將那碗粥灌進嘴裡。一碗粥還未吃完，一股劇痛就襲來，沉歡痛得尖叫出聲，手裡的碗「啪嚓」一聲摔在地上，濺了一地，如心趕緊過來收拾。

這股疼痛喚起沉歡的記憶，上輩子她被灌落胎藥打胎的時候，也是這股劇痛，一波高過一波，沉歡知道這是宮縮來了。

「好痛——」沉歡忍不住尖叫出聲。

太痛了，太難熬了，好痛！

劉嬤嬤見她叫起來，趕緊拿軟布塞在她嘴裡，接著滿頭大汗檢查她的下身，一邊順著她的肚子摸，一邊引導。「姑娘省點叫！等那痛來的時候再叫，這時間還長，待會兒您沒精神可就糟糕了！」

萬一這孩子胎死腹中，劉嬤嬤擔心侯府遷怒於她。

太難熬了！太難熬了！好痛！

沉歡感覺自己已經被撕裂，過往經歷帶來恐懼記憶，她忽然有種自己熬不過的感覺。可那宮縮不會因為她的恐懼記憶而中斷，一波強過一波，每一波都猶如把她的骨頭碾碎，這會兒沉歡已是渾身大汗，嘴唇發白，雙眼發直。

陳婆子檢查她的嘴，生怕她咬斷自己的舌頭。

太疼了！太痛了！沉歡想狂叫，想捶地！

可是痛得最厲害的時候，她發現連叫聲都會中斷在空氣裡——痛到極致，陡然失聲。

熬不下去了……熬不下去了……她要死了嗎？

「糟糕了，產婦精神狀態太差，孩子頭還沒出來！」劉嬤嬤急得跺腳。

「姑娘，您想想您最重要的人，您還年輕，可不能折在這生育上啊！」陳婆子一邊推肚子，一邊在沉歡耳邊大聲打氣。

這生育之事簡直就是她的夢魘！

最重要之人？她為奴九年，何謂重要之人？

可是孩子，孩子……她和世子的孩子……

世子還未醒來，她自己還未見到外面的世界，孩子還沒出來。

她熬不住，孩子就死了，她滿腹遺憾，她不能這樣！

不能這樣！不能這樣！不能這樣！

沉歡不斷無聲地重複著這句話，意識渙散間，一種有別於生產之痛的掐痛進入感覺神經。

陳婆子掐著她的人中和手心，焦急喊道：「姑娘您要挺住啊！孩子頭已經出來了！」

這句「孩子頭已經出來了」猶如黑暗中的曙光，把沉歡瞬間從混沌的黑暗中拉了出來。

「頭出來了，妳幫我扶著孩子的肩。」劉嬤嬤指揮陳婆子。她此刻心中大喜，這孩子一出來，只要平安無事，她就是大賞。

接著沉歡感覺肚子一鬆，伴隨著一股拉扯感，一陣嬰兒的啼聲傳進耳朵。

沉歡心裡一鬆，感謝天地，強撐著坐起來，啞著嗓子喚道：「給、給我看看！」

劉嬤嬤清理完穢物，又仔細弄好嬰兒臍帶，因急欲抱到侯夫人跟前邀功，只給沉歡晃了一眼睛。

沉歡眼巴巴地看著那孩子。

小小的，皺皺的。

好小的臉，好小的手和腳。

沉歡的心，一瞬間柔軟到極致，只唯一覺得肚子依然脹脹的，沒有那麼快恢復。

「恭喜姑娘，是個哥兒。」劉嬤嬤喜不自勝，也不管餘下的事情，扔下陳婆子就把孩子抱向外間。

侯夫人、平嬤嬤、封嬤嬤和幾個府裡的老嬤嬤，還有一眾丫鬟、婆子，早已等得焦急不已。這幾個月，侯夫人瞅著沉歡的肚子過大，擔心孩子生產不順，聽見產房裡響亮的哭聲傳來，這才放下心來。

「夫人大喜！是個健康的哥兒！沈著呢！」劉嬤嬤抱著孩子，滿臉堆笑。

一時間眾奴僕皆是恭喜不斷。

侯夫人喜出望外，接過那孩子，只見和她夢中一樣白白胖胖，此刻小嘴大張，哭聲震天，看起來很健康。她愛憐地看了良久，心中激動不已，忙命人趕快通知侯爺稟告孩子降生，然後趕緊招呼平嬤嬤把早已備好的乳母喚過來，先餵著奶水，別餓著。

侯夫人眉梢帶喜，自覺多年陰霾今日一掃而空，聲音也變得柔和可親。「待小哥兒多吃幾口，抱到世子房間給我兒看看，須得父子倆好好親近才是。」

言畢，侯夫人滿意地看著劉嬤嬤。「今日府中大喜，皆有賞！」沈吟了一下，又補充一句。「待會兒把那餘下的一半銀子也送去給那丫頭，再添二十兩，讓她記得約定，我崔氏言出必行，必不會訛那餘下銀子。」說完，給了平嬤嬤一個眼神。

平嬤嬤會意，趕緊去處理餘下事宜。待得平嬤嬤匆匆回到自己院子一看，那如意趁她不在，正在攬鏡自照，塗脂抹粉，想是又有了什麼主意。

平嬤嬤獰笑出聲，招呼幾個慣用的婆子把人綁了，一碗毒藥強灌進去。又招來身邊最老實的蘋兒小丫鬟，送銀子給沉歡。

至於侯夫人那邊自不必說，眾人歡天喜地，全部奔往世子院。那邊如此熱鬧，對比還在產房裡的沉歡，就顯得有些淒涼了。

產房裡只有留下來收拾東西的陳婆子和打下手的如心，似乎沒人關心她的死活。

沉歡大口大口吐著氣，從劉嬤嬤抱著孩子出門的那刻起，那股剛剛消失不久的陣痛又再度來襲。

如心紅著眼睛，見沉歡淒涼一人在產房，竟沒一人探望，忍不住悄悄拭淚。

「陳、陳嬤嬤……」沉歡痛得抽搐，汗水一滴一滴，聲若蚊蚋。「怎會還痛……」

陳婆子和如心都過來，瞧瞧怎麼回事。陳婆子摸了一摸沉歡的肚子，頃刻間臉色大變。

這、這、這難道還有一個？

「姑娘，您用點力，千萬要撐住！說不定還有一個呢！」陳婆子試探性解釋了一下。

沉歡瞬間睜大眼睛。

還、還有一個？

生第一個孩子的時候宮口已開，沉歡順著氣用點力，陳婆婆按壓肚子，鼓勵她，只用了少許的時間，沉歡竟然又產下一個孩子。

只是這個孩子許是在母腹裡多待了一些時間，生下來半天沒哭聲。

沉歡心涼了，難道是個死胎？一時間胸中絞痛，萬念俱灰。

陳婆子見狀決定嘗試一下，拍了兩下那孩子，見沒反應，又加重力道拍了一下，突然那孩子哇的一聲吐出一口渾水，這才小小聲「哇哇」哭起來了。

比起之前那個，這個哭聲小很多。

「恭喜姑娘，還有個姊兒呢！姑娘好福氣，兒女雙全。」陳婆子也沒想到還有一個，好在生下來了。

這哭聲給了沉歡無盡的力量，疼痛消失了，疲憊消失了，之前所有的痛苦在剎那間消失得無影無蹤，她顫著嗓子激動無比。「快抱給我！快抱給我！」

接過孩子，掀開衣襟，沉歡馬上哺乳起來。這初乳最有營養，得趕緊餵給孩子吃。

小姊兒安靜地吃著，吃了就睡了，小臉巴掌大。

沉歡看著她，眼睛一眨都不眨，愣愣地流下淚來。

老天，誠不薄待她，在失去一個孩子之後，她竟然又有了一個。

陳婆子正要去報喜，沉歡卻厲聲喝止。「嬤嬤且慢！」

如心看沉歡臉色，立刻會意，悄無聲息堵住門，手裡攥著一把剪刀。

沉歡從手腕取下那只赤金鐲子，舉到陳婆子眼前。「嬤嬤的賞錢，可有這赤金手鐲值錢？」

陳婆子眼睛都看直了，卻不明白沉歡的意思。

「把這孩子想辦法運出府去，這鐲子就是報酬。」

陳婆子一聽這話，臉都嚇白，直接就跪下來。「姑娘，您也是貴人啊！怎會如此糊塗，無論哥兒、姊兒均是府裡的孩子，老婆子吃了熊心豹子膽，也是不敢！」

沉歡抱著孩子，臉色蒼白冷靜，已不復生產時的驚懼。此刻，她抱著的就是全部家產。她無力護住那一個孩子，已是傷心欲絕，此刻這一個，卻是無論如何不能離開她。

忽然間，很神奇的是，似乎生產帶來的疲憊都消失了，她從身體以及靈魂深處湧現出一股強悍的力量，這股力量驅散她生產時的虛弱、疼痛後的疲憊，以及無人看顧時的淒涼。

在昌海侯府，她可以什麼都不拿，什麼都不要，甚至那餘下的五百兩銀子都可以捨棄，但是她要帶走自己唯一的家產。

她的這個孩子是上天的賞賜。

這是她此生最珍貴的東西。

時間緊迫，不知道什麼時候會有人進來，此刻已不容沉歡再多猶豫。

沉歡當機立斷，將那鐲子塞到陳婆子手裡，讓陳婆子感受那實沈的金子重量，並揣摩著陳婆子最大的顧忌，徐徐引誘她。

第十六章　離府出宅

「陳嬤嬤，哥兒已經抱走，無人知曉我還產下一個姊兒，姊兒不比哥兒珍貴，不瞞陳嬤嬤，今日我就要出府，我一走，此事天知地知，妳知我知，還有誰知？劉嬤嬤已去邀賞，料也不過區區幾兩銀子。這赤金鐲子的分量，妳可掂量掂量。」

陳婆子口乾舌燥，嘴裡還混合著協助生產時忙碌的大汗，既鹹又渴。

赤金鐲子很實沈，若是化成金子，變為銀兩，她那兩個孫子束脩的錢就有了。

陳婆子既怕侯府發現，心中膽怯，可那金鐲子又確實誘人，禁不住面露猶豫，不像剛才那樣一口拒絕。

沉歡仔細觀察著她的掙扎，添柴加火，放柔聲音。「陳嬤嬤請想，妳與劉嬤嬤一道前來，劉嬤嬤已抱著哥兒討賞，留妳一人善後，妳能分得幾分賞錢？為我辦這一事，待我出府再將孩子接走，又有誰能知道此事？」

「我、我……」陳婆子心中搖擺，捏著鐲子滿頭大汗卻也沒放手，此刻就她們三人，確實別人並不知曉多一個孩子的事情。

如心到此刻已經完全知道沉歡的打算，她見陳婆子還在猶豫，遂一咬牙直接將鐲子塞進陳婆子懷裡，又幫她把衣服整理好。

「陳嬤嬤，妳和劉嬤嬤進屋帶著一個大籃子，裝著剪刀、棉布等相關器具，我看了，把孩子裝在籃子裡，神不知、鬼不覺就帶出去了。莫再猶豫，此刻眾人都在世子院歡呼，無人注意妳，我帶妳現在就走。」

沉歡看了一眼如心，眼中有感激。如心回望她，堅定地點點頭。

陳婆子一跺腳，下定決心，她每日奔波，到處為產婦接生，所得財物也不過寥寥。兩個月前，討好有達官貴人關係的劉嬤嬤，才求來今日的差事。

劉嬤嬤討去了賞錢，可怎能和這赤金鐲子相比？她兒子不爭氣，媳婦又拖著兩個孩子，這錢，這錢，這錢實在是太重要！

「姑娘定要來接這孩子，老婆子是萬萬不敢養著這矜貴的姊兒。」說罷，如心連忙來幫陳婆子收拾東西。

沉歡抱著睡得吐口水泡泡的姊兒親了又親，最後心一橫，將她遞給陳婆子。

陳婆子心跳陡增，將嬰兒小心翼翼地放在籃子裡，又在四周裝了一些碎布條做掩飾，接著在上面搭了些染血的棉布，顯是生產用過的，最後薄薄蓋了一層透氣的綿帕子，以防孩子悶著。

陳婆子這才小心翼翼地站起來，將籃子提在手裡。

沉歡吞了吞口水，直覺舌頭腫麻，想是生產的時候咬著了，朝著陳婆子點點頭，又期盼地看著如心。

幹這樣的事情，如心自己也是雙腿發顫，心跳之聲似在耳邊。她強壓下心中的恐懼，做出承諾，語氣之堅定，竟是沉歡與她相處以來第一次見到。

「姊姊放心！如心必報姊姊當日救命之恩！」說完，不再回頭，拉著陳婆子推門而出，出去後還幫她把門掩上。

陳婆子一走，沉歡心裡就空落落的，彷彿世界缺了一塊。她必須今日出府，如果成功，孩子就在外面等她！

沉歡瞬間力量無窮，一把扯掉身上的被子，翻身下床。哪知道腳一沾地，就是一片虛軟，竟「砰」的一聲跪下去。

沉歡掙扎著爬起來，見腿間還有血，胡亂拿用過的帕子擦拭乾淨，又換上旁邊放著的褥褲，紮好衣衫。此時，沉歡心中一刻不能等，想到被抱走的兒子，又想到不知能否出府的女兒，只覺得這時間彷彿靜止了，怎麼如此漫長。

比她九年來等待贖身的日子都還要漫長。

正在收拾，忽然聽到有人進院子，似在朝她這邊走來。她心中警惕，立馬躺回產床上，用被子蓋住下身，裝作虛弱無力的樣子。

萬萬沒想到的是，進來的人居然是服侍平嬤嬤的小丫鬟蘋兒。

原來今日侯夫人喜氣洋洋去世子院，平嬤嬤自然喜氣洋洋跟著隨行。因侯夫人打發平嬤嬤將那餘下的一半銀子送來給沉歡，平嬤嬤一是想跟著侯夫人和大家熱鬧，二也不想去產房血腥之地沾染晦氣，就把這差事打發給身邊這個老實的小丫鬟。

蘋兒萬萬沒想到，沉歡產子如此大的喜事，居然產房只留下產婦一個人，連水都無人服侍。她一時間氣從心起，眼圈紅紅，低聲抱怨。「這些天殺的勢利眼，竟然都奔著孩子去了，讓姊姊一人在此受苦！」

沉歡沒想到是她，見她托著一個盤子，試探性問道：「蘋兒，妳怎麼來了？」

蘋兒年齡小，被沉歡一打岔，這才想起自己來幹麼，連忙破涕為笑，將那一封嶄新的銀子送給沉歡，還替沉歡倒了一杯水，想伺候她喝。

沉歡不想蘋兒在這裡耽擱時間，只得就著她的手喝了，這才發現原來侯夫人將當日許諾的餘下五百兩銀子，還額外添了二十兩送過來。

這意思也是讓她快點滾了。

真是正合她意，沉歡接過那銀子，也未多話，只說頭痛，提不起氣說話，想要休息。哪知道蘋兒卻忽然趴在沉歡床邊大哭起來。

蘋兒一邊哭、一邊哽咽，沉歡聽得腦門疼。

原來她是知道自己要出府，想求著一起出府。

沉歡嘆口氣，母性驟然升起，想到她在平嬤嬤手裡頗受折磨，自小不知挨了多少毒打。又念著她年齡小，不禁摸了摸她的小團子髮髻。

「可曾想過出去做什麼？」

那小丫頭呆呆的，似乎被問住了，她只是想逃離平嬤嬤的折磨，她忍了好多年，挨打、掐肉、熱水潑臉，幸得如意過來了，平嬤嬤換了一個發洩的對象。

沉歡一見就知道她心底所想，拍拍背安撫道：「為人下人難免受到不公待遇，若是一味哭泣忍讓，於事無補。妳若是心有不甘，就好好上進，就算為人丫鬟，亦有出路，三等、二等、一等、管事娘子乃至嬤嬤，都是出路。切勿自怨自艾，自絕生路。」

蘋兒搖著頭，一味癡纏，不停哭著叨念著。「姊姊，妳帶我走吧！嗚嗚，妳帶我走吧……」

上進？她不識字，沒唸過書，平嬤嬤也從未教過她什麼，在平嬤嬤手下，她如何上進？

沉歡產後虛弱，一口氣說完，已是上氣不接下氣，心中焦急，為什麼如心還不回來，莫非出了什麼事情？又看蘋兒哭得厲害，知她實在是被虐打怕了，便將之前侯夫人賞的一些珠花、衣裳和一兩銀子贈給她。

「姊姊沒有能力將妳帶走，這些東西妳留著體己或者換成銀錢也可。」沉歡擦了擦蘋兒的臉，又握著她的手。「姊姊只是想告訴妳，命這東西，在自己手中，好好握著，緊緊握著，不要輕易地交給別人。」

蘋兒其實有副好相貌，奈何儀態不好，又時常受傷，反倒忽略了。

蘋兒再一次呆住了，沉歡的手其實不熱，反而是涼的，濕濕膩膩的。

沉歡強忍著如心還未回來所帶來的焦躁不安，只說要休息，把渾渾噩噩的蘋兒打發走了。

蘋兒如遊魂般走出房間，手裡握著沉歡贈與她的東西，捏得很緊很緊，捏得她自己都感覺那銀子弄得手心疼痛不堪，捏得她心中希望和絕望交織，如有火在焚燒。

將銀子包好，沉歡望眼欲穿，也沒心思數，多寡無謂，只擔心如心那邊莫非是出了什麼事情？

一時間心亂如麻，沉歡又從床榻下來。這次沒腿軟，竟是穩穩站著，可見人的意志是無窮的。

「姊姊怎麼下床了？」如心終於推門進來，也是吃了一驚。

沉歡抓著她的手，將她手臂勒得刺痛，急忙追問道：「怎麼樣了？」

如心鄭重地點點頭，把出府怎麼走，路上又遇見封嬤嬤的事和盤托出。

封嬤嬤問候沉歡，又追問籃子裡是什麼，那陳婆子作賊心虛，嚇得雙腿發軟，如心立刻答道是生產時的穢物，須扔出府去，還主動掀了一角帶血的布條給封嬤嬤看看，封嬤嬤也未多說，這才一路出府。

中間的驚險程度非現在三言兩語能說清楚，又怕那姊兒忽然醒來，啼哭出聲，走到大門這短短時間猶如走了一年。待陳婆子進驢車，約定好地點時間，如心這才不再耽擱匆匆回來。

沉歡一直懸在半空、被人緊緊捏住的心臟，此刻終於放了下來，恢復正常的心跳。她顧不得什麼，把銀子整理好，急匆匆地收拾。

「侯夫人已經送來餘下銀兩，我今日就要離開。」

如心大吃一驚，沉歡這才剛生產完啊！

雖然早已明白沉歡的打算，但是當如心真正面對沉歡的離開時，才覺得心中不捨，重心全無。

她以後在這侯府又該如何生存？

如心知道沉歡身契已拿，真正是良民了，忍不住觸景傷懷，跪在地上。「姊姊，如心知道這強人所難！如心也知道姊姊有自己的打算，如心斗膽，求姊姊憐憫，帶著如心一起出府。」

沉歡也吃驚，如心竟然也要出府？猶記當初入府，如心、如意是何等欣喜異常。何況侯府當差，月銀豐厚，與貧苦人家女子的生活已經天差地別，很多人那是打都打不出去。她不知如心何時竟然也有這樣的心思。

沉歡反覆和如心確認，如心意志堅定，只說自己已失身於那人，在侯府觸景傷情，被人知道更是不堪，想要重新開始，願拿出自己所有銀錢打點，最重要的是——

「姊姊……」如心話頭一轉，聲音隱隱帶顫。「侯夫人……侯夫人她、她……她不會讓我活著的。」

沉歡心中一凜，如心的話切中要害，陰女之事乃侯府隱秘，以侯夫人之行事作風，如無當初以胎兒要脅，只怕她自己也只會被秘密地處決在這深院裡。

但當初入府，幾人俱是死契，這事還得馬上周旋。

看著如心，沉歡鄭重地點點頭，又想了一下，不要如心的銀子，只讓她自己留著。

她讓如心馬上找來封嬤嬤，就說有要事相商，隨即兩人把房間收拾了，儘量少點血腥氣。

片刻後，封嬤嬤到來，沉歡掏出二十兩銀子，軟語求封嬤嬤周旋，今日產子，侯夫人肯定高興，否則也不會爽快送來餘下五百兩銀子。

封嬤嬤也不推辭，只說小事一樁，陰女既已產子，於府上無用，倒添危機。只是此事要成，機會只在今日，時間一過，又要生波折。她笑了一下，收了那銀子走了。

如心惴惴不安，既感謝沉歡那二十兩銀子，又擔心此事不成。

沉歡比她淡定，指揮著她打包袱動作要快。「妳放心，封嬤嬤做事謹慎，她既能在侯府做到今日地位，必不是吃素的，她開口說是小事，那就不會是太大的事。」

一炷香的時間，封嬤嬤居然攜了如心的身契過來，交到沉歡手裡。

沉歡和如心自是感激不盡。

封嬤嬤嘆口氣，走時看了沉歡一眼，語重心長。「那哥兒在世子房間，姑娘既要走，還是要去給世子爺磕個頭。」

待封嬤嬤走後，沉歡把身契給如心，如心不接，只說是沉歡買了她，她跟著沉歡。時間有限，沉歡也不和她糾結此事。

「姊姊，我們要去給世子爺磕頭嗎？」此時所有東西俱已收拾妥當。

沉歡沈默，最後搖了搖頭，她要去，那也得侯夫人肯。今日送來銀子即是提醒沉歡，趁她沒改變主意，早點滾吧。

此時世子房間肯定無比熱鬧，侯爺、侯夫人、家奴、婆子、丫鬟塞了一院子。

再見亦是不見，罷了吧！

揹著東西，如心扶著沉歡，慢慢往院外走去。才走了一半，忽然聽見世子院那邊突然發出巨大的喧譁聲，顯然是發生什麼大事。

沉歡緊張了起來，莫非孩子出事情了？

「世子爺醒啦！世子爺醒啦——世子爺醒啦——」一名小廝衝出來奔相走告，手舞足蹈，欣喜異常。

沉歡大驚！

世子醒了？徹底醒了？

如心趕緊拉住那小廝詢問情況。

小廝沿路吼得嗓子啞了，他和如心也認識，一邊喘著氣，一邊說：「世子真的醒了！喚夫人母親呢！夫人都高興哭了！」

如心亦高興，不過是替沉歡高興。她知道沉歡被侯夫人逼離開侯府，現在世子爺已經醒來，沉歡就可以去世子爺面前求恩典，沉歡的身分就能名正言順了。

「姊姊！我們去求世子爺讓妳留下！」如心拉著她，喜出望外。

沉歡也替世子爺高興，又想到發生的一切，只覺春夢了無痕。

世子少年英才，纏綿病榻，如今能醒，以後必是前程錦繡。

「不用，我已與世子道過別了，世子身分高貴，我為奴婢，不敢高攀，走吧！」說完，竟獨自往前走去。

如心不解，替她著急。「姊姊，妳為世子產下子嗣，現在世子已經醒來，妳為何不去為自己爭一爭？」

爭個姨娘身分，在如心眼裡這才是正常的。

沉歡莞爾，腳步不停，只是搖頭。「宅門即是我的圍城，我不願困此一生。走吧，莫要耽擱。」

如心不懂何謂圍城之說？看她意志堅定，只得隨沉歡出去。

此時，整個侯府喜氣洋洋，劉姨娘產子，下人都得了賞錢，世子有後，那肯定又有一輪賞錢，世子醒來，那更要加一輪賞錢。

眾僕無心做事，都想跑到世子院外討賞。

沉歡低著頭，加快步伐。

當初她和如意、如心入府時走過的這段路，此時卻成出府的路，路一樣，心卻不一樣了。

穿過一個個迴廊走道，身邊的奴婢十之八九都不認識沉歡。又因她低著頭，顯得虛弱，都以為是平嬤嬤又發賣了哪個不懂事的丫鬟。

待出了儀門，當年入府時見過的朱紅大門，赫然映入眼簾，莊重肅穆、巍峨厚實依舊。所有的情緒一瞬間如迸發的岩漿，迫不及待地破胸而出，洶湧澎湃地直衝腦門。

時隔近兩年，侯府一如當初恭肅嚴整，軒昂壯麗。當時入府，此時出府，她還是她，又似乎不是她。

看門的僕從早已經得到通報，打開角門，放兩人出去。沉歡不敢耽擱，趕緊抬腳跨出門檻，隨即角門關閉，兩人站在門口。

沉歡一時間不敢相信自己已經出來了，忍不住回頭再看一眼昌海侯府的大門，確認一下是否身在夢境。
銅鎏金的獸頭輔首門環，青色抱鼓石，還有那對威武的石獅子。
記憶重疊，時光倒退，那時她懷著忐忑的心情，在一個還未亮的早晨，來到這個充滿未知的地方。
隨後她開始服侍世子，並在此為世子留下孩子。
最後一次向世子的告別，是她產子之前。
世子宋衍，今生怕是不能相見了。
這段人生如春夢，醒後了無痕。
沉歡甩頭，將黑曜石般的眼睛從腦海裡硬生生擠出去。她深深吸了一口氣，大步朝如心找好的馬車方向走去。
還有一個孩子在等著她，她告訴自己，不要留戀，大步走吧！
侯府占地寬廣，馬車一路行走，走了半條街，才走出侯府的地盤。
沉歡一邊焦躁地想著孩子，一邊盯著侯府的牆愣愣出神。
天空以從未有過的寬廣姿態，出現在她頭頂，如此寬廣。
沉歡無聲呢喃。
飛翔吧，像那自由翱翔的鳥兒。
跳舞吧，就算沒有任何人欣賞。
奔跑吧，哪怕摔斷了雙腿。

活著吧，即使人生再怎麼卑微。

這是全新的開始，人生這條路只要開始走了，或許只有上天才知道它將通往何方。但是你若不走，就連改變的資格也沒有。

沉歡閉上眼睛，用力地吸了一口氣，這是自由的味道，帶著久別重逢的欣喜和吶喊。

也是顧沉歡不問前程，但求無悔的人生。

宋衍靜靜地斜靠於榻上，有一半的表情隱匿在黑暗之中。

侯夫人如小廝所言真是激動得哭了，當宋衍那聲「母親」低低傳入耳朵的時候，她都害怕是不是自己作夢，想得太久，以至於幻聽。

宋衍久未說過話，聲音沙啞異常，卻很清楚。

世子院又一次炸開了，幻言、幻娟、頌梅、前院的小廝悉數湧進來。

片刻之後，侯爺宋明也急急從宮中趕回，先是通報產子，後又通報世子醒來，他不敢相信，匆匆回府。

當看到兒子真的將眼珠轉向他這個方向時，宋明眼中也有濕意。

「父親。」宋衍微微一笑。

「醒了便好。」宋明上前，仔細瞧著兒子，壓抑著久違的激動。

侯夫人這才想起，今天還有一件喜事未向兒子言明。兒子既然醒來，總得把孩子的事情解釋清楚，又想到中間過程曲折，一時間竟然不好開口。

宋衍幽幽的眼珠盯著侯夫人，隨後是乳母手裡的孩子。

乳母有點惴惴不安，忽然看不透世子是否喜愛這孩子，猶豫著是否要抱過去，不禁求救般望著侯夫人。

侯夫人被兒子一盯，心裡一時也有點尷尬。兒子人事不醒之時，她出此下策，以陰女之婢，未經兒子同意產下一子。

恰逢平嬤嬤回來，按之前和侯夫人商量好的說詞，在侯爺面前稟道：「侯爺、夫人，那丫頭沒福氣，竟是沒熬過，老婆子已經命人帶出去厚葬了。」

這沒熬過的人，就是對外宣稱的世子通房沉歡，拖出去葬的人，卻是被灌了毒藥、頂替沉歡的如意。

知道的人都替沉歡嘆了口氣，可憐她沒福氣。不知道的人，根本連世子通房的丫鬟是誰都不清楚。

「行了，世子剛醒，別吵著他。散去吧。」侯夫人發話，於是平嬤嬤帶著一眾丫鬟退出去。

宋明對這些後院之事毫不在意，只看一下那孩子，瞧見是個哥兒，更是激動，心情大好，言要設宴大邀賓客，並馬上稟報聖上。一邊叮囑乳母好生養著孩子，一邊叮囑宋衍務必保重身體，這才在小廝的伺候下走了。

乳母抱著孩子，一時間不知道該退還是不該退，低頭站著，心道：莫非這孩子……以後可憐了。

連個下人都想的是，世子身分高貴，醒來之後必擇貴女為正妻。世子若不醒，這孩子雖為庶出，卻可媲美嫡子，現在世子醒了，以後所娶正妻之子才為嫡子，這孩子就顯得沒那麼重要了。

一時間，她對自己的乳母身分也失去最初的興奮。

侯夫人自然也是明白，可又捨不得那白白胖胖的哥兒，轉頭對宋衍說：「你臥床不醒多年，為保你子嗣，母親替你擇了一位家世清白的通房丫鬟。」說完又嘆口氣。「誰知那丫頭是個沒福氣的，生這孩子難產，孩子出來了，自己卻沒了。」

侯夫人原本以為兒子素來謹慎多疑，自然會多追問幾句，不禁在心裡盤算著怎麼回答孩子母親一事，才能糊弄過兒子。

卻見宋衍以略乾涸沙啞的聲音，徐徐問：「之於母親而言……宅門……是否亦是妳的圍城？」

「什麼？」侯夫人一時以為自己聽錯了。

宋衍閉上眼睛，沒有再開口。

宅門即是圍城。沉歡告別的話清晰縈繞在耳邊。

侯夫人怕他剛醒精神不濟，累著了，權當自己聽岔了，也沒追問，只是示意乳母將孩子抱到宋衍跟前讓他瞧瞧。小孩子才出生，吃了就一直睡，此刻也沒鬧。

宋衍身形未動，直到乳母將孩子遞到他面前。

侯夫人怕兒子不喜，遂小心觀察兒子的表情，哪知此時他卻直接抬起頭，與侯夫人四目相對。

宋衍自小聰慧，侯夫人在他面前說孩子母親死了這種謊話，一時心裡竟有點心虛。

房間很安靜，一根針掉到地上都能聽見聲音。

良久，宋衍點了點頭。

「好生養著。」

乳母鬆了一口氣，她從未離這外界傳聞中的侯府世子如此之近，外界傳聞昌海侯府世子絕世出塵，雖年未及弱冠，卻文武雙全，如朗朗明月，美儀姿，好性情，可今日之見卻甚是冷淡。

侯夫人鬆了一口氣，又記掛那孩子剛出生，怕出來過久回去生病，趕緊招呼乳母抱下去好生看著。又見兒子今日初醒，臉色仍是蒼白，怕他疲憊之後，病情反覆，遂牽著兒子的手，軟語安慰一陣子，這才回到正院。

宋衍靠於榻上，閉上眼睛假寐。他今日初醒，極易疲憊，多年臥床的後遺症，就是渾身每個骨節似乎都不是自己的，無法控制還伴隨著不適的疼痛。

片刻之後，幻言、幻娟進來伺候，兩人驚喜激動之餘，又有點擔心，不禁對看一眼，妳催促我上去，我催促妳上去。

宋衍抬眼，瞥向那仍在悠悠飄散的定魂香，淡聲道：「滅了。」

幻娟不敢耽擱，連忙過來熄滅。

「孩子母親何在？」宋衍問幻言。

幻言不敢說假話，連忙跪下來。「稟世子，乃一名喚顧沉歡之婢女，由夫人賜下。今日產子，剛平嬤嬤說的就是這位，難……難產走了。」

宋衍微垂眼簾。

難產走了？

幻言、幻娟不知世子何意，兩人心中俱是惴惴不安。

宋衍繼續閉著眼睛，讓兩人退出去。

房間暗黑一片，猶如他以前沈睡的每一個晚上，那時候沉歡都會帶著書過來讀給他聽，有時候大放厥詞，有時候又有奇思妙想，「綿綿我怎樣，綿綿我怎樣」地喋喋不休。

畢竟初醒，還未完全恢復，再睜開眼時，已是深夜時分，房外悄無聲息地出現兩個影子守在門口。

「進來吧。」宋衍嘗試著活動身體，慢慢靠自己的力量撐起上半身，斜倚於榻上。

「世子。」聲音激動無比。

進來的兩個青年，竟長得一模一樣，均是一身黑衣，二十歲左右的樣子，此刻兩人跪於地上，虔誠無比。

宋衍盯著地上跪伏的兩人，慢慢問道：「我昏睡期間，可有人拜訪？」

「陸首輔家陸公子、安定伯世子展公子，均是定時探視。只是夫人不願外人打擾，偶有阻攔。」

「父親如何？」

「侯爺與首輔崔入海不睦，時有爭執，近期似有加劇之勢。」

「何人為我診治？」

「皇上賜下太醫院聖手丁太醫，夫人又找了京城有名的余道士。」

宋衍在黑暗中微微挑起眉毛，他動了一下，似乎想要躺下。

他沒吩咐，無人敢去扶他，兩人雖想動卻又不敢，是故依然跪著。

「我醒時，顧沉歡何在？」

「夫人賞了銀兩，言小哥兒生母已死，顧沉歡產子後已出府。」

房間有短暫的沈默，甚至有點窒息。

「去吧！」宋衍倦了。

兩人卻你看我，我看你，似有猶豫。

「還有一事，須給主子稟報。」

「報。」

「那顧沉歡疑似還產下一嬰孩，男女未知，因世子轉醒，我等就速回世子院落。」

又是一陣長久的沈默後，宋衍竟然詭異地笑了。

「下去吧！」

兩人不敢猜度他的心思，無聲無息地隱匿了，了無痕跡。

嬌嬌的聲音如在耳邊，雖然未見其人，那聲音卻此生難忘。

「世間相遇，緣起緣滅，緣深緣淺，均有定數。」

「世子如有轉醒一日，若是記得，綿綿開心，若是不想記得……那就忘記吧。」
「宅門即是圍城。」
「綿綿不願廢此一生。」
宋衍在黑暗中伸出雙手，黑曜石般的眼睛沈靜異常，手指修長有力，每一根都曾被沉歡細細擦拭過無數次。
他在黑暗中無聲無息地笑了。
與此同時，外面的陳婆子正在接頭的地方等得愁腸百結，心裡後悔不迭。萬一這貴人說是要出來接，但又沒出來接這孩子，她可怎麼辦？難道又還回去？那不是找死嗎？自己養？老天爺，她從哪裡解釋這忽然多出來的孩子？正在跺腳間，忽然看到送她出府的婢女如心，攙扶著一個披著淺紫色大披風的女子停停走走、走走停停地往她這裡過來。
陳婆子糾結半天的心終於安定，連忙抱著孩子迎上去。「哎喲！我的姑奶奶們，總算來啦！老婆子我都要等不住了！」
沉歡心裡激動，陳婆子說什麼她一句都沒聽進去，伸手就把孩子死死抱在懷裡。看到此刻孩子睡得沈沈的，小嘴巴還一翹一翹的，心裡的石頭才落到地上。
孩子剛出生不久，隔一段時間就需要哺乳，她得趕緊找地方安頓下來。

何況今日出府，看起來風平浪靜，實則萬般凶險，馬上回顧家，恐會生出不必要的波折，她產子體虛，為了以後著想，至少得把坐月子的時間先熬過去。

「嬤嬤，我和如心今日才出來，嬤嬤可有認識的人能租個院子，能讓我們姊妹暫時落腳歇息？」沉歡到此刻已經非常疲憊了，全憑著一股毅力支撐自己，如今孩子平安，她才覺得渾身虛軟，幾乎開口說話都很艱難。

「這……」陳婆子有點猶豫，她收了沉歡一大筆錢，安頓一個住處不過順手之事，她做穩婆出入各色人家中，自然消息門路也甚寬廣，但是……

沉歡看出陳婆子的擔憂。「嬤嬤，我和如心均是自由身，乃侯夫人賞了恩典、脫了奴籍，不然嬤嬤以為我倆神通廣大，還能逃出那偌大的侯府？嬤嬤不用擔心。」

陳婆子這才放下心來。想來也是，兩個大活人若是逃奴，哪能如此明目張膽？隨即笑自己多心了。

如心不想沉歡再說話，她也看出來了，沉歡撐到現在已是精疲力盡，現在急需找個地方休息安頓，遂催促那陳婆子安排。一夜之間，如心似乎長大不少。

最終，沉歡暫時住到陳婆子家裡。一則陳婆子兒子出門辦事幾個月不回來，家裡只有媳婦和兩個孫子，二則沉歡住這房子，她可以收租，又多一筆進項，何樂而不為，遂歡天喜地張羅去了。

待到一切安頓好，都已經是晚上了。

沉歡已到極限，沾床便睡，只不過睡到中途，一聞孩子啼哭，又馬上睜眼哺乳，一夜反反覆覆，睡睡醒醒，自不用細表。

好在她乳汁夠吃，小姊兒吃得飽飽的，如今吃了就睡。

這一夜，沉歡竟然沒有作夢，待醒來的時候已是天色大亮。她作為奴婢，自然從未醒得如此晚過，心裡一緊張，馬上就要撐起身來。

如心見狀，連忙按住她的肩膀，驚訝道：「姊姊，妳起來做什麼？快躺著！」

沉歡愣愣的，忽又想起孩子，立刻低頭察看，待看到小姊兒在身邊，這才放下心來。

她……已經離開侯府了……

有點難以置信，她幼時入府，為奴多年，每日都按府裡規定的時間起床、漱洗、伺候主子用餐、梳妝、盥洗。進侯府之後，又定時服侍世子用粥，盥洗，晚上唸書。

如今，都不用做了。

而且，世子也醒了。

沉歡努力甩了甩腦袋，把世子從腦子裡擠出去。侯夫人若是知曉她竟然膽大包天，將世子的孩子偷出侯府，只怕她不死也要去掉半條命，世子也定不會饒她。

思及此，一時間心跳加速，恐懼席捲大腦。

可是大兒子已被抱走，此生還不知道能不能再見，她實在無法接受小女兒再留在侯府。

而且世子既然醒來，以後娶妻生子，自己生的這個庶長子就是個尷尬無比的角色。

如果無人疼愛，待得主母進門，如果不容……沉歡想到忠順伯府幾個庶子、庶女的情況，生生打了個寒噤。

而今她只有期盼他能得到侯夫人看護，希望世子能疼愛這個孩子。

一時間，沉歡心中五味雜陳，一會兒始終掛念著另外一個哥兒的安危，一會兒又覺得自己把姊兒偷出來，那姊兒就是個平民老百姓，姊兒以後知道自己是侯府血脈，會不會怨她多事？

反倒是如心看出她的心結，過來安慰她。「姊姊別多想，姊兒有妳看護必然健康成長，待她大後找個殷實人家做個正頭娘子，豈不美哉？」

兩人說說笑笑，漸漸忘記之前在侯府的擔心受怕，竟是從來沒有過的放鬆。

沉歡拿出一吊錢作為伙食費，要如心招呼陳婆子去買肉、買雞、買蛋，還要買黃黃的小米來熬粥。

身體是革命的本錢，要想以後帶著孩子過好日子，先得把身體養起來。

至此，沉歡終於萬里長征踏出了第一步，脫了奴籍。

第十七章　再見世子

好景不長，陳婆子家裡多了兩位年輕貌美女子和一個孩子的傳聞，開始在鄰里之間傳揚。

此時，沉歡在陳婆子家裡待了五個月，已經坐完月子，她的身體也完全恢復了。只是姊兒畢竟還小，沉歡還需要哺乳，此時回家帶著孩子沒找到萬全的說詞。所以沉歡並未給家裡傳遞任何消息，顧家上下都還以為沉歡在侯府飛上枝頭當姨奶奶。

為了減少鄰居的注意，沉歡減少孩子以及如心露面的次數。成天關在陳婆子院子裡幾乎從不出門，由陳婆子的媳婦帶回一些外面的消息。

這幾個月以來，外面傳得最熱鬧的就是三年前昏迷不醒的探花爺得了皇上青眼，破格提了翰林院修撰兼太子伴讀。這不算什麼，關鍵是這探花爺乃是昌海侯府世子，勛貴出身，以後襲爵，那還是一等侯。老百姓津津樂道沒什麼，宮裡也熱鬧了。

勛貴子弟們揚眉吐氣找到代表，雖不是狀元，那也是殿前三甲，萬裡挑一。

狀元陸麒哭喪著一張俊美的臉，被宋衍坑了，本朝狀元流行尚公主，他這個狀元，簡直就是墊背的！

文官們不幹了。

你為什麼非要來翰林院？

你難道不知道翰林院的潛規則，就是以後直通內閣嗎？

一時間朝廷局勢有一些詭異的變化，大律皇帝最愛左右手互搏，安撫下文臣，安撫下勛貴，指導下太子，也算樂在其中。

沉歡知道世子爺以後是要出仕，在她看來，三年前世子就該得到的讚譽，如今只是因纏綿病榻、姍姍來遲而已，沒有什麼好驚訝的。

她煩惱的是目前的狀況，除了哺乳從不帶小姊兒出門之外，這孩子從哪兒來的問題，她要處理清楚。

她脫籍為良民，需要在官府持身契登記，她的名字如今也是掛在顧家的戶帖之下，這沒問題。

有問題的是她在戶帖的登記是尚未婚配。

既然尚未婚配，她何以多出一女？她只能把孩子偷偷養著，從不抱出來。

若她此時承認孩子是自己的，那麼婚前失貞，未婚產子，這何等驚世駭俗，肯定流言四起，姊兒一定會被周圍非議為野種。

野種不說，最致命的是自己在侯府當差，贖身回來後忽然帶了一女，這就太可疑了，說不定有多舌之人傳她在侯府和下人有染云云，再傳到侯府，豈不生疑。

一個蘿蔔帶出泥，她一切努力豈不白費？

若是解決不了孩子的身分問題，孩子慢慢大起來，外人看到也會覺得蹊蹺，萬一官府判個「引誘人口」或者「掠人買賣」打成拐子，她真是吃不完兜著走。

思來想去，沉歡都沒想到最佳的處理方式，只覺得好不容易光明了幾個月的生活又是一團亂麻，遂決定先回顧家，從母親手裡把身契和銀子拿回來後，再圖其他。

然而，理想很豐滿，現實很骨感。當她出現在顧家門口時，她驚呆了。

這一定是她打開的方式不對。

她的父親也驚呆了——姨娘歸寧？

她的母親也驚呆了——姨娘歸寧？

他父親新買回來的小妾也驚呆了——怎麼又多出個美貌女子？

「女兒怎麼忽然歸家？」顧父首先覺得不對。

顧母也覺得不對，女兒不是想像中的綾羅綢緞，反而相當樸素。

沉歡也覺得不對，這嶄新的院子、家具，後面還擴了兩間房，也是嶄新的物件，還有這忽然多出來的年輕女子……

一切事物都讓沉歡覺得不對勁，家裡哪來的錢？

「女兒既已贖身為良民，自然可以隨時歸家了。」沉歡走進去，慢慢打量著家裡，一邊打量，一顆心漸漸沈下去。

顧母一把抓住沉歡的手，不敢置信。「什麼意思？隨時歸家，侯府哪有這規矩？」

難道女兒出了什麼事情？

沉歡拍了拍母親的手。「哪裡，女兒已是良民，侯夫人恩典放女兒出來了。」

「什麼！」顧父大叫一聲，之前從婆娘嘴裡得知女兒被主子收用，如今應是要穿金戴銀當姨娘了，這會兒忽然歸家，難道是被趕出來了？

他一邊想，就一股腦地問出來。「妳莫不是被侯府趕出來了吧？」

顧母連忙接話，安撫顧父。「你說些什麼渾話，女兒可是身……」那個孕字，在沉歡冷颼颼的眼光中被顧母吞了下去。

女兒還未出嫁，還要名節，她未親眼所見，是故一直忍著沒把這事說出去。

「妳說！妳這不爭氣的渾丫頭，是不是被趕出來了？」

「父親，女兒出來，難道你們不為女兒歡喜嗎？」沉歡沒有想到父母會是這樣的表情，原本還有點小雀躍的心沈到谷底。

顧父眉毛倒豎，指著她問：「妳這沒用的渾丫頭，讓妳好好伺候，妳不好好幹，妳先說！侯爺有沒有收用妳？爹爹一定去給妳討回公道！」

討回什麼公道？再去訛詐一筆銀子嗎？

「孩子她爹，先別罵，聽綿綿自己說說！」顧母此刻已經確認沉歡不似說假，心裡也直打鼓。

女兒把這麼好的差事丟了，以後可怎麼辦？

沉歡不想和父親解釋，當初賣她為奴毫不憐惜，如今也沒指望能有什麼好話出來。

「母親，侯府讓人送來女兒的身契和銀子，今天女兒先來取一些。」

顧母臉上一僵，和顧父對看一眼，又看看那小妾，一時間心裡又氣又苦。那銀子原本她好好收著，哪知被顧父發現了，登時把家裡翻了個遍，終於在床底下找到銀子和身契。

顧母自然要來搶，兩人爭奪撕罵一番，最終顧母拗不過男人，被拿去了一百兩，隨後又被慫恿把家裡重新整治一番，還多修了兩間房出來。

顧母這才鬆口說，沉歡是飛上枝頭做姨娘，這銀子就是侯夫人賜下的。

顧父一生務農，何曾見過如此多的銀錢，被同村幾個不實誠的人哄著喝酒要錢，瞬間就花去不少。

花花世界簡直讓顧父大開眼界，不久他就把一百兩銀子揮霍一空，又從顧母手裡搶了五十兩，置辦一個小妾。

那多出來的房間，就是修給小妾住的。

顧母稍加阻攔，顧父就一臉凶相，要不就是休了她下堂，要不就是把她也賣了。顧母起初哭了幾天，後面沒辦法，把餘下的藏起來，想著女兒也不缺這點錢，就安心花了一些。

沉歡肝都氣疼了，說話嗓子都在抖。「剩下多少？全部給我！」

顧母想去拿，顧父一把阻攔，咬牙切齒，誓不甘休地追問道：「妳這渾丫頭說清楚，是不是以後都不在侯府當差了？那妳還回伯府嗎？妳倒是說話啊！那侯爺若是收用了妳，哪家還肯娶妳去做正頭娘子！妳趕緊給我回去！」

一句話提醒了顧母，顧沉白返家說沉歡已有身孕，但是如今看女兒，身材窈窕，也不像生育過的樣子，她一時間也搞不清楚兒子有沒有說謊了，禁不住急道：「妳趕緊回個話啊？說得不清不楚的，那侯爺若是收用了妳，妳這樣不清不楚地出來……」顧母又是著急，又是痛心疾首。「算是個什麼事啊？」

沉歡心裡涼涼的，沒有人關心她在侯府是否受苦，是否被主子打罵，是否朝不保夕，她就是那不知好歹的渾丫頭，侯府有金子她不撿，非要出來受苦。父母不認同不說，反而認為她瘋了，因為她沒有在通房加姨娘這條路上死磕到底。

沉歡很想流淚。自生育那天流過一次，之後的五個月，她每天都是笑咪咪的，但是今天，她又想流淚了。

顧母也看出沉歡神色不對，畢竟親生骨肉，雖然她不理解還滿腹疑問，但也不想逼迫女兒，遂開始打圓場，先把男人打發走了。

走之前，顧父聲色俱厲地叮囑，不准交出餘下銀兩和身契，非要沉歡說個清楚。

沉歡不想現在再生事端引起懷疑，只說父母想多了，她還會回去侯府，這才安了顧父的心，罵罵咧咧地帶著小妾走了。

等顧父一走，沉歡立刻追問母親銀兩情況。

顧母吞吞吐吐，囁囁嚅嚅，這一年時間以來，各種花銷，添置家具，修葺房屋，置辦小妾，還了舊債，五百兩銀子竟是花掉大半，目前二百兩都不到。

沉歡現在不只心疼，她覺得自己是心肝脾肺腎，個個都疼！

她已經憤怒至極，還很失望。

母親又哭了起來，未嫁從父，嫁人從夫，夫死從子，這是她根深蒂固的觀念。如果家裡沒有男人，等於是家裡的天塌下來，所以當年婆婆賣沉歡，她雖抗爭了，沒堅持下去。如今顧父置辦小妾，她還是抗爭了，也沒堅持下去。

因顧父的威脅，母親不敢交出她的身契和銀兩，沉歡今日才回來，也不好動靜太大，只說自己還要回侯府當差，匆匆就回了姊兒身邊。

一生氣，奶水就不好，見女兒吃得很費力，沉歡不停安慰自己，事情已經發生，少嘔氣，多想辦法解決。

如心不明所以，以為沉歡有難言之隱，也沒追問，遂把今天陳婆子的孫子買糖回來說的話，細細分析給沉歡聽。

那小孩去外面買糖吃，附近有人竊竊私語，後來竟有人來問陳婆子從哪裡拐來的年輕女子，怎地有嬰孩啼哭？孫子早被教了說詞，只說是母親遠房親戚的姨妹，帶了孩子過來省親，那些人這才沒有追問。

「我冷眼瞧著，這裡也不是長久之計，閒雜人等不少。」

沉歡抱著孩子沈思，也是點了點頭，打算過段時間再去處理這件事。

這一緩，就緩了一個月，沉歡估計家裡已經平靜了，這一日選個時間，又來顧家。才到門口就聽見弟弟和母親的爭執聲，沒多久，就變成弟弟的高吼聲，以及母親的哭泣聲。

「我絕對不同意！絕對不同意！我要找爹爹理論去！」顧沉白大吼。

顧母趕緊拉著。「你莫要去，你爹爹向來不喜歡你，你想被打斷腿嗎？」

沉歡再一聽，簡直大吃一驚，原來父親那日聽她說自己從侯府出來，又仔細看了看自己的身契，確認女兒已經贖身。

沉歡年已十七歲，早到了婚配年齡。

官府有令，女子年過十七不婚配，就需要去官府報備緣由，顧父自然不去。這子女婚姻自古就是父母之命、媒妁之言，且認定女兒已被主子收用，遂想把女兒賣給鄰村一個富戶做妾。

那富戶聽說沉歡在大戶人家當過差，快要放出來了，人又年輕，也覺得滿意。再過幾日，就要把聘禮送過來了。

沉歡一聽完，「砰」的一聲就把門推開了，大聲說道：「我不嫁！」

「姊姊！」顧沉白又驚又喜，他好久不見姊姊，甚是思念，兩人向來親厚，那日侯府只是匆匆一見，今天才算是人到面前。

沉歡朝弟弟點了點頭，說了一些體己話，直接向母親要求。「母親，把剩餘的銀子和身契給我。」

顧母看她臉色不對，遂問道：「妳要做什麼？」

沉歡意志堅定，盯著母親的眼睛。「父親想把我嫁給那富戶，卻從不過問我的意思。女兒寒了心，女兒要繼續在侯府當差，先不出來。」

顧母一聽女兒還要繼續在侯府當差，覺得女兒差事有著落，不至於在家被顧父成日罵是「倒貼飯的渾丫頭」，這才放心把身契和銀子交出來。

交出銀子、身契，她勢必要被顧父打罵，顧母覺得自己可以再忍忍。

這筆錢不是小數目，沉歡思慮再三，生母性格軟弱，實在不適合持有銀兩，倒是弟弟，小小年紀分外早熟，無論如何要把弟弟扶持出來，遂從裡面分了一百兩出來，卻沒有給母親，直接給了弟弟。

「姊姊這是做什麼？弟弟雖不才，卻也知道這是姊姊傍身的銀子。」顧沉白不要。

沉歡硬塞給他，牽著他的手，語重心長。「這銀子給了你，卻是給你留著讀書用的，姊姊知道好男兒志在四方，姊姊盼著你好好讀書，以後能為一方父母官，護著我和母親。」

顧母忍不住眼圈紅了，也覺得對不住女兒，咬牙心一橫。「我兒，母親是個沒用的，妳拿著身契、銀子走吧！妳那父親……」

顧母乃是二嫁，嫁過來第一年就生了沉歡、沉白。顧父與婆婆一直懷疑兩個孩子是前夫的遺腹子，又沒有證據，是故總是對兩個孩子不喜。

沉歡連續兩次心涼涼地從家裡出來，這就是外面的世界嗎？

她開始有點懷疑。原本她期待父母為她贖身而感到高興，但是事實恰恰相反，父母均認為侯府是最好的差事，和她想法差異甚大，加上婚配年齡已到，她面臨著要被馬上嫁出去的危險。

這兩日，陳婆子帶著她媳婦和兩個孫子去走親戚了，宅子裡就只有沉歡、如心和小姊兒。

沉歡餵了孩子，就輕拍著背哄她睡覺。待她睡了，沉歡才把如心叫過來，兩人商議一下未來。

「姊兒總是要長大的，這戶本的事，遲早得解決。」沉歡率先提出自己的想法。

「姊姊說得是，我看還須想些法子。官府如今對嬰孩雖不嚴查，但是姊兒大了，如何說得過去？光是父親那一關就得出亂子。」

「把近身財物收拾妥當，清點一下我再做打算。」

兩人正在說話，忽然一個壯年男子闖了進來。

「啊！」兩人都被嚇了一大跳，如心更是驚叫出聲。

那壯年男子約三十歲，顯然也沒料到家裡多出兩個年輕小娘子，先是吃了一驚，一雙流裡流氣的眼睛隨即在兩人身上打轉，嘴唇扯出一抹欣喜的笑容，倒是作了一個揖。

「唐突兩位小娘子了，只是此乃我家，倒不知兩位娘子何故在此？」一句話未說完，眼神又在兩人身上打了一圈，最後視線落在沉歡身上，舔了舔嘴唇。

雪膚豐乳，朱唇誘惑，簡直讓人心癢。

沉歡對男人的目光何等敏銳，立刻敲起警鐘，壓著聲音說：「妾與妹妹二人，在嬤嬤家租住，想必這位，就是嬤嬤的兒子陳大哥吧？」

嬌音酥軟，聲聲入媚，陳大聽完一句已是酥了。

沒錯，此人正是外出辦差大半年，今天回來的陳大，陳嬤嬤的兒子。他沒想到回家之後，媳婦、老母均不在，倒是多出兩個貌美小娘子。

招呼打完，沉歡不再寒暄，推說累了，就直接逐客。

陳大訕訕地離開，也不敢輕易造次，退出去前，瞥了一眼榻上。

沉歡不動聲色地挪動身子，遮住還未清點的銀兩。

待他退出去，如心連忙鎖住門，一臉凝重地轉頭。「姊姊，此人目光似賊也。」就連如心都看出來者不善。

沉歡也變了臉色，沒想到陳嬤嬤的兒子忽然回來，只怕不只見色起意，對兩人的錢財說不定都起了貪念。

「明日陳嬤嬤就要回來了，我們早做打算。」

這裡恐怕不能再久待，兩人不再說話，趕緊收拾東西。

沉歡又意識到出來後第二個嚴重的問題，她是有點傍身銀子了，吃喝似乎看上去不成問題，可她們兩個弱女子，手無縛雞之力還帶著幼小的孩子，這銀子護不護得住，都是個嚴峻的問題。

突然歸家的陳大，打亂了沉歡的計劃。如今孩子還未斷奶，她有家歸不得，而陳婆子這裡也不能再住。茫然四顧，沉歡竟陡然間生出了天下雖大，卻無處是她家的蕭瑟之感。

最終，沉歡住進客棧。她左思右想，京城實在不安全，說不定這偷抱孩子出府的事，哪天就露餡，一旦被發現，後果不堪設想。

她未婚配，父親想用她再換一筆彩禮銀子，母親理解不了她離開侯府的想法，弟弟年齡小還在準備今年的秋闈考試。

無人可以倚靠，只能靠自己。

沉歡坐於炕上，陷入沈思，打包好的包袱就在床上，裡面包著她從侯府帶出來的一些衣物、飾品、嬰兒衣服、手帕等常用物件，還有那本《農務夭記》。

一個地方隱隱浮在心間，或許到那裡去生活可以獲得新的開始。

「姊姊，咱們怎麼辦？難道一直住在客棧裡？我看待幾天，我再去找找合適且僻遠點的院子吧。」如心也是犯愁。

沉歡盯著如心，心裡也有思量，如心也已到婚配之年，她不能為自己的生活耽擱她。

「如心，為了穩妥起見，我想要離開這裡，去更遠的地方帶著女兒生活。」沉歡抱著小姊兒，緩慢而語氣堅定地說出自己的想法。

如心愣了一下。離開？去哪裡呢？她長這麼大，去過最遠的地方就是自己的村子到侯府。

「我們去哪裡呢？」如心問。

沉歡不答，下一句卻說：「妳亦到婚配之年，可曾想過回家聽從父母安排，好好過活？」

如心臉色一白，立刻跑過來，跪在沉歡面前，著急道：「姊姊，如心不想歸家，如心已非完璧，不敢亦不想跟父母開口，他們既能當初賣了我，也是狠心。如心覺得……如心覺得……」

如心一咬牙，竟然少見的乾脆。「如心覺得跟著姊姊現在這樣甚好！請姊姊莫要再提此事！」再也沒有人打罵她，強迫她，她覺得很好。

沉歡雖然內心希望如心能留下，可女人對於自己的人生理解不同，各人自有過法。如心若是要走，她亦不會強留。

另外在大律，也不是一時興起，想走就能走。

她還需要路引，做足一些準備。

沉歡帶著如心，選了個陳大不在的日子，又會見一次陳婆子。她從陳婆子那裡，走了本縣主簿小妾的關係，費了好一些工夫，終於拿到路引。

沉歡鬆了一口氣，真是錢能通神。

此刻，她萬分慶幸當初沒有耍脾氣，不要錢財光棍離府，不然此刻她該怎麼帶著孩子走？

現實如此，沉歡覺得低一低頭，亦是無妨。低頭，只是為了以後更好的抬頭。

沉歡這一走，主簿的小妾自然要回來交差，主簿一聽即刻又向縣令彙報交差。

縣令一聽，忙派人趕緊去回覆那貴人。

「沉歡姑娘拿路引走了。」

負責傳話的人恭恭敬敬地跪在地上，先給主子行禮，這才抬起頭來回話。

紫檀三屏嵌綠松石的羅漢榻上，年輕的公子髮如黑墨，一半垂於肩後，一半束以雲紋金冠，身著琥珀色交領長袖綢緞繡袍，腰間繫著玉帶，微垂著頭，濃密的睫毛下有一片淡色的陰影。

宋衍正在看著那副殘棋。

這副殘棋始於三年前，他在探花杏林初宴之前設下此局，如今殘局依然是殘局，自他病後無人敢動，就這樣一直放到他醒來。

「她定是歡喜。」良久之後，宋衍才淡聲說。
「那是，沉歡姑娘歡天喜地，攜了路引，立時便走了。」
宋衍想到那畫面，唇角微動，浮出一絲笑意。
那人不解，忍不住問道：「爺，小的不懂，既然爺知道沉歡姑娘偷抱了爺的骨肉出府，怎還讓沉歡姑娘如此自由？」
他想說，怎不抓回來，可是不敢。
宋衍並未抬頭，用手指一直摩挲著棋子圓潤的手感，慢慢地摩挲。直到底下跪著的人心驚肉跳地覺得自己是不是多嘴問錯話，才聽到宋衍的下一句。
「既然要出去飛，就要知道飛翔的代價是無數次墜落與摔倒。」
宋衍低垂的眼簾下有一片陰影，難辨喜樂，良久，才說了一句。
「輕輕扶，別讓她知曉。」
那人鬆了口氣，連忙稱諾，領命而去。
待他離開，宋衍從榻上起身，負手立於窗前。近幾日秋高氣爽，天氣甚好，遠遠望去，天高雲淡，一片悠然。
自他醒來之後，侯府上下歡天喜地，一眾奴才都覺得有了根基，侯夫人更是心中歡喜至極，連帶著小佛堂之事，也淡忘不少。
宋衍在太醫的調理下，恢復甚好，朱斛粥果然滋養元氣，雖臥床幾年，肌肉卻並未萎縮，將養到如今，已恢復大半。他師承陰陽縱橫大師陽明子，按當年師父所授之法調息，內力在體內逐漸流通順暢並充沛，料想不用多久，就可以再度持兵器。

唯獨夜深人靜之時，總會想到沉歡趴在他榻邊告別的樣子。

宋衍幽邃的眼神，漸漸地染上一絲玩味，似是回憶起沉歡離開前的述說，他對於自由和沉歡有著截然不同的看法。

人，生而自由的好，卻無時不在枷鎖之中。

這世上從來沒有什麼絕對的自由，只有相對的自由。

不過要沉歡理解這條路，還需要費些周折。

平東並州府南城，就是沉歡此行的目的地。

當年沉歡在伯府時，就常聽到管事提起。無他，只因一句「南城熟，天下足」，這裡是大律王朝的糧食供應基地。

南城不是南方一座城，原先是一個縣名，後來又衍伸為平東並州府旗下諸多州縣的合稱，以「南炙土」最多的區域，稱為「南城」。

南城，以稻米生產聞名天下。

大律王朝，風調雨順至今已有三十五年矣，沉歡出府後閒來無事，總是翻閱《農務天記》，裡面記載之天象，讓她隱隱約約有種感受，太平的日子似乎太久了。

真若發生什麼，天下糧倉，一定是全國最能吃飽飯的地方。

甩一甩頭，秋季的微風襲來，京城繁華依舊，沉歡覺得自己一定是想多了。

如今孩子已經快九個月了，話賊多，不是抱著娘親咿咿啞啞地叫喚，就是吃手指、吐口水泡泡。

沉歡打算慢慢給孩子斷奶了，旅途遙遠，哺乳不便，這幾天小姊兒也慢慢習慣吃輔食了。

只唯一一件掛心事，生生盤在心間，讓沉歡寢食難安。

她要走了，說不定一走數年，她知道這不現實，但是她太想看看侯府的哥兒了。

哥兒怎麼樣了？吃得好不好？冷不冷？

越是臨行在即，沉歡越是放心不下，是故最近幾日，她都喬裝成小販的樣子，在侯府周圍徘徊。

今日是當朝民間傳統的「子孫萬福日」。

按民俗，這一日允許各街擺放集市，上至皇族勛貴門前，下至普通百姓門口，都允售賣。是故，小販們天還沒亮，就帶著各種給幼兒祈福的吉利貨品，早早來到各家勛貴門前搶攤位。而且不分貴賤，各戶人家都要抱著孩子出來，至少買一樣東西回去，方才全了吉利。

買鯉魚的，那是寓意子孫以後不餓肚子，年年有餘；買高帽子的，那是寓意子孫以後要做大官，家族興旺。總之，買啥都有小販跟你說個好兆頭。

今日一大早，天空就豔陽高照，一片蔚藍如碧，實在是秋高氣爽的好日子。

沉歡天還沒亮，就在昌海侯府門口蹲守，揹著一串她做得奇醜無比的布老虎。

「去去去，你這啞巴小子別擋我！」一旁邊的老太爺也是起了大早，挑了兩竹籃活雞、活鴨守在侯府門口，就盼著侯府的貴人快點出來，能多買幾隻走。
沉歡打手勢，瞪大眼睛：大爺，這可是我的地盤！
她頭髮打亂，戴著灰色的粗布帽子，佝僂著腰，臉上、手上都塗了點灰，自覺扮相還行。反正在這堆小販子裡，從早上搶攤位混到現在，也沒人發現什麼。
可她不能說話，因為聲線特殊，音色婉轉，實在是一聽就露餡。
正在爭位置，侯府的大門就打開了。先是窸窸窣窣出來四個小廝，在外面探了一下，接著又出來幾個丫鬟、僕婦，一字排開，這才見海棠扶著侯夫人的手，和平嬤嬤、封嬤嬤，以前還見過的芙蓉，一個抱著孩子的奶娘，跟著出門。
沉歡一見到奶娘襁褓中的孩子，首先就呆了，眼睛酸澀，說不清這是何種滋味，又痛又麻、又是思念。
好想再看看小哥兒，好想看，近一點看。
沉歡遂輕輕抬頭，瞥向門口。
咦？侯夫人怎麼坐馬車走了，孩子呢？
馬車一走，只見那奶娘立於門口，隨後從後面又出來幾個小廝，還有頌丹、頌梅，接著是沉歡再熟悉不過的一個人——世子爺宋衍。
只見宋衍金冠繡服，披著鶴氅披風，步履從容而出，身形卻挺拔如松，風姿卓絕。此時陽光灑在他身上，遠遠望去，只覺他整個人都在秋日柔光中，一片華美。
沉歡陡然緊張起來，心臟怦怦跳，連忙低著頭不敢再看。

世子怎會出來？一別近一年，她只見過世子臥於病榻的模樣，還從未見過宋衍立於秋日陽光下的風流灑脫。

世子真的醒了，瞧著他步履從容，姿態優雅，看樣子已是病癒。

這個人……是她孩子的父親。

沉歡輕輕嘆口氣，心中五味雜陳。

只見宋衍對乳母招了招手，乳母忙不迭地把孩子抱到他跟前。沉歡隔得遠，也不知宋衍在幹什麼，只見乳母眉開眼笑，顯然是好事，這才鬆了一口氣。

只要孩子過得好，她就放心了，其他的就不要多想了。

隨後乳母抱著孩子，跟著宋衍出門往左走了一些，左邊的小販上至中年婦女，下至青年媳婦，都癡癡地望著他。這般俊俏的貴公子，實在是從未見過。

一時間，侯府門前那個熱鬧，遠勝別家。

宋衍走到左邊，沉歡就跟著往左邊挪一挪，伸長脖子去望乳母手裡的孩子。反正她在宋衍對面，此時宋衍側對著她，也看不見她。

宋衍走到右邊，沉歡又跟著往右邊挪一挪，這個位置好，她看見孩子的小臉蛋了，紅潤得還挺精神。

然後宋衍又慢步到左邊，再左邊，那左邊賣東西的媳婦一臉羞怯，激動不已。

沉歡也跟著站起來，往左邊挪了挪，再挪挪。

「啞巴，你踩著雞屎了。」一旁邊一小販，放低聲音提醒道。

沉歡一看，臉黑了一半，一股臭味直衝腦門，可憐她這雙鞋子，才買不久。

宋衍似乎並未發現沉歡這邊情況，他又往右邊慢慢地走去。乳母也抱著孩子亦步亦趨跟著往右邊走了。

右邊的小販是賣水果的老婆子，連忙堆起笑容。「貴人，買些果子吧！今日早上才摘的。」

顧不得雞屎，沉歡也跟著往右邊挪動腳步。

「啞巴！你踩著鴨屎了！」這次聲音不小，老太爺中氣十足地嚎了一嗓子。

左腳雞屎，右腳鴨屎，雙腳底都是動物排泄物的沉歡，覺得今日莫不是撞了邪？

作為一個踩屎女郎，她能怎麼辦啊？這麼臭，她也很絕望啊！

宋衍左左右右，右右左左，沉歡為了多看兩眼孩子，也跟著他左左右右，右右左左，在雞屎和鴨屎中來回徘徊。

周邊的小販都露出看英雄一般的表情。

終於，宋衍挪動夠了，這才微微一笑，招呼小廝過來。

沒一會兒，沉歡跟前就站著一個沒見過的小廝。

那小廝捏著鼻子忍著臭，大聲問道：「這小老虎怎賣？」

沉歡沒想到宋衍身邊的小廝會過來，呆了兩秒，正想開口，忽又想起自己不能說話，今日扮的是啞巴，連忙「啊啊」點頭，連比帶劃，比了個「三」，意思是三文錢一個。

那小廝掏出錢，買了一對小老虎，心道：這麼醜也能拿來賣？世子爺簡直是做慈善。

想歸想，他還是馬上拿著兩隻老虎去世子跟前覆命。

也不知是不是沉歡的錯覺，當老虎遞到宋衍手邊的那一瞬間，她似乎覺得宋衍瞥了一下這邊。

那眼珠黝黑地望過來，如一汪冷泉。

她心裡害怕，連忙低著頭，安慰自己想多了，不要杯弓蛇影，草木皆兵！她伺候世子時，世子還是活死人，聽覺、視覺均無，就算她站到世子面前，世子估計也不知道這是誰。

好臭。周邊小販繼續神色複雜地看著她。

看著小老虎的樣子，宋衍想起房裡還有一大一小兩個布老虎。他將其中一個塞到孩子手邊，孩子立刻啞啞地叫喚，捏著布老虎的耳朵使勁揮舞著雙手，很是好奇。

沉歡踩夠了屎，宋衍也玩夠了，他嘴角一翹，收回目光，淡聲吩咐身邊的僕從。

「今日也夠了。回去吧！」說完，他便轉身往回走去。

乳母、丫鬟和小廝自然不敢耽擱，連忙跟著進去了。

這可真是起了個大早，沉歡踩了一腳屎不說，連孩子的正面也只看了一眼。她懷抱著一顆憎恨社會、充滿怨念的心，無精打采地回了客棧。

一路上，她安慰自己：沒關係，至少還看了一眼！

孩子挺好的，想來也不會虧待，這不是挺好的嗎？今日能看見，已經很幸運了。

回到客棧，如心早已把東西收拾妥當，沉歡淨過手才進來抱著小姊兒，並簡單描述了一下今日的情形。她越說越無精打采，心中也不知是什麼滋味。

如心只得安慰她，好歹還有一個孩子，這已經是天大的福氣了，偷抱世子血脈出府這種事，打死她都沒有沉歡那樣大的膽子。

小姊兒吃飽就睡，已經徹底斷奶了，沉歡看著孩子的臉，心裡所有的陰霾都散去了，只留下堅定和勇敢。

無論如何，她要護著這孩子長大！

當夜歇下後，沉歡晃晃悠悠似夢到了世子，只見宋衍金冠繡服立於秋日的陽光之下，笑意盈盈對她喚道：「綿綿。」

沉歡夢裡大驚。「你怎知道這名字？」

結果半夜，姊兒啼哭要翻身，沉歡立刻驚醒，把孩子翻了一下拍背安撫。這一醒來就睡不著了，後半夜睡得迷迷糊糊的，想是要出發了，心裡也有絲不捨。

直到雞鳴時分，兩人起來漱洗，收拾妥當，抱著還在睡覺的小姊兒，沉歡出發了。

未來如何不知道，反正路都是要走出來。

第十八章　去南城

因為有著路引，出城都很順利，走官道騾車也行得穩當。

這幾日天氣好，如心隱隱有點興奮，忍不住頻頻掀開車簾，打量外面的情況。

今天出城的人頗多，有兩支商隊還有三個大戶，光是行李就拉了幾輛馬車。

沉歡命包老頭不急不緩地跟著，倒也相安無事。

就這樣行走十來天，原本的隊伍也慢慢分流，分流之後亦有遇見走同路的又合流，走到現在，和沉歡同一條路的也就一個大戶、幾戶百姓了。

走得久了，大家自然結伴而行，沉歡不讓如心多話，是故大家都感覺這對年輕夫妻頗沈默。倒是包老頭走南闖北，善於攀談，這會兒又在和旁邊車隊閒聊家常。

沉歡在旁邊默默地聽，記在心裡。

這日，隔壁車隊又在議論。「聽說朝廷支持並州官府墾田，可以在並州諸縣重新掛那戶帖，稅收也優惠，就是須得買田才能入戶。」

「還有這事？」沉歡拉了拉如心的衣角，如心連忙會意，壓低聲音假裝不經意地問道。

那漢子瞪大眼睛。「那是，我夫妻二人連日趕路，也是為了這入戶之事。只是這政策到開春，過了這村就沒有這店，沒看見都走了好幾波嗎？」

他娘子體弱，是故兩人行進速度和帶著孩子的沉歡差不多。

包老頭也知沉歡兩人是去並州南城的，因此一路上遇見隊伍就刻意打聽，果不其然，遇見好幾戶都是去並州的，只是人不多，倒是都說政策十年難遇。

這戶帖移動涉及各縣稅收增減，雖然並州有此政策，全國知道的卻不多，想是各縣市刻意打壓隱瞞，且申請條件苛刻。

沉歡聽完卻激動不已，困擾她好久的戶帖問題，終於有了解決方案！

她持有正當路引，名義是去南城投奔親戚，原戶帖還在自己的家鄉登記。但是到了南城，只要她按政府要求買入田地，持正當路引申請入戶，到時候孩子就能入她的戶帖。

哪知天有不測風雲，晚間住客棧，包老頭就垂頭喪氣來報，說騾子似是得了病，竟是不吃東西，雙腿也無力，不知道是不是前幾天在外面喝的水不乾淨，引發瘧疾。

這下騾車不能走了，得換其他的交通工具。沉歡也不著急，結算包老頭的工錢，只讓他堅持明天把兩人拉到碼頭，就打發他走了。

如心不解，著急道：「咱們人生地不熟，哪裡去找新的騾車？就連馬車坐地起價肯定也貴。」

沉歡卻無事。「咱們不坐騾車了，如今行到這裡，剛好今日也入了城，歇息一下改走水路。水路價格高，可是順水而下速度快，而且也舒服一些。」

沉歡愛憐地摸著小姊兒的腦袋，心裡也是捨不得，近一個月的趕路，姊兒吃食畢竟不比在陳婆子那裡，小臉都瘦了一圈，只是這孩子乖，一點都不任性，給點吃的，就老老實實地依偎在母親懷裡。

姊兒現在還不會說話，高興時就把身子挺得直直的，兩隻小腳努力蹬，相當可愛。只是如今大了點，這五官越看越像世子，竟沒遺傳她多少，沉歡多少心裡有點遺憾。

為了孩子好，現在改走水路，勝過坐車顛簸，何況她也著急，按騾車這速度趕到南城，還不知道能否趕上官府入戶。水路雖價格高，但是速度快很多。

兩人也不多說，趕緊歇息了，明日去碼頭走水路。

到了第二日早晨，因今天要上船，沉歡在客棧就把孩子餵得飽飽的，小姊兒這兩天有點煩躁，昨夜也睡得不好。沉歡擔心她是不是受了風，今天出門就用布褂子將孩子罩著，如平常民婦般把孩子揹在背上。

不說其他，單說如今這模樣，完全如村婦一般，哪有當日在侯府輕紗嫚嫚、敷粉塗脂，撩世子爺的風情。

沉歡自己把水面當鏡子照，也黑著臉不忍再看。出門在外，多有不便，侯府雖富麗堂皇，哪有如今的自由馳騁。

世事無兩全，既然選了路，那就去走吧，莫問前程了。

順水而下，果然舒服多了，船行得平穩，連帶著沉歡都放鬆下來，輕輕搖著小姊兒，哼著催眠的歌曲儘量哄她多睡。姊兒睡了，疲憊的沉歡和如心才能交換輪守，各自瞇著眼睛休息一會兒。

夜行到晚上，船家也未靠岸，竟有點加快速度的樣子。

沉歡不解，讓如心去悄悄打聽。那船家也不瞞她們，直截了當地說，目前已經靠近水匪的區域，近來有夥水匪在這區域連續作案，不搶人多的大戶，專搶平民老百姓。

如心回來和沉歡對視一眼，兩人都把包袱往身邊挪了挪。

說是這麼說，行了一段路也沒發生什麼情況。沉歡漸漸犯睏，和如心都慢慢放鬆警惕，這一路她們輪流值夜，一開始還不覺得，走到現在，兩人都覺得很乏，骨子裡的乏。

怪不得以往的天涯過客，所吟之詩，都帶著鄉愁，泛著留戀和哀傷。

估計都是累著了。

今日該如心值夜，沉歡和她早已有了默契，放心讓她抱著小姊兒，自己就先蜷著睡了。正迷迷糊糊之間，忽然覺得船隻猛然晃動不穩，接著就是船家高亢的罵聲。

「敢來劫你爺爺的船，也不看看自己的分量！」船夫顯然是刀口舔血過慣了，竟和自家婆娘、兄弟都操起刀來。

如心一看這架勢連忙猛搖沉歡，沉歡哪敢耽擱，立刻爬了起來，一手插入包袱裡，把買來的匕首緊緊捏在手心，擋在如心和孩子面前。

船上也亂了套，旅客紛紛找自己的包袱，一時驚懼之聲四起，有那膽子小的人沒見過這陣勢，竟嚇得哭了起來。

那夥水匪水性極好，片刻間就圍住船隻，那船夫的老婆是個中年悍婦，手裡拿著一根魚叉就往水裡插，竟是一點都不怕的模樣，一邊插還一邊挽起褲衩高聲咒罵。

這時船隻猛烈晃動，最厲害的時候都擔心船被掀翻，一時間內，艙裡大家東倒西歪，左邊的滾到右邊撞了額頭，右邊的滾到左邊打翻了東西，站起來的人連忙蹲下，蹲下的人沒注意被掀翻在地上，咒罵聲、哭泣聲、驚叫聲綿延不絕。

這麼大的動靜，小姊兒肯定被驚醒了。

船隻搖晃時，如心重心不穩地滾到地上，沉歡撲過去想拉她，一時間速度沒跟上，小姊兒忽地被搖醒，登時就大哭起來。

忽然，聽見有旅客驚聲尖叫。「我的東西落水啦！」

沉歡這才發現，看樣子這夥水匪是為了大家的行李而來，剛剛的劇烈搖晃讓大家東倒西歪，不少人的包袱、行李紛紛落水，此刻都爬起來到處護住貴重物品。

沉歡哪裡顧得了東西，第一件事就是衝過去拉住如心，把孩子護住。

小姊兒年紀幼小，還是小嬰兒，從未遇見這麼劇烈的搖晃，加上又是夜晚，放聲大哭之後，吸了冷空氣，「哇」的一聲，就把早上吃的輔食，吐了如心一身。

小姊兒一邊吐，一邊劇烈咳嗽，「哇哇」大哭。

兩人正手忙腳亂，船隻又被猛烈搖晃，這次比上次還厲害，沉歡抱著姊兒一下就從船艙尾巴被顛到中間，背部撞到木板，一陣劇痛，肯定是烏青了。

接著「撲通撲通」又聽見包袱掉落水裡的聲音，還有水賊從水裡冒頭伸手從船舷上搶東西。

不消細說，一時間「我的包袱呢」、「我的乾糧呢」、「這些殺千刀的賊」，詢問叫罵之聲此起彼落。

這時，如心也趕緊過來，沉歡抱著小姊兒跪坐起來側身一看，心中猛地一沈。

她們的一個包袱也落入水裡，此刻正浮在水面上。

沉歡把姊兒遞給如心，飛速爬到船舷邊，俯身下去就要去撈包袱。

那裡面可有她五十兩的銀票一張！

開什麼玩笑！

那群水賊正在水裡撈東西，忽地見一個年輕女子探出大半邊身子往水面來，一時間都是心中驚喜。一人如蛇一般順水就游過去，伸手就要把沉歡拉下水。

沉歡心裡正著急，那包袱離她不遠，但伸手就是差一點，是故她傾下身企圖再嘗試一下，並未注意到水底下有個暗影來者不善，朝她而來。

說時遲，那時快，一根撐船的竹竿如箭般忽然射過來，朝著那水賊而去。

水賊吃痛下潛，潛下去後還不忘伸手順走那包袱。

沉歡大驚抬頭，這一眼竟是看見一個熟人。

「喜柱兒？」沉歡疑心自己看錯了。

「沉歡姑娘？」喜柱兒也看著她。

我的包袱！沉歡急得轉頭，那水賊早已跑得無影無蹤，哪還見得到包袱的影子。

銀票飛了，沉歡痛心疾首，雖然出門前也做了心理準備，說不定遇見匪徒要有犧牲銀子的準備，但真正到了這時候，還是心痛啊！

沉歡好想捶心肝，為了她那五十兩銀票！

小姊兒的哭聲，把沉歡驚醒，沉歡也顧不了掩飾什麼，連跌帶爬去察看孩子的情況。

如心探出身來，和喜柱兒剛好打個照面，兩人均是一愣。

如心這身騙別人還行，但是沉歡在侯府懷孕之時，喜柱兒在她院子裡待了很長一段時間，要騙喜柱兒就很難了。

「如心？」果然，喜柱兒立刻就認出來了。

如心也是一驚，沒想到在這裡遇見喜柱兒，不禁脫口而出。「你怎麼會在這裡？」

喜柱兒瞄了一眼如心懷裡正哇哇大哭的孩子，這才回答道：「我坐船啊，妳們呢？」

沉歡不好在喜柱兒面前對孩子表現得太過在意，只得先感謝喜柱兒的救命之情，招呼喜柱兒坐下說話。

此時水匪也退了，船艙裡哀號遍野，大家都在清點損失，有哭天搶地、捶胸頓足的，也有默默暗喜沒損失的。

船家剛剛大戰一場，這才蹲下來喝口燒酒壓壓驚，吼道：「保住性命都是好的！這夥人是慣匪，今日你們運氣算好的，來的是他家小的，只搶東西不掠人！」

那婆娘放下魚叉，也是一頭大汗，和她男人一起蹲下來喝酒，啐了一口。「上個月咱兄弟一隻船，東西搶光不說，還掠去年輕女子。」說完，暗暗看了沉歡和其他船裡婦人一眼。

沉歡聽完暗暗心驚，罵自己莽撞，剛剛何等凶險，她只看見包袱浮在水面，卻忘記水匪可以潛伏在水下。如果不是喜柱兒出手相救，只怕自己已經被掠去了。

心臟一陣緊縮，沉歡此時後怕起來，半天都放鬆不下來，依然緊繃著身體。

小姊兒驚魂大哭大鬧了一場，出了一身汗，如心幫她背心墊著乾帕子，此時也睡得深沈，顯是累了。

沉歡也不打算瞞住喜柱兒，畢竟當時這小廝辦事可靠，人又伶俐，沉歡覺得是個人才，只是說詞可要好好斟酌一番。

於是三人這才坐下來細細攀談。

原來喜柱兒當初被撥過來伺候沉歡，都是因為他在府裡沒有靠山。沉歡生子之後，他竟是被人遺忘似的，也沒人把他調回世子院。

眼看世子院以前的小廝整天洋洋得意，自己卻沒著落。他不是家生子，也不是死契，時間也快到了。喜柱兒心一橫，乾脆就出來自己闖蕩，好過在那些不長眼睛的奴才底下受折磨。

「唉，當人奴才就是這樣。」如心替他感嘆。

喜柱兒自己也感嘆。「可不是嘛！妳們呢？怎麼出府了？夫人不是說沉歡姑娘難產死了嗎？這孩子哪裡來的？」

沉歡生的小哥兒如今在侯府，喜柱兒從頭到尾都清楚，這小姊兒又是哪裡來的？

如心不敢亂說話，不禁看向沉歡。

沉歡立刻出面，笑著解釋。「你也知道，世子何等尊貴，我自知高攀不上，求了夫人恩典就出府了，不過外人不知道罷了。」

喜柱兒這才點點頭，沉歡只是個通房丫鬟，世子那會兒又沒醒，侯夫人容她就留著她，不容她說不定關著發賣都有可能。想歸想，他又看著小姊兒。

「夫人恩典，我和如心都出來了。先回了我家，哪知我那不成氣的弟弟，把我弟媳婦氣傷身子，竟要扔了這孩子。我母親身體不好無暇顧及，我乾脆就抱過來養，想著以後也能有個依靠。」說完垂下臉，有點傷感的樣子。

喜柱兒聽完也有點唏噓，想到沉歡留在侯府的孩子，嘆了口氣。

如心卻接著轉移了話題。「喜柱兒，你這是往哪裡去啊？怎會在這船上？」

「我？我這不是到南城去投奔遠房叔叔嗎？我娘罵我沒出息，我就跑出來了。」

如心大喜。「那太好了，我們也是去南城呢。」說完，看著沉歡。

沉歡懂她意思，兩個女子孤身上路，一路說不定危機四伏，多個男子照應也能安全一些。

三個人熱切地又說了好些各自出來之後發生的事情，乾脆就結伴同行，一起去南城了。

如心和喜柱兒話要多些，畢竟兩人一起當差時間長，一邊把小姊兒放到裡面鋪好的墊子上睡覺，一邊隨口問道：「喜柱兒，你提到侯夫人說沉歡姊姊難產死了，那死的究竟是誰啊？另外你在府裡看到如意了嗎？她現在怎麼樣了？」

她當時離府，沒聽見哪裡傳出死人的消息，想起同時入府的如意，也就隨口一問。

哪知喜柱兒的臉上卻有一瞬間的僵硬。「這……我就不知道了，如意姊姊跟了平嬤嬤，反正到我出府，我也沒見過她。」

這話說得含含糊糊，沉歡卻聽得皺起眉頭。

侯夫人允許如心跟著她一起離府，面上看起來是封嬤嬤從中周旋出力不假，但是其中又何嘗不是暗藏侯夫人不想陰女之事在侯府提起的原因？

她產子悄悄出府，侯夫人並未阻攔，還派人送來銀兩。同時就有一個替代品，作為她死去的替身，拉去埋了。

哪有這麼巧的人，這麼巧的事？

「你沒見過如意嗎？」沉歡問。

喜柱兒搖頭。「來往通傳都是蘋兒，倒是伶俐了，平嬤嬤也打罵得少了些，可是卻沒看見如意。」

沉歡不說話了。只怕如意在她出府那天，就已經沒了性命。

心中微寒，當初要不是破釜沈舟立下字據，強迫侯夫人放她離府，說不定那具屍體就是她自己。

如心也明白了什麼，臉色也不是很好看，當初如果不是求了沉歡出府，恐怕她便和如意一樣了。

三人一時都沒了話題，匆匆寒暄了幾句，就各自休息去了。

沉歡倚靠在船舷，望著滾滾而去的河水，愣愣地出神。如意一心想著服侍世子當姨娘，陷她於死地，最終落得這般下場。三人同時入府，如今出來了兩個，想來還是幸運。

如心替小姊兒蓋好被子，也過來把頭靠在沉歡膝蓋上，心裡莫名害怕。「姊姊，我當時要是沒出來，會不會……」

沉歡打斷她的話，勸慰道：「妳走了，就是妳的選擇。如意一心想留在侯府，妳覺得讓她走，她會走嗎？」

如心搖搖頭。回想起侯夫人賞下來的新衣裳、髮簪等小配件，只有如意是最上心的，每每伺候世子都要戴上，也不知道給誰看。

嘆了口氣，沉歡拍了拍如心的背安撫她，抬頭望著天上一輪皎月。

月若無恨月長圓——都是選擇而已。

丟開心事，兩人說了一會兒體己話，都各自休息了。

今天因為水賊折騰，船家說後面的路算是安全的。

雖然損失了銀子，沉歡感到心痛，但是好在沒丟了性命，又何嘗不幸運？

知足吧！

第十九章　安頓買田

昌海侯府，侯爺宋明書房外。

「侯爺，世子還在外面跪著呢！」陶導看了一眼，忍不住提醒。

宋明在書房練字，懸著手腕一筆一劃寫得專注，對陶導的話竟是聽也不聽。

陶導沒辦法，只得開門去看世子，見他跪得筆直，雖然已經很長時間，身子卻無半點倦怠之樣。

他忍不住出去勸道：「世子爺，侯爺這性子您也知道。」說完竟是眼圈有點紅。「誰能勸得動他？除非那林萋……」

話未說完，警覺自己說了個禁忌的名字，陶導連忙噤口。

「林萋萋」三個字乃侯府禁忌，在這大律王朝，都是個忌諱的名字。

宋衍已經跪了一天，此刻唇角卻露出一絲意味深長又略帶嘲諷的笑。「陶老何必噤口？我那長輩之名，也並非完全不能提起。」

「宋衍！」裡屋傳來一聲暴喝。

直呼其名，可見侯爺宋明已然動怒至極。宋明把毛筆猛地擲在書桌上，瞬間墨汁四濺，濃烈的黑墨水染出大團大團的黑色，把那字都淹沒了。

「父親何故動怒？」宋衍放低聲音，不緊不慢。「容嗣所跪何事，父親自是清楚，容嗣只求父親三思而已。」

書房良久沒有聲音，又是長時間的沈默。

僵持。

整整一個晚上，宋明都沒有從書房出來，陶導先是出來了幾次，後面也沒有出來。從夜晚到白天，宋衍始終跪在那裡。

太夫人林氏乃信德侯府嫡次女，後來朝廷又加封康樂太君，此刻她急匆匆過來，喚著宋衍「心肝兒啊」。侯夫人也心疼，可是她清楚侯爺的性格，宋衍又不說所為何事，兩人就這樣一個在書房外，一個在書房內僵持。

最後宋明沈著臉，「砰」的一聲推開書房大門，瞥了宋衍一眼，冷哼一聲，大步離去。隨後陶導走出來，也是一臉青黑，顯然一夜沒睡，疲憊至極。

待侯爺走了，那陶導才緩步走到宋衍面前，竟是彎腰大大作了一個揖，嗓音嘶啞，滿心無力。「陶導無能，竟不能勸侯爺放棄此次出征。望世子爺……」話至此，則斷了。

「陶老不必自責……」宋衍緩緩站起來，跪得久了，兩條腿似灌了鉛。待站定之後，他才伸手扶起陶導，黝黑的眼睛此刻也是一片晦暗。

陶導無地自容，悲從心起。「陶導無能……無……無能啊……」

此戰臨陣換人，又無故請征東伐，侯爺不聽世子之言推病避禍，反而堅持出征，而他之諫言，侯爺也置於腦後。

宋衍有一瞬間的沈默，不過片刻後他已恢復如常。

「東伐蠻族換邊境平穩乃父親一生夙願，陶叔只管做吧！」

陶導無言，下去了。

宋衍回世子院，徑直去自己的書房。他的書房頗大，連著一間沈思室，說是沈思，無非就是他一個人消遣的地方罷了。

這個地方，是他做紙鳶的地方。以前他都會在這裡做一些小玩意兒，送給幼小的弟弟。

此刻他正在做紙鳶的骨架。修長的手指握著刀片，斜斜靠於榻上，狀甚慵懶，眼神卻很專注。竹器在他手裡慢慢地、一刀一刀地、均勻地削得越來越薄，越來越薄，最終成了他理想中的樣子。

提起筆，那畫紙上竟是一隻缺了眼睛的鷹，張開翅膀，振翅欲飛。偏那竹子做的老鷹骨架異常精巧，還是軟翅，畫面一貼合上去，迎風一動，猶如翅膀一張一合，栩栩如生。

他入翰林院，朝內譁然，此事必生波折。

父親一生心結，盡在崔家，不滅崔家一日，父親寢食難安。崔家把持內閣，實際地控制人……

宋衍微閉眼簾，若有所思。

待得那鷹做好，就只差點睛一筆了。

就是再凶的猛禽，缺了一隻眼睛，看著也好不可憐，似乎飛起來都會撞到大樹，墜落下去。

宋衍凝重的臉色，慢慢變得晦暗，最終輕輕落筆，點下一隻鷹眼。

那鷹瞬間就活了，在宋衍的手裡掙扎著似乎馬上就要飛起來。

會當梟水極瀛海，便可化龍凌碧虛。

崔家要做那斬鷹的人，除非……先挖掉這只眼睛。

與此同時，沉歡與如心後面的行程頗順利，她們先是行水路，然後是走陸路，一個月半的時間，終於來到並州地界。

喜柱兒腦子靈活，人也勤快，沉歡遂產生將他留下來幫工的想法。她想要在南城買地，後續一系列事情都需要一個靠得住的男性雇工走動，省得她拋頭露面惹人非議。

詢問喜柱兒的意思，哪知喜柱兒歡喜是歡喜，卻也並未答應，只說要去找親戚知會一聲，方能做決定。

沉歡雖然有點失望，卻也能理解，畢竟喜柱兒此行是來投奔親戚的。就連她到了南城，也得先去會會縣丞小妾那門親戚，全個禮數。

大家互相約定了以後相見的客棧，就各自辭別了。

待進入並州地界往南城、南元等方向走，沉歡才驚嘆於這邊的良田千畝，種植業發達。雖說遠離京城，不如京都繁華，可放眼看去，農戶的日子竟是比京城還要滋潤。

沉歡的心慢慢安定下來，一種全新的雀躍和興奮沖淡了她連日來的疲憊。就連小姊兒也興奮地到處張望，一雙眼睛瞪得溜圓，看到鴨子、雞還會用手指著「啞啞」口齒不清地大叫，惹得如心和沉歡都大笑不已。

她們到南城安定下來，已經接近晚上了。兩人先舒舒服服地洗了澡，洗了一桶不夠，又叫了一桶，沉歡和如心這才脫去小姊兒的衣服，挽起褲腳，給孩子洗一洗。

小孩子最愛泡澡了，小姊兒在水裡抓著水又拍水，濺得房間裡一地。

如心看得好笑，情不自禁就來了一句。「哎喲，這可愛的模樣，世子爺看到不知道多喜歡。」說完才發覺自己失了言，有點不好意思。「姊、姊姊，我沒別的意思。」

這輩子，大概小姊兒也見不著自己的父親了，也不知道自己出身哪裡。侯府上下，甚至沒有人知道世子爺還有一個千金貴女被偷抱出來，過著另外一種生活。

沉歡並不在意。她蹲在盆子旁邊，索利地替小姊兒搓著手臂上的污垢，背上的，小腿上的，這些事她以前作夢也沒想過自己會做得如此自然。

「世子爺醒了那是好事。妳以前不是說給小姊兒找個殷實人家，和和美美的做個正頭娘子嗎？我就是那麼想的。」沉歡說完還對如心笑了一下，示意如心幫她拿帕子。

「沉歡姊姊……」如心吞吞吐吐。「世、世子爺是哪裡不好嗎？妳為什麼要出來呢？」是因為侯夫人嗎？這話她不敢直接問出口，總覺得會觸及一些沉歡不願意提起的話題。

沉歡已經替小姊兒擦乾頭髮，穿好衣服，此刻雙手扶在小姊兒腋下，托著小姊兒鍛鍊腿力。她喊「跳」，小姊兒就跳，她喊「嘿嘿嘿」，小姊兒就開始下蹲，「嘿嘿」幾聲，就下蹲幾下，玩得開心極了。

「世子沒什麼不好，他和我差距太大，我也不喜歡關在內宅的生活。我在忠順伯府待了好幾年，親眼見到貴族府邸妾室的生活，也不是想像中那麼光鮮亮麗。」沉歡一邊逗著小姊兒笑，自己臉上也泛著溫暖的光。

「人生很短的，如心。」沉歡的聲音忽地放得很輕很輕，像羽毛一樣落在如心的心間。

「短短幾十年，去做自己願意的事情吧！」

或許暫時還沒找到，也不清晰。可是慢慢走，也許就會逐漸堅定。

沉歡不再繼續這個話題，也未提及侯夫人當初是否脅迫她，只是專注地和孩子玩耍，享受著這難得的親子時光。

兩人的笑聲在屋內盤旋，是這一路顛簸以來最溫暖的時光。

如心一瞬間有落淚的衝動，想到她在侯府被杖責奄奄一息之時，那人卻並未來看她一眼。那時候她茫然四顧，孤苦無依，差點殞命於此，何曾想過此生長或短的問題。

在以後很長很長的時間裡，如心都牢牢記得沉歡的話。

人生短暫，勿要浪費。

拋開一切煩惱，如心也加入和小姊兒玩耍的行列，三個人又是拍手又笑，聲音大得窗戶外面都能聽到。

安頓好了之後，沉歡和如心就恢復原本的樣子。在外為防招搖，沉歡和如心都做村女打扮，不過兩人都年輕，儘管髮飾全無，一身粗布衣裳，也難掩容貌絕麗。

此時天氣寒冷，外面漸漸飄雪，夜晚也黑得早。上午是出門辦事的最好時間，沉歡打聽縣衙的位置，就過去瞭解一下南城的政策。

縣衙門口貼了今年的告示，沉歡披著披風在前面看，果然羅列得很清楚。

為強大律國力，由戶部、工部兩大部門牽頭組織墾田，凡遷居農戶，認購良田指定數額，即可在縣衙重新認領戶帖，從此在南城安家。

沉歡看得驚喜，可是看到最後一行時，臉色就變了。

果然，截止時間很近了，必須要在來年祭祀稻神之前，隨後開始春播，粗粗一算，時間竟然只有一個半月。再在周圍一打聽，心裡更涼了，目前已經是政策尾聲，當初該買田的早買了，該遷徙的也遷徙了。

旁邊一對夫婦也在竊竊私語，那中年婦女神色不安，沉歡聽見她小聲對丈夫生說：「入不了戶，咱們還要被遣返，我前日聽說，上等的田早已搶購一空，如今剩的都是下等中的下等。」

另外一人卻插話進來。「下等中的下等？這南城排外，我幾經周折，仍是沒有買到田地，都說已經賣了。」

如心和沉歡對看一眼，兩人返回客棧，先把小姊兒哄睡，接著坐在一起商議對策。

如此又過了幾天，買田的事果然如沉歡所聽聞那樣，政策已到尾聲，該買的早就買了，如今餘下的已經不是好田、劣田的差距，是根本沒有田可買。

這就嚴峻了，買不了田，入不了戶，她們就始終是以投奔親戚身分在這裡待著，只能待很短一段時間，不然青壯力都跑光了，當地州縣怎麼做管理？處理方式就是遣返。

按路引，對不起，你打哪兒來還打哪兒去。

這可真是一個頭兩個大。

可頭大歸頭大，該做的事還是要去做。這一日，沉歡和如心按當初那縣丞主簿小妾的介紹，去拜訪她那位於南城的親戚。

結果到了南城北面指定位置一打聽，這戶人家早就搬走了，聽說大兒子考上地方官，上任時候全家一起走了，田舍也變賣了，住了其他的人。

這新住的老婆子媳婦在本地鄉紳家當廚娘，對本地情況很熟悉，看兩個年輕女子帶著孩子辛苦，就多指點了兩句。「妳到那幾個大戶家裡去問問，再不濟也有些小戶肯賣田的。周邊幾個縣都在支持墾田，保不齊就有賣的。」

沉歡才知道，南城縣、南元縣和周邊的陳石、金光等縣都在推行政策，整個並州府最大的鄉紳是一戶姓葛的人家，世代居於南城，乃是大戶豪族。第二是洪家，第三是丁家，不過丁家的田地略分散一些，在並州府旁邊的客西府和宿州府均有。

沉歡一聽，不得了，這明顯就是幾個大縉紳的天下啊。

沉歡不敢打這些大戶的主意，像那婆子說的還有一些小戶可以試試，聽那婆子描述，似乎本地田產交易也屬平常。

沉歡新來乍到，一無人脈，二無關係，忙活了好多天，進展緩慢，時間一天一天過去，這買田一事竟成有錢花不出去的棘手生意，真是令人暗暗著急。

沉歡也沒放棄，這段時間以來，她幾乎跑遍了南城，越跑越失望。得到的答覆似乎都是各家統一好的，要不就是不賣，要不就是賣完了。

誠如那天在縣衙門口聽到的消息，南城政府雖然組織墾荒拓田，但是百姓並不熱衷，甚至認為外來人口是來搶他們的飯碗，排斥感甚濃。

沉歡急得團團轉，這日在南城邊界處，湊巧路過一處田地，從守田的一位楊姓農戶那裡得到一個消息。本地界有戶姓王的人家，原本家境殷實，後來家裡出了事，因又要供著孩子讀書，想賣一些田產出來變現。

終於遇見個肯賣的人了，沉歡激動得淚流滿面，哪裡敢耽擱，當天就請託那楊姓農戶，只說京城人士，想要詢問田地一事，約王家家主見面買田。

第一次王家家主不願意賣，直接拒絕了沉歡。沉歡哪裡肯放棄，再次拜訪遊說，又見那人臉色青黑、嘴唇微裂，顯是經常服藥之人，更是再接再厲，好說歹說，嘴皮子都磨起泡了，王家家主才終於鬆口。

沉歡回來講給如心聽，如心也聽得暗暗咋舌，為沉歡這行動力感到震驚。

「這些日子我冷眼瞧下來，這南城竟和京城風貌截然不同，婦女、婆子出外走動如同男子，就連未婚的女子，也是逛街出門頻繁。」

沉歡今日有了收穫，自然心情好。「農地婦女不比京裡的小姐，這裡民風淳樸，我也甚是安心。」

沒過幾日，沉歡又帶來好消息，說是與願意賣田的王家家主協商一個合理的價格，雖然比市面上的其他田地價格略高，但是沉歡覺得在這個緊急關頭也能接受。

買地簽約的地點是「鴻運酒樓」二樓。那王家家主過來的時候，嚇了沉歡一跳，只見他眼眶凹陷、臉色晦暗，說幾句話就咳嗽不停。

楊姓老農也是嘆氣，只說王家家主感染了風寒，久治不癒，家財耗盡，正是缺銀子治病。接著由楊姓老農做證，沉歡核對田地歸屬等事宜，這才簽字畫押，支付銀票，按了指印。

只是兩人僅完成私契，本朝律令，私契必須要到官府蓋紅印方能生效。

所以沉歡原想今日了結此事，哪知那王家家主一口回絕，言明自己近日風寒嚴重，實是無法堅持，須得休息兩日再去，沉歡見他確實身體不適，就依了他。

兩人約定了時間再去官府。

沉歡了卻大事，心滿意足，卻沒注意到王家人閃爍的眼神。

這買地一事搞定，又來了一樁喜事。

投奔親戚未果的喜柱兒找到沉歡，言明如果沉歡買了地，願意在沉歡手裡務農勞作。

沉歡自然歡喜不已，喜柱兒這種侯府出來的小廝，能言善道，務農簡直是委屈他了，她有其他的事情讓他去做。

自此沉歡終於結束了兩個女人打轉的局面。

第二十章　奪爵

這邊南城，沉歡忙得不亦樂乎，打開生活新局面。

那邊京城，宋衍卻已經叫人收拾好大部分的行李，小廝們在書房來來回回打包。

侯夫人不解，宋衍笑著安撫。「過段時間恐要出遠門，提前準備著。」

沒過幾天，京城出了一件大事。

昌海侯府侯爺宋明，任一等威烈將軍，在東伐途中屢發頭疾，指揮失誤，東伐戰事慘烈，宋明殞身敵方，出行大軍損失慘重，大敗而歸。

御史彈劾的奏摺如雪片一般飛到皇帝的案上。

彈劾核心原因如下：一、頭疾突發為何不上報朝廷，移交主帥兵權；二、部署不力，治軍失察，導致大律兵力損失慘重。

朝堂成了菜市場，正方、反方據理力爭，各執一詞，但是導致兵力損失慘重這一條，卻是無論如何繞不過。

世子宋衍，在失去幼弟之後，失去了父親。

侯夫人獨坐侯爺書房，已經兩天滴水未進，整個侯府掛滿白幡，一片裹素，宋明的屍體停靈於正廳，害怕受牽連的人自不會前來憑弔，不怕受牽連的人就夜裡悄悄過來。

侯夫人無心中饋，太夫人暗暗搖頭也是垂淚不已，只得一把年齡了，硬撐著先帶著宋衍在靈堂迎來送往處理諸多事宜。

在此之前，宋衍剛剛提前行冠禮，冠禮聲勢浩大，負責加冠的是他的授業恩師之一，當朝大儒建極殿大學士談天行。又因宋衍幼時師從兵法大師陽明子，陽明子陰陽雙修，言縱橫睥睨之術，傷及陽壽，賜字容嗣，意子孫綿延昌盛，故行冠之時，行特例沿用此字。

世子發病多年，婚事耽擱，是故侯夫人近來遊走於京城諸位王侯夫人之間，打算給兒子娶一位門當戶對、有助力的正妻。不過此刻關頭，先不論皇帝如何處理宋家，這議婚之事只得推後，丁憂三年。

長眉入鬢，唇似丹朱，火光映著他美玉一般的臉，顯是揉合侯爺以及侯夫人的好相貌。宋衍垂眼跪於靈堂，白幡飄動間，看不真切他的表情。

紙錢落入火盆，終於化為灰燼，妾室眾多的昌海侯府，哭聲四起，宋衍緩緩燒著紙錢，神色如死一般的沈靜，眼睛下有淡淡的青黑色，顯示著近日的操勞。

作為長子，亦作為滿府婦孺、幼弟的依靠，宋衍是沒資格哭的，亦不會哭。

太夫人看得心疼不已，喚宋衍去休息，沒想到宋衍竟然還安慰太夫人。「讓祖母憂心，實是容嗣不孝，容嗣無礙，請祖母先行歇息。」

平國公崔汾徑直去侯夫人那裡，痛心疾首。「姊姊，朝廷對侯爺不滿，如今局勢豈容如此消沈？姊姊妳莫要糊塗啊！」

崔汾乃侯夫人嫡弟，自幼對侯夫人這位長姊極是愛重，如此疾言厲色還是第一次。

侯夫人毫無反應，似是已經魂魄離天。

崔汾急得嘆氣，來回踱著步子，規勸長姊。「如今朝廷風雲變幻，姊夫一去，這兵權之爭就浮出水面，我們崔家雖與崔入海溯宗同源，但各為其主，只怕以後兩敗俱傷，都不得善終。」

侯夫人依然毫無反應，呆呆地坐著。

崔汾不住搖頭，拂袖而去，待走到院外，宋衍卻早已在門口候著。

「可有法子？」崔汾指著裡面的侯夫人。

宋衍自幼聰慧過人，雖年紀輕輕卻心思縝密，除侯爺外宋家上下以他為尊，崔汾對他最是愛重。

宋衍向崔汾行了一個禮，才緩緩說道：「心魔還須破魔刀，那刀自然會來的，請舅舅莫急。」

「你有何法？」崔汾想不急也難，平國公府雖然子孫眾多，然嫡親姊姊只侯夫人一個，自幼情分深厚，怎忍心侯夫人這樣折磨自己。

宋衍並未繼續說下去，卻見下人來報，陸閣老攜翰林院侍讀陸麒陸公子前來弔唁，一會兒又報永意侯攜家眷來弔唁，一會兒又是國子監祭酒全家來弔唁，不一而表。

崔汾也知今日宋衍必是忙亂不堪，侯府家大卻人丁稀少，出了事情若是內宅侯夫人不管，那真是連個幫襯都沒有，太夫人只好攜了劉姨娘打點上下。

他又見宋衍似是已經做好離府準備，不禁嘆息。「你也不必做此避禍打算，依我之見，這彈劾的風聲過了，再圖其他。」

「容嗣非為避禍，這風聲亦不會過去。不出七日，朝廷定會懲治宋家以求平衡。為求妥當，今日弔唁過後，舅舅亦少來侯府，母親與祖母我自會安排。」

崔汾還待再問，卻只看見宋衍飄飛的衣襬末梢，人卻早已過了轉角。

侯府如今一片白幡，劉姨娘送太夫人回院落，然後自己抱著孩子向侯爺書房走去。

幼子宋澤，是侯爺給這孩子取的名字，寓意是福澤綿長。

劉姨娘抱著孩子，如往日見侯爺一般翩然而至。此刻京城亦是冬季，她披著素色的暗紋灰鼠披風緩步而行。

孩子如今兩歲多，沈甸甸的，她抱著孩子走得很慢，一步一步獨自前行，這最後的時光，她想再抱抱孩子。

貼身丫鬟要跟著，被她吩咐退下，等到達侯爺書房的時候，只見侯夫人果然待在裡面，只是閉門謝客，誰也不見，甚至世子宋衍也是不見。

劉姨娘把孩子放到書房門口的臺階上。

孩子不明所以，加上出門驟冷，立時就不舒服地哭了起來，小手拍了下門，想進去取暖。

「素言一生情繫侯爺，手段不雅卻蒙主母不棄，進入侯府伺候，這是素言的福氣。」

劉姨娘，閨名劉素言，她不是買來的妾室，是侯爺救起落水的官家女，當年父親乃一位五品官吏。

「素言深知侯爺心裡有人，亦心甘情願隨侍左右，既是甘願，素言從不言苦。夫人出身高貴乃侯府主母，又是世子母親，素言自知不能比肩，只求夫人憐我深情一片，允我隨身伺候侯爺。」

如容鑒幼時哭泣般的童聲，忽然撕裂侯夫人意識渙散的耳膜，侯夫人忽然想到夭折的幼子，她微微有些發愣。

容鑒？

是容鑒在哭？

容鑒……我兒……

愣了片刻，侯夫人眼淚撲簌簌地滴落在桌面上。

哪裡來的容鑒，那幼小的孩子早就夭折了。

劉姨娘這是幹什麼？

「澤兒幼小，素言恐怕無法看他成長，求嫡母看在侯府子嗣艱難的情況下護他長大。」

那孩子哭聲越來越大，顯然就是宋澤。

劉姨娘的聲音卻越來越弱，漸漸無力。「素言已稟過雙親，此生願隨侯爺而去，素言不忍侯爺孤單……」

那聲音漸漸消失了，可宋澤的哭泣聲卻越發撕心裂肺。

侯夫人連忙打開門，外面此時已經飄起雪，撲面一股冷風，讓她身子一顫。

劉素言已經倒在地上，唇角流血，顯是過來之前已經服毒。

宋澤顯然嚇傻了，哭泣聲止住，只是呆呆愣愣的。

「來人！來人！」侯夫人急急高喝。

眾僕急急入院，可惜來人時劉姨娘已經斷氣。留下兩歲多一點的宋澤，眨著眼睛不知道發生了什麼事。

侯夫人站在門口，靜靜地看著這一切，隨後她將宋澤抱起來，無聲哽咽。

劉素言真是太狡猾了，情深相隨，卻要留下幼小的孩子讓他獨自面對世界。

她當年痛失幼子，如今劉姨娘把這個孩子塞到她的門口。

侯爺留下的，也就這一嫡一庶兩個骨肉了。

劉姨娘這一死，她的院子也亂了。侯夫人只得打起精神處理所有的事情，她招呼丫鬟先端來米粥，自己慢慢喝著，眼睛再睜開時，已經恢復往日模樣。

所有喪事積累在一起，侯府這白幡真是掛不停了。

宋衍先回去探視過兒子，孩子吃飽了正睡著，小臉實在可愛，睫毛長長的，正是遺傳自沉歡。宋衍靜靜地看了一會兒孩子，吩咐乳母好生看護著，這才又回到侯夫人這裡看了看幼弟。

那孩子比兒子也大不了多少，宋衍抱起來撫摸了下弟弟的頭髮。

寬闊的肩膀像極了父親，宋澤趴在宋衍身上，一邊哭、一邊睡著了。

「劉素言什麼時候回娘家？我怎不知？」侯夫人雖進了些米食，仍臉色蒼白，顯是休息不好。

「昨天，由我安排護送。」宋衍回答得很快。

侯夫人突地站起來，語氣急促。「你既知她有尋死之意，為何不勸住她？」

「母親。」宋衍嘆口氣。「須知人各有志，劉姨娘執意隨父親而去，兒子亦是無奈。」

侯夫人靜靜地看著他，她瞭解她的兒子。

宋衍的字典裡，沒有無奈。

這一夜，母子兩人推心置腹談了許久，侯夫人命人抱來宋衍的兒子，然後又把宋澤也一起挪到正院來看著，隨後又親自去太夫人院子。

那柄刀，割肉放血，總算是讓侯夫人清醒過來。

京城的另一戶，左副督御史劉大人家裡，他的夫人哭得死去活來。

「我的素言啊……我的女兒啊……」劉夫人捶胸頓足，她的寶貝女兒當年落水失了清白，自降為妾，今日回來一趟竟是要隨侯爺而去。

劉大人亦是老淚縱橫，劉素言乃他嫡女，對宋明癡心不改，以致決絕至此，連親生骨肉都能拋下，他怎能不痛心。

「侯爺此次如此，分明是崔家所為，侯爺若不死，我怎麼會白髮人送黑髮人……我……我……」劉夫人心中難受至極，竟是喘不過氣來。

「夫人慎言啊！素言這一走，侯夫人必將記庶為嫡，素言謀的是孩子的未來啊。」劉大人暗自搖頭。

「為何？」劉夫人不解。

「侯夫人娘家乃一等公平國公，轄的是天下半分兵權。她的兒子宋衍，師承陽明子與談天行大學士，陽明子此生只有兩個弟子，一個乃前朝首輔崔入淵，一個就是他了。」

劉大人負手在房間裡踱步。「宋衍此人，年紀雖小，然心思縝密，手段詭譎，當年那場探花宴他這閉眼一睡，背後被大理寺清查的人都是誰？」

如果這一切都在他預料中，那麼這個少年心思之深沈簡直令人膽寒。

「他親自送素言回府這是何意？」劉大人低頭問劉夫人。

劉夫人依然心裡難受。「素言乃他庶母，他出仕，還未襲爵，你品銜比他高，侯府如今這情況，送她也屬正常。」

劉大人仰頭嘆息。「他必是早已推算出侯府會起變化，邀我們結盟，這條件自然是他會護著這孩子一生。」

「若侯府真有事，宋衍又有何可倚仗？」

劉大人懶得對夫人解釋了，昌海侯府走的是孤臣路線，深得皇帝信任，歷任昌海侯皆是手握重兵，手下將領盤根錯節，如今多在軍中領要職。可謂與平國公府二分天下，當年侯夫人怎麼嫁昌海侯？

皇帝允許兩路兵權集於一家，只怕這中間還有條件。

而今內閣由首輔崔入海把持，這崔家的打算，只怕是要封了宋衍入閣的路。

昌海侯府軍功立家，宋衍作為勛貴子弟卻不走恩蔭路，何故？

劉大人覺得不只朝中很多人看不透，他亦看不透宋家的打算。

那麼陸閣老的態度呢？陸閣老之孫陸麒乃如今的翰林院侍讀，今日陸家亦有去弔唁。

劉大人猜得沒錯，沒過幾日，皇帝召見時任翰林院修纂的昌海侯府世子宋衍，又過了幾天，侯夫人以誥命夫人的身分遞摺子，將劉素言的兒子，兩歲多的宋澤記為嫡子，由吏部驗封司勘驗登記。

這張摺子讓很多人忽然記起，宋家其實最早不姓宋，幾代之前，乃皇族宗姓，可不知所犯何事，降了爵，襲了侯，皇帝賜姓宋，所以宋家的世子請封、子孫入冊循的都是特例。

這一襲侯，就到現在，時間一長，勛貴老爺們死的死、病的病，記得這事的人也就不多了。

可是，半個月之後，一波未平一波又起，又有人上奏昌海侯府約束下人不力，以權欺人，並羅列五大罪狀，條條誅心，並著力上書之前宋明戰前失律之過，大書特書。舊的還未抹平，新的又來，皇帝氣得當場摔了奏摺，雷霆大怒。昌海侯府即日起奪其鐵券，革爵封府，還在丁憂中的宋衍由翰林院修纂，貶為南城縣知縣，即刻赴任。

劉大人又傻眼了。素言的孩子怎麼辦？這不剛成嫡子又成庶民？

宣聖旨那日，皇帝特別叫來昌海侯府原世子，如今的七品知縣宋衍進宮謝恩，以示皇恩浩蕩，同時殺雞儆猴，震懾群臣。滿朝文武自是俱不敢言，心思各異。

此可謂從天上跌到地下，嘆息的有，不服的有，幸災樂禍的有，譏諷的亦有。

宋衍立於朝堂，磕頭謝恩，規矩一絲不亂，沈默地接過那張聖旨。

百官退朝，於人潮洶湧中，時任督察院監察御史亦是京官七品的崔簡，於人潮中向宋衍遙遙作了一個揖。

他的嘴角依然掛著那慣常玩世不恭的笑意。

過路官員不以為然，宋衍之前任翰林院編纂，乃從六品，御史品低且人數眾多，不須日日上朝，不知今日昌海侯府被貶亦是正常。

崔簡於人海中遙遙這一揖，斬斷了宋衍入閣的大道。

「世子走好。」此時御史崔簡狀似恭敬，垂眉而拱。

宋衍甚至沒有看他，腳步亦無停留，只是嘴角牽動，若有若無一絲笑意，最終側身而過。

滿朝人潮都散掉了，崔簡才抬起頭，恭敬消失，笑容隱去，眸光浮動間若有所思。

——未完，待續，請看文創風971《時來孕轉當正妻》2

2021年7月出版

長媳開外掛

文創風 968~969

他一心想跟前女友復合，卻沒想到會發生這種詭異情況——
跳河想救溺水的她，怎知兩人竟一起穿越了?!
同生共死倒無妨，偏偏情況這麼尷尬，
同樣是穿越，他怎就穿成了一隻貓?這要如何守護心愛的她?

小媳婦撐起半邊天，
大女主瀟灑開步走！／霍炎炎

為了救人而溺水昏迷，田莓醒來後發現自己竟穿越到陌生的古代，
新身分是將門子弟秦淼的媳婦兒，且已生了一兒一女……
這越級挑戰的關卡有點難呀！穿越前她剛在療情傷，穿越後轉身就當了娘 ?!
原來一切起因於秦淼戰場失蹤的噩耗，媳婦兒悲慟欲絕昏死導致人生錯位，
田莓就此成了悲催的秦家長媳，得苦惱如何當新手媽媽並撐起一家生計。
但既來之則安之，夫君失蹤她還樂得自在，正好順勢搬回老家植樹栽果去，
透過「管道」引進種植桃蘋梨莓等珍稀水果，誓要賣水果闖出一片天！
所幸這番辛苦也非全無幫手，兒女全力支持外，還有隻貓不請自來黏著她，
小橘貓忒有靈性又萌力十足，有難先示警、遇險搶護主，妥妥得比誰都可靠，
只不過越來越像一家之主的派頭是不是有點過分了？
時時跟著她、夜夜跟她睡，還不滿她癡望著古代探花郎的俊俏風采，
小爪子關上窗不准她偷看，控訴的喵叫聲像在指責她花心不忠 ?!
呿！區區小貓如此雞婆擋她桃花，莫非是跟那姓秦的男人有啥淵源？

流浪貓狗介紹所

為流浪貓狗加油 和貓寶貝 狗寶貝

廝守終生(一定要終生喔！)的幸福機會

對人來說，貓寶貝狗寶貝只是生活的一部分，但妳(你)對牠們來說，卻是生活的全部，領養前請一定要考慮清楚——

▲ 黑皮俏麗的姊妹花 愛妮和念念

性　　別：女生
品　　種：米克斯
年　　紀：1歲
個　　性：愛妮比較安靜、念念活潑，兩隻都非常愛黏人撒嬌
健康狀況：已結紮、打晶片，狂犬病疫苗注射完成
目前住所：台中市

本期資料來源：JoJo Halaji個人臉書 https://www.facebook.com/halaji.hali/

『愛妮和念念』的故事：

這個黑貓家族始於瘦弱的小母貓「娜娜」帶著四隻搖搖晃晃的幼貓到一個社區覓食開始，然而幼貓在成長過程中發生意外，存活下來的兩隻後來被取名為「愛妮」和「念念」，跟著母親依賴愛心媽媽給予的飼料在社區裡小住了一段時間，但是當地的居民不喜歡流浪貓，連圍牆都擺上物品不讓貓走過，還好愛心媽媽挪出一個室內空間收容了這三隻黑貓母女，讓牠們不用再過著被人趕、被狗追的日子。

愛妮

住進了室內，活潑的念念開心了，會追著紙球、叼到喜歡的角落放下來，再追一次；愛妮比較文靜，不過也會玩紙球，或看著念念追紙球。兩姊妹感情好，經常偎在一塊兒互相舔毛梳髮，雖然暫時有了住所，但是愛妮和念念的未來需要完整、安定的家庭收養，因為牠們一起經歷了坎坷的流浪生活，共患難存活了下來，現在也要一起平安過日子。

念念

兩姊妹很適合當家裡的貓小孩，牠們喜歡黏著人，在腳邊跟前跟後，常常愛妮走在前面，念念也就跟上去，一起來找人撒嬌討摸摸，有時會幫人踩踏按摩，更喜歡呼嚕呼嚕地表達情感。

這麼一對享受當家貓、喜歡和人一起生活的貓姊妹，正呼喚著有緣的爸爸媽媽快來領養牠們回家。有貓陪伴的家庭最溫馨，有人寵愛的貓咪最幸福！快來上JoJo Halaji個人臉書尋找愛妮和念念，https://www.facebook.com/halaji.hali/會不定時更新兩姊妹的照片、影片，歡迎關注～～

認養資格：

1. 年滿28歲，有固定住所，可以兩隻一起領養的家庭優先。
2. 請事先填寫此份問卷https://forms.gle/FTPWr9TU9RSzmzdy8
（特別感謝六福貓塾中途宿舍提供問卷服務支援），並註明您的臉書帳號（不得臉書給小號，或臉書無內容、無法辨識身分者不受理），合適者再進行約談。
3. 須認養人本人親自接洽，不可找人頭代為領養，面談合適者須同意簽認養寵物切結書，待疫情緩和之後再來接貓。
4. 領養後不得私下將貓咪轉送他人，須同意送養人日後之追蹤探訪，對待愛妮和念念不離不棄。

來信請說明：

a. 個人基本資料：姓名、性別、年齡、家庭狀況、職業與經濟來源等。
b. 想認養愛妮和念念的理由。
c. 過去養寵物的經驗，及簡介一下您的飼養環境。
d. 若未來有結婚、懷孕、出國或搬家等計劃，將如何安置愛妮和念念？

文創風
970

時來孕轉當正妻 1

國家圖書館出版品預行編目資料

時來孕轉當正妻 / 景丘著. --
初版. -- 臺北市 : 狗屋出版社有限公司, 2021.07
冊 ; 公分. --(文創風 ; 970-972)
ISBN 978-986-509-227-6(第1冊 : 平裝). --

857.7　　110009496

著作者	景丘
編輯	黃鈺菁
校對	沈毓萍
發行所	狗屋出版社有限公司
地址	台北市104中山區龍江路71巷15號1樓
電話	02-2776-5889～0
發行字號	局版台業字845號
法律顧問	蕭雄淋律師
總經銷	知遠文化事業有限公司
電話	02-2664-8800
初版	2021年7月
國際書碼	ISBN-13　978-986-509-227-6

本著作物由北京晉江原創網絡科技有限公司授權出版

定價260元
狗屋劃撥帳號：19001626
網址：love.doghouse.com.tw　E-mail：love@doghouse.com.tw